고의적

스캔들

♥

1

고의적 스캔들 1

초판 1쇄 인쇄 2019년 11월 22일 초판 1쇄 발행 2019년 11월 29일

지은이 서혜은
펴낸이 연준혁

웹소설분사 이사 이진영
책임편집 오가진 윤가람
디자인 신나은

펴낸곳 (주)위즈덤하우스미디어그룹 출판등록 2000년 5월 23일 제13-1071호
주소 경기도 고양시 일산동구 정발산로 43-20 센트럴프라자 6층
전화 031-936-4000 팩스 031-903-3893
홈페이지 www.wisdomhouse.co.kr

값 13,000원
ISBN 979-11-90427-10-4 04810
ISBN 979-11-90427-09-8 (세트)

서혜은 장편소설

고의적
스캔들 1

위즈덤하우스

차례

1장

재희는 여러모로 불편했다.

오늘따라 흔들리는 굽, 팀장실의 답답한 공기, 오후 들어 유난히 아랫배를 압박하는 바지. 그러나 그 무엇보다 불편한 건 눈앞의 남자였다.

능력을 인정받아 유례없이 최연소 팀장으로 승진한 단우는, 팀장실 책상에 비스듬히 걸터앉아 서류를 보고 있었다. 팔랑, 손끝으로 서류를 넘기는 그에게선 범접하기 힘든 고고한 분위기가 흘러나왔다.

이마가 드러나게끔 앞머리를 쓸어 넘긴 헤어스타일, 얇은 안경테 너머로 보이는 날렵하게 뜬 눈매, 꽉 다물려 있는 입술.

어디 하나 만만해 보이는 곳이 없는 남자는 뭔가 불만스럽다는 듯 미간을 좁혔다. 서류를 넘기는 손의 속도가 점점 빨라졌다. 그 속도에 비례해 남자의 표정이 점점 굳었다.

재희는 올게 왔다는 듯 표정을 고쳤다. 전자 메일이 아니라, 굳이 출력해서 팀장실로 오라고 할 때부터 각오하고 있던 일이었다.

"이재희 씨."

마침내 단우가 고개를 들었다. 그는 그녀가 내민 서류철의 끄트머리를 아슬아슬하게 잡고 있었다. 금방이라도 떨어뜨릴 것 같은 자세로 단우가 그녀의 눈을 맞춰 왔다. 그는 뭔가 불만스러울 때면 서류철을 꼭 저렇게 잡곤 했다.

"저번 서류와 달라진 바가 전혀 없군요."

당연한 일이었다. 게임 산업 동향이 2주 만에 혁신적으로 바뀔 일이 없었다. 대형 게임이 나온 것도 아니고, 모바일 게임 규제 법안이 발의된 것도 아니고. 그럴 만한 조짐조차 보이지 않았다.

설령 바뀔 조짐이 있었다고 해도, 2주 만에 거대한 공룡 규모라 불리는 게임 산업의 변화 동향을 홀로 알아내서 보고서로 작성하는 일은 거의 불가능했다. 그것보다도 이런 산업 동향 보고서를 개발기획팀에서 만드는 것 자체가 이상했다.

그걸 눈앞의 남자도 누구보다 잘 알고 있었다. 단지, 자신에게 쏘아붙일 시빗거리가 필요할 뿐이었다.

"이런 것도 보고서라고 내게 내민 배짱이 대단하군요."

단우의 목소리가 빈정댔다. 재희는 입을 꾹 다문 채 대답하지 않았다.

"내 말이 말 같지 않습니까?"

무슨 대답을 하든 시비로 받아칠 게 뻔한데 대답할 마음이 안 드는 건 당연했다.

"뭐라고 말 좀 해 보세요. 유능한 우리 이 대리님?"

"……."

재희는 조용히 입 안의 살을 씹었다.

누가 알까. 사내에 젠틀맨으로 소문난 김단우의 본 얼굴이 이렇게 악랄하다는 걸.

"보고서를 봐서 아시겠지만, 2주 만에 크게 변화한 점이 없습니다."

재희가 나오려는 한숨을 욱여넣으며 덤덤하게 대답했다.

"정말 그렇게 생각합니까?"

"네."

재희가 굴하지 않고 단우의 눈을 마주보며 대답했다. 그런 그녀의 표정이 마음에 안 든다는 듯, 단우의 눈이 뱀처럼 가느스름해졌다.

"TJ에서 새 게임 기획하고 있다는 사실에 대한 상세 보고는 왜 없습니까?"

"그 이후 알아봤지만 달라진 바가 없습니다. 지금도 분위기 파악을 위해 서칭 중이지만 그쪽에서 확실하지 않는 정보만 던지고 있는 상황이라, 이곳저곳에서 말이 다른 상황이라서요."

"그럼 그 소문을 종합해서 이곳에 넣어 놔야죠. 그게 보고서 아닙니까?"

단우의 손끝이 보고서를 툭툭 쳤다. 말도 안 되는 유언비어를 죄다 넣는 게임 산업 동향 보고서가 어딨냐고 묻고 싶었다. 울컥한 재희는 그 손끝을 부수고 싶다는 생각을 했으나 꾹 참았다.

더군다나 재희는 이미 같은 팀 지호가 TJ사의 새 게임 동향을 살펴보고 있으며, 떠도는 소문도 전부 모아 진실 여부를 파악하고 있다는 걸 알고 있었다. 그 보고서를 어제 퇴근하기 전에 제출한 것도 알고 있었다.

"그런 안일함이 차후에 일을 크게 키우는 법이죠. 다시 알아오세요. 지금과 똑같은 서류를 제출하는 우를 범하지 않길 바랍니다."

단우가 서류를 내밀며 차갑게 말했다. 더 이상의 대화는 사절하겠다는 신호였다. 드디어 팀장실에서 벗어날 수 있게 됐다고 생각에 안도한 재희가 서류를 받기 위해 손을 뻗었다.

툭.

서류를 제대로 잡기도 전에 서류철이 바닥으로 떨어졌다. 서류철이 애매하게 스친 손끝이 제법 저릿거렸다.

그러나 눈길은 아픈 손길보다 바닥에 나동그라진 보고서로 향했다.

"이런. 실수했군요. 손에 힘이 풀려서. 미안하지만 바빠서 그러니 주워 가길 바랍니다."

단우의 손끝이 바닥에 떨어진 서류철을 가리켰다. 순간 재희는 어이가 없어서 하, 하고 한숨을 뱉었다.

이건 저급한 괴롭힘이었다. 그러나 저급한 괴롭힘만큼 사람의 자존심을 뭉개는 일도 없었다. 자리로 돌아가 앉은 단우가 안 줍고 뭐 하냐는 듯 쳐다보고 있었다. 마치 자신이 줍는 꼴을 지켜보겠다는 듯 턱까지 괴고 있었다.

재희는 입 안에서 거품처럼 일어나는 온갖 욕설을 꾹 삼킨 채, 보고서를 들었다. 굽혔던 허리를 펴는 잠깐 사이 재희는 갖은 생각을 다했다.

서류철도 제대로 못 들고 있을 정도로 몸이 허약해서 걱정이네요. 종합 비타민이라도 챙겨먹으세요. 그래야 곧 결혼도 하시죠, 하고 빈정댈까.

이런 유치한 짓 재미있어요? 나이 그만큼 먹고, 라고 쏘아붙일까.

뭐가 무서워서 그러세요? 라고 진지하게 물어볼까.

아니면 그냥 서류를 얼굴에 집어던지고 '너나 잘해. 이 새끼야.' 라고 해 버릴까.

그러나 허리를 완전히 편 재희는 침 한번 삼키고 꾹 참았다. 회사를 관둘 게 아닌 이상, 상사랑 부딪쳐 봐야 자신만 손해다. 이미 이 사람과 한 번 엮여서 지금 이렇게 처절하게 겪고 있지 않은가.

"……나가 보겠습니다."

대신 불만을 가득 담아 기계적으로 인사한 후, 돌아섰다. 나가는 내내 단우의 눈길이 뒤를 좇는 게 느껴졌지만, 재희는 늘 그렇듯 못 느끼는 척 외면했다.

• • •

"후우."

자리로 돌아온 재희가 의자 등받이에 몸을 파묻었다. 팀장실만 다녀오면 수명이 삼 년씩 줄어드는 것 같았다. 재희가 휴식을 취하는 사이, 곁에서 의자를 질질 끌며 다가오는 소리가 들렸다.

"자기, 팀장님이 뭐래요?"

"별말 안 했어요."

"별말 안 했는데 지옥에 끌려 들어갔다가 나온 얼굴을 하고 있어요? 완전 너덜너덜해져서 나왔구만."

은아가 속일 걸 속이라는 듯 혀를 끌끌 차며 말했다.

"그냥, 그랬어요."

굳이 말하고 싶지 않다는 듯 얼버무리자 은아가 얼굴을 찌푸렸다.

"진짜 이상하죠. 왜 팀장님은 재희 씨한테만 엄하게 그러죠? 저 성격 좋고, 젠틀하기로 유명한 양반이?"

은아가 도저히 이해 못하겠다는 듯 턱을 괴고서 중얼거렸다. 재희는 그런 은아를 멍하니 쳐다보았다. 사정을 모르니 그렇게 생각할 수 있는 거다. 아니, 자신이 은아라도 그렇게 생각할 거다.

사내에서 단우는 여러모로 유명했다. 근사한 얼굴, 빠른 진급, 재력을 보여 주듯 소유하고 있는 명품 가방과 고가의 브랜드 옷, 팀원을 다정하게 챙기며 독려할 줄 아는 성격, 우아해 보이기까지 하는 행동거지 등으로 그러했다.

그중 무엇보다도 가장 유명한 건 망가지지 않는 스타일이었다. 일이 많은 게임 회사의 특성상에서 대부분 직원들은 장기간 피로를 이기지 못하고 점차 편한 스타일로 향했다. 구두는 슬리퍼로, 딱 붙는 옷은 느슨한 차림새로, 신입 때만 해도 진하던 메이크업은 점점 옅어져서 어느새 립스틱 하나만 바르는 상황으로 자연스레 넘어갔다.

그러나 단우는 절대로 흐트러지지 않았다. 야근으로 피를 말리는 새 게임 오픈 직전이나 업데이트 기간에도 그는 여전히 단추를 잘 채운 셔츠 차림에, 구두를 신고 있었다. 직원들은 감탄을 넘어서 경외를 보였다.

혼자 버프 받고 있는 거 아니냐, 아니다. 물약 먹고 있는 거다, 라는 농담까지 나올 정도였다. 언젠가 그걸 가만히 듣고 있던 남자 직원이 시기라도 하듯 툴툴댔다.

"여자들이 몰라서 그래요. 남자들 구두 계속 신고 있으면 발 냄새 얼
마나 많이 나는 줄 알아요? 저거 벗으면 난리 날걸요? 그래서 못 벗
는 거예요. 난 딱 보면 다 알아요!"

사흘째 못 씻은 남자 직원이 부스스한 꼴로 으스대며 말했다. 예
의상이라도 뭐라고 대답해야 할 직원들은 입을 꾹 다문 채 아무 말
하지 못했다.

몇몇은 눈짓으로 그만하라고 신호를 보냈으나, 사흘간 야근으
로 인해 눈이 침침해진 남자 사원은 알아채지 못하고 더 떠들어
댔다.

"나 같으면 슬리퍼 신을 거예요. 근사해 보이려다가 그게 무슨 꼴이
에요? 안 그래요? 사흘 묵은 발 냄새 상상해 봐요."

남자 직원이 으으, 하고 얼굴을 찌푸리며 쥐고 있는 포크를 사정
없이 내저었다. 그의 격한 반응에도 다른 어떤 직원은 그저 사원의
등 뒤만 흘깃댔다.

지금이라도 누군가 나서서 남자 직원을 때려 기절시켜 주길 바
라며.

"아아, 그런가요?"

저승사자처럼 남자 사원의 등 뒤를 지키고 있던 단우가 마침내 입을 열었다. 나긋한 목소리가 떨어지자마자 신나게 떠들던 남자 직원이 입을 벌린 채 굳었다.

자신의 등 뒤에 뭐가 있는지 드디어 감이 온 얼굴이었다. 단우가 한 발자국 걸어와 남자 직원 옆에 서서 빙긋 웃었다.

"그런 것까지 궁금해하는 줄 몰랐네요. 매일 씻고 있습니다. 구두도 매일 바꿔 신고 있고요. 그러니 그런 걱정은 안 하셔도 됩니다."

단우의 말에 실언을 한 남자 직원은 물론 남은 직원들도 아무 말도 하지 못했다. 얼어붙은 분위기 가운데 단우만 웃고 있었다. 그가 남자 직원의 어깨를 짚었고, 흠칫한 남자 직원이 가까스로 고개를 돌렸다.

"그런 게 궁금하시면 직접 찾아와서 물으세요. 사적인 거라도 언제 든 대답해 드릴 테니까요."

"……."

"아시겠죠?"

단우가 상냥하게 웃자, 남자 직원은 그제야 벌떡 일어나 '죄송합 니다!'라고 외쳤다. 단우는 '괜찮습니다. 뭐 그런 걸로 일어나서 소리치나요. 대신, 두 번은 안 됩니다.'라고 말한 후 본인의 자리로 돌아갔다.

그 사건이 닥쳤을 때, 팀원들 생각은 대부분 비슷했다.

"큰일 났다."

"망했다."

"잘 가요. 당신은 좋은 사원이었어요. 배웅은 생략할게요."

그러나 그 일이 있은 후에도 단우는 남자 직원을 똑같이 대했다. 그날 일을 싹 잊은 사람 같았다. 그 행동에 팀원들은 단우의 아량과 뒤끝 없는 행동에 감탄했다.

흐트러지지 않는 옷차림, 사소한 실수도 기꺼이 넘어가는 넓은 마음.

여러모로 배울 점이 많은 사람이라 생각했다. 그때까지만 해도 재희 역시 그렇게 생각했다.

'그 일'이 생겨서 본 모습을 보이기 전까지만 해도.

단우의 실체를 알게 된 재희는 지금이라도 그의 민낯에 대해 말하고 싶었다. 그러나 다른 사람들이 자신의 말을 믿어 줄 리 없었다. 자신도 겪고 나서야 알게 됐으니까. 무엇보다도 회사에선 다른 사람 이야기를 할 때 조심해야 한다는 걸 경험상 잘 알고 있었다. 자칫 잘못해서 자신만 더 난처해질 수 있기에, 재희는 신중하게 조금 더 추이를 지켜보기로 했다.

"재희 씨. 그래도 좋게 생각해요. 우리 팀장님이 재희 씨 능력을 높게 평가해서 그런 거죠."

은아가 위로했다.

딱히 그런 건 아닌 것 같은데.

재희가 나오려는 말을 꾹 참았다.

"그리고 안 좋은 일이 하나 있으면, 좋은 일이 또 하나 있는 법이니까."

은아가 위로 아닌 위로를 하며 눈을 찡긋거렸다.

"무슨 좋은 일이요? 무슨 일 있어요?"

"오늘이잖아요, 오늘."

"……."

재희가 무슨 소리냐는 듯 쳐다보자, 은아가 답답하다는 표정으로 말했다.

"내가 머리를 왜 감았겠어요? 화장은 왜 했고? 나, 심지어 슬리퍼도 벗었어요. 내 영혼의 신발인 슬리퍼를!"

은아의 말에 잠시 고민하던 재희가 이제야 알겠다는 듯 '아아' 소리를 내며 고개를 끄덕였다. 그러고는 흘깃 탁상 달력을 보았다.

그게 오늘이었나.

인사과에서 강력 추천한 신입이 마케팅 신입으로 오는 날이었다. 차마 사내 규정상 사진과 정보를 사전에 공유할 순 없지만, 여러모로 어마어마하다고 했다.

"그래서 내가 오늘 또 신경 써서 씻었지. 어제 초콜릿 하나도 안 먹으면서 다이어트도 하고."

"대신 밥 두 그릇 드셨잖아요."

"밥은 괜찮아요. 살 안 쪄요."

"……."

며칠 전엔 초콜릿이 살 안 찐다고 하지 않았나. 피곤할 때 먹으면 뇌로 바로 가서 살이 안 찐다고…….

재희는 때마다 살 안 찌는 음식이 시시각각 변하는 은아를 멍하니 쳐다보았다. 평소라면 재희도 신이 나서 은아와 떠들겠지만, 단우에게 시달린 직후라 어마어마한 신입 사원이 등 뒤에 후광을 달고 나타나도 손 하나 까딱할 기력이 없었다.

"신입 사원 말이에요."

"안녕하세요."

호랑이도 제 말하면 온다더니. 은아가 신입 사원에 대해 이야기하려는 찰나, 부서의 문을 열고 누군가가 들어왔다. 다른 직원들도 신입 사원을 기다리고 있었는지 문 쪽으로 시선을 돌렸다.

"대애박."

정적이 흐르는 와중, 은아가 가장 먼저 소리 내 감탄하기 시작했다.

"와아. 인사과 일했네. 드디어 일했어. 장난 아니다. 그죠?"

은아가 뭐라도 말해보라는 듯 재희의 어깨를 잡아 흔들었다.
재희는 반쯤 넋이 나간 채로 문 앞에 서 있는 신입 사원을 쳐다보
았다.

은아가 감탄할 만했다. 한눈에 다 안 들어오는 큰 키, 작은 얼굴,
넓은 어깨, 모델인가 싶을 만큼 근사한 비율에, 섬세하게 그린 듯한
외모, 무엇보다도 쉬워 보이지 않으면서 청량한 특유의 분위기가
사람의 시선을 잡아당겼다.

그래. 어마어마했다. 그런데 여기 있을 사람은 아니었다.

"아니, 왜……."

네가 여기에.

재희는 자신과 눈을 맞추며 슬쩍 웃는 남자 직원을 멍하니 바라
보았다.

· · ·

[신선재. 어쩜 이름도 저렇게 멋질까요.]

[인사과, 인재를 볼 줄 알아. 칭찬해. 아주 칭찬해. 세 번 칭찬해.]

[누가 전구 갈아 끼운 줄. 사무실이 환하네, 환해]

선재가 팀장실로 들어간 이후, 여직원 세 명이 있는 채팅방에 빠
르게 메시지가 올라오기 시작했다. 흥분한 두 사람에 비해 재희는
아무 말도 하지 않고 있었다.

[재희 씨는? 왜 아무 말이 없어요?]

[넋이라도 있고 없고, 완전 넋 나가 있던데요.]

[신입한테 반했어? 첫눈에 뿅 갔냐고요.]

자신을 찾던 직원들이 놀리기 시작했다.

[팀장님이 보고서 수정해서 빨리 올리래요. 일 좀 하고 올게요.]

맞장구치기도 애매해서 재희는 팀장 핑계를 대고 채팅창을 내렸다.

재희는 모니터에 최근 보고서를 띄운 후 멍하니 앞만 바라보았다. 타닥타닥. 여직원들 둘은 여전히 바쁘게 대화 중인지 키보드 소리가 끊이질 않았다. 여기만 그런 건 아닌지, 남자 직원들 사이에서도 키보드 소리가 바쁘게 들렸다. 정체되어 있던 사무실에 새 사람이 들어오면 으레 이런 분위기지만, 오늘따라 과열된 느낌이었다.

마침내 팀장실 문이 열렸다. 그러자 사무실에 찬물이라도 끼얹은 듯 키보드 소리가 멎었다. 동시에 파티션 위로 직원들 머리가 솟아오르기 시작했다.

단우가 먼저 나오고 신입 사원이 그 뒤를 따랐다. 단우는 속을 알 수 없는 근사한 미소를 지은 채 직원들에게 말했다.

"앉은 자리에서 간단히 들으세요. 인사는 개별적으로 하도록 하고요. 여기는 신입 사원 신선재 씨. 오늘부로 우리 부서에서 일하게 되었습니다. 모르는 부분이 있으면 적극적으로 알려 줘서 적응 시간이 단축될 수 있도록 많은 도움 주시길 바랍니다."

이어 고개를 돌린 단우가 선재에게 말했다.

"내가 간단히 소개해 줄 테니 인사는 직접 가서 하도록 해요. 모두 한자리에 모아서 인사를 해야 하지만, 내가 곧 회의가 있어서 가 봐야 하니 그러니 이해 부탁할게요."

"네. 알겠습니다."

선재의 대답이 끝나기가 무섭게 단우가 한 명씩 소개했다. 그리고 마침내 그의 손끝이 자신에게 닿은 순간, 재희는 얼굴을 굳히지 않기 위해 최선을 다했다.

눈이 마주치자 단우의 눈이 가느스름해졌다. 거슬리는 무언가를 본 것처럼 살짝 굳은 표정을 지었다.

이것도 자세히 들여다본 자신만 알아볼 정도의 미미한 표정 변화였다.

"……저기는 이재희 씨."

다른 직원들에겐 간단히 한마디씩 덧붙여 설명하던 단우가, 재희에 대해선 어떤 말도 덧붙이지 않았다.

"그럼 자리는 저곳에 앉도록 해요."

단우는 선생님처럼 친절하게 선재에게 빈자리를 알려 주곤, 팀장급 회의에 참석하기 위해 자리를 비웠다. 다른 직원들에게 인사를 마친 선재가 다가왔다. 재희는 제 몸 위를 덮은 그림자를 발견하고는 고개 들었다. 눈이 마주치자마자 보란 듯이 선재가 눈을 접으며 웃었다.

"안녕하세요. 신선재입니다."

귀를 휘감는 낮고 부드러운 목소리였다.

"……이재희입니다."

입에서 발사될 것 같은 말들을 가까스로 삼키며 재희가 선재에게 인사했다. 선재가 손을 내밀었다. 재희는 그 손과 선재의 얼굴을 번갈아보다가 손을 마주 잡았다.

"잘."

"……."

"부탁드립니다."

일부러 뚝 끊어 말한 선재를 보며 재희는 입꼬리를 바짝 끌어올려 웃는 걸로 인사를 대신했다.

"자리가 가까우니 여러 가지 물어볼 것 같은데, 그것도 미리 잘 부탁드립니다."

당연하다는 듯 선재가 말했다. 정말이지 만감이 교차했다. 선재는 그런 그녀의 표정을 예상했다는 듯 태연하게 그녀를 지나쳤다. 그러고는 빈자리인 제 옆자리에 앉았다. 익숙한 향기가 훅 밀려들었다. 그제야 정말로 이곳에 신선재가 왔다는 게 여실히 느껴졌다.

재희는 이마를 짚고 싶은 걸 꾹 참았다.

네가 왜 여기에. 어쩌자고 여기에. 나한테 말 한마디 없이. 진짜 어마어마하다. 어마어마해.

이런저런 말들만 머릿속에서 둥둥 떠다녔다.

. . .

"선재 씨, 오늘 바빠요? 첫날이니 간단히 우리끼리 환영회라도 했으면 하는데……. 물론 다 모이진 못하고, 대부분 모일 거예요."

퇴근 직전, 이미 직원들의 의사를 일찌감치 물어놓은 은아가 마지막으로 선재에게 물었다. 그러자 선재가 난처하다는 듯 미간을 좁혔다.

"죄송합니다. 오늘은 선약이 있어서요."

"선약? 첫날에 약속 있어요?"

"오늘 첫 출근 날이라, 저녁을 대접해야 해서요."

"아아, 부모님 말씀하는 거예요?"

은아가 박수를 짝 치며 물었다.

"네. 비슷해요."

선재의 말은 어딘가 이상했으나, 은아는 그의 선한 미소에 넘어가 이상함을 느끼지 못한 듯했다.

"아아, 가족들이랑 약속이 있나 보네요. 하긴 나도 첫 출근하고 나서 가족들이랑 밥 먹긴 했어요. 어땠는지 엄청 궁금해하더라고요. 그럼 어쩔 수 없네요. 다음에 같이 저녁 한 끼 해요."

"알겠습니다."

선재가 눈을 접으며 웃었다. 그 미소에 은아가 어쩔 줄 모른다는 듯 얼굴을 붉혔다. 그 광경을 재희만 무표정하게 바라보았다.

신입인 선재는 첫날이라 일찌감치 퇴근하고, 재희는 은아를 비롯해 다른 직원들에게 붙잡혀 저녁 겸 맥주 한잔을 하러 끌려갔다.

그 자리의 대화 주제는 대부분 신선재였고, 재희는 입도 벙긋하지 못했다.

· · ·

"늦었네요."

오래된 복도식 아파트 가장 끝 집의 문에 기대서 있던 누군가가 몸을 일으켰다. 트레이닝 복에 후드 모자를 덮어쓰고 있었다.

어두컴컴한 가운데 가로등 불빛을 받아 그의 얼굴만 하얗게 빛났다. 은아가 본다면 형광등 같은 얼굴이 환하게 빛나고 있다며 물개박수를 쳤을 광경이었다.

그러나 재희는 익숙한 그 얼굴을 보자마자 얼굴을 찌푸렸다.

"신선재."

"네."

선재가 순순히 대답했다. 성큼성큼 다가간 재희가 선재의 앞에 멈춰 섰다.

"네? 태연자약하게 '네'라고? 가족이랑 식사하러 가신다는 분이 여긴 왜 계실까요? 네?"

"그래서 왔잖아요. 대접하러. 나한테 가장 가족 같은 사람에게."

"가족 같은 거 맞아? 정말 가족 같다. 그치?"

'족'자에 유난히 힘을 실어 말한 재희가 눈을 날카롭게 떴다. 그러고는 어이없다는 표정으로 잔소리를 하려 할 때였다.

"너, 진짜 어떻게 그래? 나한테 말도 한마디 안 하고……."

"치킨 사 왔어요."

말을 자른 선재가 익숙한 치킨집 로고가 박힌 비닐봉지를 들어 보였다. 그 안에는 그녀가 좋아하는 생맥주도 페트로 담겨 있었다. 평소라면 '이런 배운 녀석'이라며 반기겠지만, 지금은 그럴 기분이 들지 않았다. 오히려 어물쩍 넘어가려는 의도가 빤히 보여 더 기분 상했다.

"그게 아니잖아. 너."

"일단 들어가서 이야기하죠."

이미 전투 준비를 마친 듯 선재가 덤덤하게 말했다.

"여기서 떠들다가 옆집 아저씨가 화내요. 알잖아요. 며칠 전에도 싸워 놓고."

선재의 말에 재희는 입을 꾹 다물었다.

이렇게 방어막을 펼친다 이거지?

"그리고 맥주 맛없어져요."

"……."

"치킨은 이 순간에도 식고 있어요."

이래도 자신을 계속 밖에 세워 놓을 거냐는 듯 치킨 봉지를 흔들었다. 동시에 재희의 눈도 함께 흔들렸다. 치킨이 식고 있다니 좀 아깝다. 배불러서 많이 먹진 못하겠지만, 그래도 이왕 먹을 거 따뜻한 게 낫지 않나 싶었다.

거기다가 밖에서 시끄럽게 굴며 안 된다는 선재의 말이 틀린 게 없기에, 안에서 족치겠다는 비장한 각오로 재희가 문을 열어젖혔다.

"후우, 들어와."

신발을 벗고 들어서자마자 일부러 스위치를 세게 내리쳐서 켰다. 그러다 보이는 엉망진창 꼴에 전투력이 조금 떨어졌다.

아침에 급하게 나가느라 집이 엉망진창이었다. 출근 준비를 다 하고 모처럼 빵에 잼 발라먹는 우아함을 누리려다가 손이 미끄러져 빵을 셔츠에 떨어뜨렸다.

그 후로 일이 다 꼬였다. 다른 셔츠는 세탁하지 않았고, 그러다가 넘어져서 스타킹 올이 다 나갔다. 그 전쟁 같은 아침의 잔재가 고스란히 바닥과 식탁에 놓여 있었다.

뒤따라 들어온 선재가 '와아' 하며 뜻 모를 감탄을 했다.

"누나는 정말 튼튼하네요."

"……"

"이런 집에서 병이 안 걸리는 걸 보면."

비꼬는 게 아니라 순수한 감탄이라 더 울컥했다. 그것도 그럴 것이, 재희가 아는 신선재의 집은 언제나 깔끔했으니까.

"너, 진짜……. 후우. 원래 직장인의 평일 집은 이래. 그리고 청소는 이번 주말에 하려고 했어. 잠시만 뒤돌아서서 1분만 있어 봐. 치울 테니까."

전투력이 급감한 재희가 한결 누그러진 목소리로 말했다.

"2분 줄게요. 1분 가지고 안 될 것 같으니까."

"그것 참 고맙다."

재희가 이를 아득아득 갈며 집을 대충 치웠다.

"다 됐어. 들어와."

"3분 47초 걸렸어요."

그걸 또 재고 있었니.

재희가 질린다는 표정으로 선재를 쳐다보았다.

"들어와. 잔소리 하지 말고."

재희의 말에 그제야 선재가 돌아섰다. 신발을 벗고 들어서자 넉넉하던 집이 꽉 찬 느낌이 들었다. 선재는 자연스럽게 식탁 위에 비닐봉지를 놓고, 싱크대로 향했다. 잔과 소금을 부을 종지그릇, 젓가락, 비닐장갑 등을 자연스럽게 챙기기 시작했다.

잠시 편한 옷으로 갈아입고 나온 재희는 당장 먹을 수 있게 정리된 치킨을 보며 심란한 표정을 지었다. 이 와중에 치킨 사 왔다고 마음 풀리는 자신이 싫다.

앉기 쉽게 미리 빼 놓은 의자에 앉은 재희는 젓가락을 집는 대신, 팔짱을 끼고서 선재를 쳐다보았다.

"무슨 생각이야?"

전보다 한결 누그러진, 그러나 무서울 정도로 차분하게 물었다.

"뭐가요?"

선재가 똑같이 팔짱을 낀 채 물었다.

"네가 우리 회사에 왜 왔냐고."

"여기가 내 회사다, 라는 운명을 느껴서요."

"어디서 그런 운명을 느꼈는지 모르겠는데, 틀렸어. 나가."

"어렵사리 취업했는데 나가라니요. 요즘 같은 불경기에 취업이 얼마나 어려운데요."

말과 달리 선재는 선선하게 웃고 있었다. 다른 사람이 그런 말을 하면 입을 딱 다물겠지만, 지금은 화만 돋울 뿐이었다.

"후우, 내가 끝까지 모르는 척하려고 했는데, 너 TJ에 왜 안 갔어? 거기 합격했잖아."

"어떻게 알았어요? 아아, 그날?"

선재가 짚이는 게 있다는 듯 말끝을 늘였다.

한 달 전, 함께 술을 마시다가 선재가 자리를 비운 틈에 재희는 테이블 위에 놓인 그의 휴대폰을 무심결에 보았다. TJ 게임 회사 마케팅팀 3차 면접까지 통과되어 입사 절차를 위해 연락을 바란다는 내용의 문자였다.

게임 업계 1위인 TJ 게임 회사의 마케팅팀 입사라는 말에 재희는 만감이 교차했다.

뿌듯함, 대견함, 부러움, 동시에 3차 면접 통과할 때까지 자신에게 아무 말도 안 한 선재에 대한 희미한 배신감까지 느꼈다.

그러나 떨어질 것에 대비해 말하지 않았을 거라 생각하며, 그가 말해 줄 때까지 기다렸는데 느닷없이 자신의 회사에 얼굴을 들이밀었다.

"왜 안 갔어? 거기 합격했으면 가야지!"

"별로 가고 싶지 않아서요."

"그럼 뭐 하러 3차 면접까지 갔는데?"

"면접 연습하려요."

"······뭐?"

재희가 기가 막힌다는 듯이 물었다. 그사이, 비닐장갑을 손에 낀 선재가 닭다리 살을 분해해 재희의 앞에 놓인 접시에 담아 주었다.

"동일 업계니까 면접 패턴도 어느 정도 비슷할 거라 생각했어요. 당연히 질문도, 분위기도 비슷하더라고요. 그 덕에 신슬도 쉽게 통과했네요."

선재가 아무렇지 않게 대답했다.

아니, 이런 말도 안 되는 녀석을 봤나.

재희는 입을 작게 벌린 채 속으로 중얼거렸다. TJ 게임 회사 면접을 이용해서 신슬 면접을 대비하다니.

비상한 머리를 가진 녀석이라는 건 알고 있었지만, 이렇게 써먹을 줄 몰랐다.

아니, 그보다도 대체 그렇게까지 해서 신슬에 오고 싶었던 이유가 뭐야?

잠시 멍하게 선재를 바라보던 재희가 뒤늦게 정신을 차리고 물었다.

"아니, 그래서 정말로 TJ 포기했어?"

"네."

"……."

간결한 대답에 다시 말문이 막힌다. 잠시 눈을 감았다가 뜬 재희가 침착하게 선재에게 말했다.

"자, 지금이라도 전화해서 빌자. 잠시 잘못된 선택을 했다고. 지금이라도 입사를 허락해 주면 영혼이라도 갈아서 일하겠다고. TJ의 불꽃, 타들어가서 재가 될 때까지 일하겠다고 해."

TJ의 회사 로고인 불꽃을 이용해 던진 재희의 말에 선재가 재미있는 말이라도 들은 것처럼 옅게 웃었다.

"안 된다는 거 알잖아요."

선재가 잘 알지 않냐는 눈으로 쳐다보았다.

안다. 누구보다 잘 안다. 아는데도 답답해서 해 본 소리였다.

TJ의 복지와 급여, 체계, 성과금이 어떤지는 같은 업계라 들은 바가 많아 잘 알고 있었다. 그걸 들을 때마다 얼마나 부러웠던가.

신슬도 나쁘진 않았지만 TJ와 비빌 게 되지 못했다. 그런데 거길 포기하고, 신슬에 들어오다니.

"혹시나 TJ에서 다시 오라고 해도 안 갈 거예요."

"왜? 왜? 대체 왜?"

재희가 입에서 불이라도 뿜을 것같이 소리쳤다. 그러자 선재가 뼈만 남은 닭다리를 비닐봉지에 버린 후, 비닐장갑을 벗으며 말했다.

"제 입사 조건은 하나거든요."

"대체 뭔데."

신슬에 뭐 그리 대단한 게 있어서!

재희가 눈을 부릅뜬 채 선재의 입만 쳐다보았다. 흥분한 재희는 알지 못했다. 선재가 똑같이 자신의 입술을 바라보고 있다는 것을.

선재의 시선이 입술에서 느릿하게 그녀의 눈으로 향했다. 도장이라도 찍듯이 깊은 시선으로 바라보며 입을 열었다.

"그 회사에 이재희가 있느냐, 없느냐."

선재의 말에 재희의 까딱이던 손가락이 움직임을 멈췄다. 재희의 눈빛이 금세 예리해지더니, 상체를 앞으로 숙였다. 두 사람의 간격이 조금 좁아졌다. 선재가 가만히 자신에게 다가오는 재희의 얼굴을 바라보았다.

"너, 방금 은근히 나한테 반말했다? 그렇게까지 회사에 따라와서 뭘 하려고? 회사에서 내숭 떠는 거 까발리려고 그래?"

재희의 말에 기대하며 바라보던 선재의 표정이 미묘해졌다. 잠시 눈을 감았다가 뜬 그는 이내 허탈하게 웃었다. 그가 재희가 했던 것처럼 똑같이 상체를 식탁에 기댔다.

그러자 마주하는 얼굴 사이가 훅 가까워졌다. 선재의 다정한 눈 길이 재희의 눈동자를 번갈아 바라보았다. 무언가를 찾는 것처럼, 혹은 찾아 달라는 것처럼 미묘한 눈빛을 하고서.

"그게 그렇게 들려요?"

"그럼 무슨 생각으로 날 따라와? 네가 의존적인 성격이라 아는 사람이 있어야 편하게 일하는 스타일도 아니고."

오히려 독립적이다 못해 신비스러운 녀석이었다.

대체 뭘 하는지, 무슨 생각을 하는지 모르는 녀석. 중3 때부터 꾸 준히 봐 왔는데도 여전히 모를 구석이 있었다.

"어떻게 하면 그렇게 들을 수가 있지? 신기하게."

선재가 혼잣말처럼, 그러나 분명하게 재희의 눈을 바라보며 말 했다. 분명 대화를 하고 있는데 겉돈다.

"하여튼 못 관두겠다는 거지?"

재희가 직설적으로 물었다.

"사회 구성원으로서 열심히 일하라면서요."

몇 년 전에 뭘 하는지 몰라도 집에만 있는 선재가 걱정되어 넌지 시 이야기한 적 있었다. 집에만 있으면 몸 상하니까 나가서 뭐라도 하라고. 그 말을 듣고 자신의 회사에 취업할 계획을 세울 줄 알았다 면, 절대로 그런 말은 하지 않았을 거다.

"그래서 나한테 보란 듯이 여기 온 거야? 내가 실언했어. 미안해.

돈 많으면 쉬어도 돼. 너, 돈 많잖아. 그냥 집에 있어."

"아니에요. 그 말에 크게 반성해서 열심히 구성원으로 일해 보려
고요."

"네가 언제부터 내 말을 그렇게 잘 들었다고……."

"늘 누나가 하는 말은 잘 들었어요."

"……."

"예전부터 지금까지 쭉."

선재가 입가에 미소를 짓고서 말했다. 팥으로 메주를 쑨다고 해
도 믿음이 갈 법한 선량하고 깨끗한 미소였다. 그러나 오랜 시간 그
를 봐 온 재희는 그 미소를 믿지 않았다.

재희는 절레절레 고개를 내저었다. 어차피 선재를 이기는 건 무
리라는 걸 알고 있었다. 그냥 이렇게라도 자신의 뜻을 전하고 싶었
을 뿐이었다.

"알았어. 대신, 회사에서 아는 척하지 마. 절대로. 알았지?"

"왜요?"

"왜겠어? 괜히 구설수에 오르기 싫으니까 그렇지. 우리가 아무리
결백하게 친남매 같은 사이라고 우겨도, 다른 사람들 눈에는 안 그
래 보이는 거 알잖아. 우리가 그간 받아 온 오해들 기억하지? 회사
에서까지 그런 오해 사고 싶지 않아. 그러니까 꼭 회사에서 남처럼
굴어야 한다. 알았지?"

"……."

"그리고 또 하나."

"……."

"나한테 무슨 일이 있어도 넌 나서지 마."

재희의 눈빛이 반짝였다. 그러면서 힘주어 '무슨'이라는 말을 강조했다.

"그럴게요."

왜냐고 물을 줄 알았는데 다행히 선재는 순순히 대답했다. 묻지 않아서 다행이었다. 만약 선재가 왜냐고 물었다면 조금 당황했을 테니까.

"더 먹을 거야?"

"아뇨. 누나 먹으라고 사 온 거예요."

선재는 줄곧 자신을 챙길 뿐, 정작 자신은 입도 대지 않았다.

"그래. 그럼 오늘 식사는 이쯤하자. 나도 배부르고, 피곤하거든. 이제 좀 씻고 자야겠어."

저녁 회식 때 이미 맥주를 마시고 와서 그런지 배도 든든하고, 술기운이 올라 피곤하던 차였다. 원하는 대답을 얻은 재희가 몸을 일으켰다.

"너도 내일부터 출근하려면 어서 가서 자야지."

"네. 내일 봐요."

"그래. 아! 그리고 출근은 따로 하는 거다. 내가 5분 일찍 출근할게. 너는 그 뒤에. 알았지? 혹시 내가 30분까지 집에서 안 나오면 네가 먼저 출근하는 거야."

재희의 말에 선재는 알았다는 듯 고개를 끄덕이며 일어났다. 선재를 바라보던 재희의 고개가 뒤로 훅 젖혀졌다.

"……그런데 아까 전부터 생각한 건데 키 또 컸어?"

"글쎄요. 잘 모르겠네요. 재 볼까요?"

선재가 대답도 듣지 않고 성큼 다가왔다.

"원래 이 정도였잖아요."

선재가 손으로 재희의 정수리에서부터 손으로 그어 제 가슴에 대었다. 이전과 별달리 달라진 게 없었다. 하지만 오늘따라 왜 이렇게 커 보이는지 모르겠다. 재희는 이제 자신이 매달려야 할 정도로 커진 선재를 아득한 눈으로 바라보았다.

만약, 태우도 살아 있었다면 지금쯤 이만큼 컸을까…….

마음이 무거워진 재희가 어두운 표정으로 고개를 돌렸다. 그래서 선재의 눈빛이 어떻게 변하는지 미처 보지 못했다.

"오늘 피곤할 텐데 가서 푹 쉬어."

이내 평소의 얼굴로 돌아온 재희가 배웅하려는 듯 현관문 쪽으로 다가섰다. 그녀의 시선이 싱크대와 냉장고를 훑었다. 선재에게 챙겨 줄 만한 게 없는지 머릿속으로 고민할 때였다.

"그 사람 맞죠?"

"누구?"

"김단우 씨. 엘리베이터 앞에서 누나랑 통화하던."

"……."

재희의 어깨가 굳었다.

몇 달 전, 집 앞의 편의점을 다녀오다가 단우와 통화한 적 있었다. 엘리베이터 앞에서 마지막 인사를 마친 후, 이상한 기분이 들어 돌아섰다가 선재와 마주쳤다. 선재는 말없이 자신과 휴대폰을 번갈아 보다가 '편의점 다녀왔어요?'라고 물었다. 이후 별말을 안 해서 못들은 줄 알았는데, 들은 모양이었다.

"맞아."

아니라고 부인할까 하다가, 선재의 기억력이 몹시 뛰어나다는 걸 떠올리곤 실토했다. 더군다나 선재의 목소리엔 이미 확신이 깔려 있었다. 이런 상황에서 거짓말해 봤자 의심만 사게 될 거다.

"그런데 그게 왜?"

일부러 재희는 아무렇지 않은 듯 되물었다.

"아니에요. 그만 가 볼게요."

선재는 선선히 웃으며 돌아섰다.

"치킨 싸가."

"말했잖아요. 누나 먹으라고 사 온 거라고. 가 볼게요."

선재가 대답도 듣지 않고 휙 돌아 나갔다. 홀로 집에 남은 재희는 선재가 나간 자리만 가만히 쳐다보았다.

왜일까. 분명 전과 행동이나 말투는 똑같은데, 묘하게 분위기나 표정이 달라진 것 같은 기분은.

재희는 고개를 갸웃거리며 식탁 테이블을 치웠다.

• • •

"정말 대박이지 않아요?"

은아가 허리를 숙여 자리에 앉아 있는 재희의 귓가에 대고 속삭였다.

"정말 그러네요."

재희는 어이없는 표정으로 파티션 너머를 바라보았다. 정확히 파티션 너머 팀장실이었다. 팀장실 파티션 너머로 어른거리는 작은 움직임이 보였다.

"우리 팀장님이랑 운영팀 이제인 씨라니. 대체 무슨 조합이래요? 어떻게 저렇게 눈이 맞았지?"

"……정말로 두 사람 사귄대요?"

재희가 꽉 막힌 목소리로 물었다.

"이거 진짜 특급 비밀인데, 재희 씨만 알고 있어요."

은아가 이전보다 목소리를 더욱 낮춰 귓가에 재희만 들을 수 있게 속삭였다.

"운영팀 아름 씨 말로는 제인 씨가 술에 취해서 말했다더라고요. 두 사람 얼마 전부터 만나고 있다고요. 성격이 잘 맞아서 좀 이른 시기긴 하지만 약혼 이야기도 오가나 봐요. 우리 팀장님이 적극적으로 나서고 있대요. 아무래도 팀장님은 결혼 적령기니까 더 그렇겠죠? 정말 그렇게 안 봤는데 우리 팀장님도 도둑이라니까요. 여섯 살 연하라니."

같은 부서 사람의 입을 통해 나온 말이라고 하니 완전히 틀린 말은 아닐 거다. 그리고 누구보다 평판에 예민하고 다른 사람들의 시선을 신경 쓰는 단우가 사무실에 떠도는 이 소문을 못 들었을 리 없다. 사실과 다르다면 제인을 팀장실에 들이지 않았을 성격이었다. 그런데 지금 보란 듯이 행동하는 걸 보니 소문이 사실인듯 했다.

그렇게 생각하자 재희는 누군가가 뒤통수를 한 대 강하게 때리고 간 것처럼 얼얼했다.

"아, 그런데 아름 씨 말 들어 보니까 이제인 씨 엄청난 부자래요. 대영 그룹 알죠? 거기 어디라더라? 하여튼 그쪽 계열사 사장님의 막내딸이라고 하더라고요. 그런데 부모님이 엄청 검소해서 저렇게 하고 다니는 거래요. 반전이죠? 그거 듣고 얼마나 놀랐던지. 제인 씨 가방이랑 구두 봐요. 완전 보세잖아요. 그것도 한참 낡은 보세. 그런데 그런 집안의 딸이었다니. 역시 사람은 겉만 봐선 알 수가 없어요. 그렇죠?"

곁에서 은아가 두 사람에 관한 이야기를 주절주절 떠들었다. 그러나 몇몇 이야기를 제외한 대부분의 말들이 귓등을 스치고 지나갔다.

아아, 그래서 그랬었구나.

재희의 시선은 모니터를 멍하니 향했다. 그간 조각나 있던 기억의 퍼즐들이 머릿속에서 착착 맞아떨어지기 시작했다. 그러자 자연스레 그때의 기억들이 떠오르기 시작했다.

· · ·

단우가 사적으로 그녀에게 접근한 건, 몇 달 전이었다. 야근을 마친 후 무거운 몸을 질질 끌다시피 하며 퇴근하고 있을 때, 그녀의 앞에 차가 멈춰 섰다. 처음엔 단우의 차인 줄 모르고 지나쳤다가, 무언가 졸졸 따라오고 있다는 느낌을 받고서야 재희는 시선을 차 쪽으로 주었다. 경계 어린 표정을 짓고 있는데 조수석 차문이 스르륵 내려갔다.

"이제 퇴근했나 봐요."

"네, 팀장님."

생각지 못한 사람의 등장에 나오려던 하품이 쑥 들어갔다.

"데려다줄게요."

단우가 말했다. 재희는 뒤를 돌아보았다. 자신 말고 다른 사람이 있나 싶어 살펴봤지만 거리는 텅 비어 있었다.

"재희 씨한테 한 말이에요."

재희의 마음을 읽은 듯 단우가 말했다.

"저……를요?"
"일단 타요. 계속 차를 세워 둘 수 없거든요."

단우의 청에 재희의 머릿속이 바빠졌다. 일찌감치 퇴근한 단우
가 왜 여기 있는 걸까. 때마침 집에 가려는 길에 자신을 발견한 건
가. 그러나 그런 호의를 보이기에 단우는 거리감이 있었다.

단우와 1년간 함께 일해 왔지만 그는 무슨 일이 있어도 자신의
차에 직원을 태우지 않았다. 사적인 이야기도 일절 하지 않았고, 업
무가 아니면 팀원들과 철저하게 거리를 두는 편이었다. 그런 그가
새삼스럽게 자신을 차에 태워 준다고 하니 못내 의심스러웠다.

그러나 단우의 재촉을 계속 무시할 수도 없고, 혹시나 업무에 관
한 일일 수도 있기에 재희는 조심스럽게 조수석에 탔다.

처음으로 타 본 고급 세단은 조용하고 편안했다. 불편한 와중에
이런 걸 감상할 수 있다는 게 신기했다.

"집이 어디예요?"

"수종동이에요."

"아아. 수종동."

단우가 미묘하게 말끝을 늘였다.

"그런데 무슨 일이신가요?"

재희가 조심스럽게 물었다.

"무슨 일이 있어야 하나요?"

"갑자기 저를 데려다주신다고 하시니까……"

"지나는 길에 재희 씨가 보여서 데려다주는 거예요."

"……."

"부담스러운가요? 내가 그렇게 어려운 사람은 아닌데 말이죠."

"아뇨. 그런 건 아니지만."

부담스러운 건 아니지만, 당황스럽긴 했다.

"저기 앞에서 내려 주세요. 지하철 타고 갈게요."

막차까진 시간이 넉넉하게 남아 있었다. 단우는 데려다주겠다고 강하게 이야기했지만, 재희가 거듭 거절하자 어쩔 수 없다는 듯 그녀를 지하철역에 내려주었다. 재희는 멀어지는 단우의 차를 보다가 고개를 갸웃거렸다.

딱히 회사 일로 할 말도 없었던 것 같은데, 자신이 사는 동네만 묻고 내려 주었다. 이상했다. 그러나 그 일들은 앞으로 일어날 이상한 일들의 전초였다.

단우는 회사에서 내색하지 않았지만, 퇴근 후 간간이 그녀를 기다렸다. 집에 가면 '잘 도착했어요?'라고 개인적인 메시지를 보냈다. 회사에서 둘만 남아 있을 때, 그는 따스하게 웃으며 사적인 질문을 던졌다.

이를 테면 "점심 식사 잘했어요?", "오늘 예쁘네요." 같은.

삶에 치이고, 회사 생활에 치여 오래도록 연애를 하지 않았다지만, 그가 보내는 신호들이 무엇인지 알아채지 못할 만큼 둔하지 않았다. 그가 자신에게 관심을 보이며 접근하고 있었다.

그런 상황이 처음엔 의아했지만, 시간이 흐르자 나쁘지 않았다. 그는 점잖았고, 다정했으며, 멋있었다. 그녀가 여태껏 봐 온 남자들 중에 가장 근사한 어른 같았다.

그중 무엇보다도 든든하고, 단단한 모습이 좋았다. 어떤 것에도 휘둘리지 않고, 오히려 자신이 흔들릴 때 잡아 줄 수 있을 것 같았다.

대학 진학과 동시에 삶이 수렁에 빠진 후로부터 단 한 번도 마음 편하게 쉰 적 없었다. 사업에 실패한 아버지, 실의에 빠진 어머니, 남은 빚, 슬퍼할 겨를도 없이 닥쳐오는 불행을 헤쳐 나가느라 여념이 없었다.

돈을 벌어 빚을 갚고, 여전히 충격에서 헤어 나오지 못하는 부모님에게 든든하고 자랑스러운 딸이 되어야 했다. 부모님의 울음을 받아내느라 정작 자신은 우는 법을 까먹었다. 그렇게 살다 보니 어느새 서른이 되었다.

삶은 고단함과, 피곤함. 그 자체였다. 단우에게 느끼는 감정이 사랑이 아니라도 괜찮았다. 함께 있는 동안 괜찮다는 생각을 할 수 있는 관계야말로 어른들의 연애일 테니까.

그러는 중에 가장 중요한 부분을 간과했다. 그게 후폭풍을 몰고 올 거라곤 그때까지 예상치 못했지만.

단우는 재희가 거부하지 않자 더욱 강하게 몰아붙였다. 재희는 얼떨떨했지만, 단우가 하는 행동을 거절하지 않았다.

몇 번의 회사 근처에서 데이트, 좋은 곳에서의 식사, 드라이브, 그리고 처음으로 손을 잡았다. 어른들의 연애가 이런 거라는 걸 알려 주기라도 하듯, 그는 차근차근 순서대로 밟아 나갔다. 재희는 머릿속으로만 상상하던 것들이 실제로 일어나자 조금 들떴다. 이게 단우에 대한 호감인지, 자신이 연애한다는 사실에 들뜬 건지 구분이 되지 않았지만 크게 개의치 않았다.

"부모님은 같이 안 사나 봐요."

처음으로 손을 잡은 날, 그가 차에서 조심스럽게 물었다.

"네."
"그럼 뵙기 어렵겠네요. 괜찮으면 함께 식사라도 할까요?"
"제 부모님이랑요?"

재희가 깜짝 놀라 되물었다.

"네. 빨리 뵙고 싶어서요. 재희 씨를 낳아 주셔서 감사하다고 인사드
리고 싶어서요. 요즘 정말 행복하거든요."

단우가 편안하게 웃었다. 그런데 이상하게 그 말이 드라마 속 배
우의 대사처럼 멀게만 들렸다. 재희는 난처한 표정을 지었다.

"부모님이 멀리 계시기도 하고, 요즘 두 분 다 일하시느라 바쁘셔
서요."

재희는 시기가 이른 것 같아 돌려 거절했다.

"그렇겠죠. 한창 바쁘시겠죠."

뭔가를 아는 것처럼 말하는 단우를 재희가 의아한 눈으로 쳐다
보았다.

"그래도 잠깐 식사 시간은 내실 수 있을 테니까요. 만약 재희 씨가
너무 부담스러우면 거절해도 돼요. 다음에 여유 생기면 봬요. 내
뜻이 그렇다는 것만 말해 주는 거예요."
"네. 알겠어요. 다음에 서울에 오시면 봬요."
"서울이 아니라 다른 곳에서 살고 계신 건가요?"
"네. 수원에요."
"거기 계시면 출퇴근이 힘들지 않으세요? 회사랑 정반대인 것 같
은데?"
"아뇨. 가깝대요. 집 근처에 공장이 있다고 들었어요."

대화가 조금씩 엇갈리고 있다는 걸 느꼈다. 단우의 표정이 묘해
졌다.

"······공장요?"
"네."

재희의 대답이 마치기가 무섭게 차 안의 공기가 싸늘하게 굳었다. 단우의 얼어붙은 눈빛이 얼굴을 헤집듯이 훑었다.

"······거기서 무슨 일 하시는데요?"
"경비일 하고 계세요. 어머니는 얼마 전부터 아는 분 편의점 일을 돕고 계시고요."

그녀의 대답을 끝으로 차 안에 막막한 침묵이 차올랐다. 재희는 뭔가가 잘못되고 있다는 걸 그때 확실히 느꼈다.

"······아니었어?"

그가 모를 소리를 중얼거렸다. 얼마 후, 단우의 굳은 얼굴 위로 복잡함 감정이 스쳐 지나갔다. 재희는 그 복잡함이 자신과 단우 스스로를 향한 것이라는 걸 눈치챘다. 그리고 그가 돌이키기 힘든 오해를 했다는 것도.

그제야 재희는 뭔가 이상하다는 걸 느꼈다.

그러고 보니 이 사람은 왜 자신에게 다가온 걸까. 자신의 어디가 좋았던 걸까. 정말 자신에게 관심이 있었던 게 맞을까······.

눈을 가리고 있던 것이 사라지자 희미하게나마 진실이 보였다. 그가 자신을 갑작스레 좋아할 만한 일은 있지 않았다. 사람이 살다

보면 그럴 수 있다고 하더라도, 단우는 그럴 만한 성격이 아니라는 게 뒤늦게 떠올랐다.

단우는 말없이 차를 몰아 그녀의 집 앞에 주차했다. 이것도 간신히 화를 참고 해낸 거라는 듯, 그가 얕은 한숨을 내쉬더니 고개를 들었다. 그의 시선이 그녀가 살고 있는 오래된 아파트로 향했다.

"어쩐지."

그가 조그맣게 중얼거렸다.

이상하더라니.

그가 덧붙이지 않은 말이 들리는 것 같았다.

재희의 어깨가 좁아졌다. 단우의 시선이 닿아 있는 지금, 그 건물이 자신인 것 같았다.

낡고, 오래된, 보수를 많이 해야 하는 아파트.

이유 모를 수치심이 들었다. 단우는 그 아파트를 한참이나 바라보다가 최악의 결과를 본 사람처럼, 황망하고 어이없다는 눈으로 자신을 쳐다보았다.

"이재희 씨."

마침내 단우가 입을 열었다.

"네."

"미안해요."

뜻을 모를 그의 사과에 얻어맞은 기분이 들었다.

"지금까지 일은 없었던 걸로 합시다."

"……."

"내가 실수를 했어요. 착각을 했고요."

"……."

"그러니 없던 일로 해요. 다른 사람들한테는 말하지 말아요. 어차피 계속 얼굴 볼 사이인데 다른 직원들까지 불편하게 만들 필요 없잖 아요."

다른 직원들이 아니라 본인이 불편한 게 싫은 거면서 단우는 잘 도 둘러댔다.

"다른 사람과 절 착각하신 건가요?"

재희의 물음에 단우는 다른 대답을 했다.

"그런 줄 알고 있을게요. 그러니 조심히 가요."

부탁이 아니라 명령이었다. 그는 더 이상 대화를 사절하듯 고개를 돌려 창밖을 바라보았다. 순식간에 불청객이 된 기분이 든 재희는 한마디의 대꾸 없이 차에서 내렸다. 단우는 한시라도 빨리 이곳을 벗어나고 싶은 사람처럼 빠르게 사라졌다.

오해를 한 건 그쪽인데 왜 내게 화를 내느냐고 물을 수도 있었다. 무슨 오해를 한 거냐고 따져 물을 수도 있었다. 하다못해 지금 한 행동은 몹시 무례하다며 힐난할 수도 있었다. 그러나 그 어떤 것도 하지 않았다. 아니, 할 수 없었다.

그가 자신에게 뭔가를 바라고 다가온 것처럼, 자신도 그에게 바라는 게 있었다는 게 그 순간 떠올랐다.

그가 근사하고 멋져서 만난 것도 있지만, 그 이유 말고도 다른 것들이 있었다. 어른스러운 그에게 의지하고 싶고, 편해지고 싶었다. 팀장인 그라면, 잘사는 그를 만난다면 지금보다 삶이 조금은 평탄하지 않을까. 좋아하는 것도 아닌데 그저 기대고 싶은 마음에 만났다. 그 졸렬한 마음이 입을 틀어막았다.

그리고 구차하게도 무시당하는 그 순간에도 다음 날 출근이 걱정되었다. 팀장과 척을 지면 손해는 고스란히 자신의 몫이었다. 아직은 회사를 다녀야 했다. 정확히 회사에서 나오는 월급이 필요했다.

그 모든 상황이 다짐하게 만들었다.

그래. 없던 일로 하자. 차라리 그러자. 대신 울지는 말자. 우는 건 너무 비참하니까.

재희는 이를 악물며 다짐했다.

다음 날, 새벽부터 일어나 아무렇지 않은 표정을 짓는 연습을 했다. 그 끝에 겨우 무표정하게 단우 앞에 설 수 있었다. 그런 자신을 단우는 말없이 바라보았다. 평소와 다름없는 표정이었으나, 자신을 바라보는 눈길은 훨씬 더 냉랭하고 차가웠다.

그 얼굴을 마주하고서야 깨달았다. 이미 벌어진 일은 없던 일이 되지 않는다는 걸. 없던 일로 하자고 했지만, 그는 말처럼 그럴 생각이 없다는 것 또한.

그는 그날부로 다른 사람이 아닐까 의심스러울 정도로 달라졌다. 다른 직원들 앞에선 내색하지 않지만, 둘만 있으면 갖은 시빗거리로 사람을 괴롭혔다. 굳이 불필요한 업무, 이중 업무, 혹은 가장 까다로운 업무만 그녀에게 몰다시피 맡겼다.

그렇게 벌써 몇 주가 흘러가고 있었다.

• • •

대기업 막내딸 이제인, 일개 사원 이재희.

자신의 부모님에 대해 알자마자 도망치듯 떠난 그가 공교롭게도 자신과 헤어진 지 얼마 되지 않은 시점에 제인을 만나기 시작했다.

"……아니었어?"

자신을 보고 넋 나간 듯 중얼거린 그의 말이 무슨 뜻인지 이제야 알 것 같았다.

그는 자신을 이름이 비슷한 제인과 헷갈렸고 그래서 다가왔다. 그리고 아니라서 떠난 거였다. 너무도 간단하고 비참한 사실이었다.

팀장실 문이 열리고 직원들의 시선이 일제히 한곳으로 쏠렸다. 쏟아지는 시선에 놀란 듯 제인이 눈을 동그랗게 떴다.

그리고 보니 공교롭게도 스타일이나 체형까지 비슷했다. 흰 셔츠, 헐렁한 밴츠, 어깨 아래까지 오는 머리길이 등. 다행인지 불행인지 이미지나 생김새가 다르긴 했지만. 그것마저 비슷했다면 조금 견디기 힘들었을 것 같았다.

"부자라는 걸 알고 봐서 그런지 달라 보이네요."

은아가 아주 작은 목소리로 덧붙였다. 재희는 뭐라 할 말이 없어서 입을 꾹 다물었다.

"어?"

제인이 사무실 문이 열리자 의아한 목소리를 냈다. 문을 열고 들어온 사람은 신입 사원 조례 모임에 참석했다가 돌아온 선재였다. 제인이 손끝으로 선재를 가리킨 채 입을 멍하니 벌리고 있었다. 선재가 가만히 제인을 마주했다. 그의 미간이 살짝 좁아졌다가 풀렸다. 그러고는 제인의 목에 걸려 있는 사원증을 보더니 가볍게 고개 인사를 하곤 지나쳤다.

"저기……!"

제인이 다급하게 선재를 불렀지만, 선재는 안 들리는 것처럼 무시했다. 직원들의 시선이 선재의 뒤를 따랐다. 유일하게 단우만이 제인의 뒷모습을 쳐다보고 있었다.

선재는 본인의 자리를 지나쳐 재희의 앞에 멈춰 섰다.

"선배."

아니, 왜 이 타이밍에 나한테 와.

재희가 곤란한 표정을 애써 숨기며 선재를 쳐다보았다. 직원들의 시선이 뒤따라 선재와 그녀에게로 몰렸다.

"네."

"다녀왔어요."

"네?"

아니, 언제부터 나한테 이런 인사를 했다고?

자리에 앉은 선재는 괜한 서류를 꺼내 그녀에게 내밀어 이것저것 묻기 시작했다. 그 모습을 저 멀리서 제인이 멍하게 바라보는 것이 느껴졌다. 그런 그녀의 뒷모습을 단우가 여전히 지켜보고 있었다.

재희는 선재가 묻는 쓸데없는 질문에 대답하며 그의 얼굴을 쳐다보았다. 선재의 미간이 좁아져 있고, 입매는 단단히 굳어 있었다.

선재도 제인을 아는 듯했다. 그것도 안 좋은 쪽으로. 그런데 왜인지 제인은 저 멀리서 선재에게 알은척하고 싶어서 발을 동동 굴리고 있었다.

대체 뭐가 어떻게 되어 가고 있는 거지?

재희는 묻고 싶은 질문을 하는 대신, 선재의 질문에 형식적으로 대답했다.

· · ·

"기다리다가 잘 뻔했네."

늦게 퇴근한 선재는 현관문 앞에 쭈그리고 앉아 있는 재희를 바라보았다.

"여기서 뭐 하고 있어요?"

"너 기다렸지."

"뭐 하고 있었다고요?"

분명히 들릴 만한 거리인데, 선재는 못 들었다는 듯 다시 한번 물었다. 대답을 한 번 더 듣겠다는 것처럼.

"너. 기.다.렸.다.고."

재희는 되묻지 말라는 듯 분명하고 강하게 대답했다. 그러자 선재가 가만히 그녀를 내려다보았다.

"기다리면서 자고 있었어요? 눈 다 풀어졌어요. 여기서 자면 입

돌아가요."

"네가 집에 넣어 주겠지."

재희가 일어나려다가 다리 저리다는 듯 그 자리에 풀썩 앉았다. 어느새 다가온 선재가 손을 내밀었다. 재희는 자연스럽게 그의 손을 잡고 일어섰다.

"너."

재희가 입을 열 때였다. 선재가 자연스럽게 재희의 트레이닝복 후드를 머리에 덮어씌워 끈을 잡아 당겨 묶기 시작하는 바람에 말문이 막혔다. 재희는 벗어나려고 고개를 버둥거렸으나 선재의 힘때문에 꼼짝도 할 수 없었다.

"하지 마."

"가만히 있어요."

아무리 반항해도 선재의 힘을 이길 수 없었다. 동생이라고 하지만, 선재는 남자다. 그것도 평균보다 한참이나 큰 녀석.

반항을 포기한 재희는 슬쩍 눈을 내리 깔아 후드 끈을 묶는 선재의 손을 구경했다. 군대를 다녀왔다고 믿기 힘든 매끈한 손이 연주라도 하듯 부드럽게 움직였다.

재희가 눈을 들어 선재를 보았다. 역시 잘생겼네. 슬쩍 내리깐 눈매는 짙고, 일자로 다물린 입술은 우아하다. 대체 어떤 여자랑 연애하려고 지금껏 연애도 안 하고 있는 건지. 부디 여자 보는 눈이 있어서 좋은 사람을 데려와야 할 텐데, 라고 생각할 즈음 선재의 손이 떨어졌다. 끈이 예쁜 리본 모양으로 묶여 있었다.

"답답한데."

재희가 후드를 당기며 얼굴을 찌푸렸다.

"후드 벗지 말고 그대로 가만히 있어요. 감기 걸리기 전에. 왜 자꾸 머리 덜 마른 채로 나와요?"

선재가 마음에 안 든다는 듯 눈가를 찌푸리며 물었다.

"어떻게 알았어? 끄트머리만 조금 덜 말랐을 뿐인데."

"보면 알아요."

이 어두운 데서?

재희가 놀란 표정으로 쳐다봤다. 오랜 시간 가족처럼 함께 했지만, 가끔 이 녀석은 뱀파이어나 다른 이세계 종족이 아닐까 싶을 정도로 기이한 능력을 보일 때가 있었다. 엄청난 기억력이나, 혹은 어두운 데서도 젖은 머리와 아닌 머리를 구분할 정도의 시력 같은 거였다.

"그런데 무슨 일이에요?"

선재는 자신이 묶어 놓고도 리본의 모양새가 마음에 안 드는지 자꾸 만지작거리며 물었다.

"아아. 오늘 사무실에 있었던 일 물어보려고. 궁금해서 한참 기다렸어."

"전화하지 그랬어요."

"하려고 했는데 배터리 방전되어서 충전 중이거든. 집에 있으면 다른 생각만 나기도 해서 겸사겸사 나와 있었어. 아아, 이게 아니라, 무슨 사이냐니까."

"좋은 사이죠."

선재의 말에 재희의 눈에 크게 벌어졌다. 안 그래도 큰 눈이 툭 튀어나올 것 같다. 그 얼굴에 선재의 얼굴에 미미한 미소가 감돌았다.

"누나랑 저랑요."

"아니. 너랑 나랑 말고."

재희가 김샜다는 표정을 지었다. 재희의 반응이 재미있다는 듯 선재가 더 짙게 웃자 눈꼬리가 더욱 아래로 처졌다.

"그럼요?"

"이제인 씨랑 너랑 말이야. 너, 분명히 이제인 씨 알아봤지? 표정에서 '저 사람 압니다'라고 말하고 있던데."

"서로 얼굴과 이름은 아는데 좋은 사이는 아니에요."

곤란한 표정으로 말을 아낄 거라는 예상과 달리, 선재는 순순히 대답했다.

"뭔데? 설마…… 사귀다가 헤어졌었어? 아니면 썸 타다가 차였어? 그것도 아니면, 네가 찼어?"

말을 할수록 재희의 목소리가 높아졌다.

"다 아니에요. 그리고 여자 만난 적 없어요."

선재의 말에 재희가 움찔했다. 여자 만난 적 없다는 말을 평소보다 강경하게 한 탓이었다.

"정말 없어?"

그간 자신과 거의 붙어 있다시피 해서 없다는 걸 알긴 하지만, 정말 없었다고 하니 이상하다.

"그 나이에?"

"여전히 솔로인 사람도 있는데요."

선재가 손끝으로 재희를 가리켰다.

"그거야 그렇지만……."

"그리고 정말 아무 사이도 아니에요. 그냥 그 여자가 날 좀 귀찮게 따라다녔어요. 그게 전부예요."

"아, 그래?"

종종 선재를 따라다니는 여자들이 있었다. 그리고 보통 선재가 기억할 정도라면 프로게이머 시절 따라다녔던 여자애일 확률이 높았다.

"그럼 이번엔 내가 물을게요. 김단우랑 무슨 사이였어요?"

"……."

생각지 못한 질문에 재희가 움찔했다. 처음으로 할 말을 잃은 재희는 느릿하게 고개 들었다.

고장 난 센서등 때문에 어두컴컴한 복도를 가로등 불빛이 가까스로 밝히고 있었다. 그 불빛에 무표정하게 자신을 내려다보는 선재의 얼굴이 보였다. 분명 무표정한 얼굴인데 이상하게 화가 난 것처럼 보였다.

"갑자기 그런 건 왜 물어?"

"난 대답했어요."

그러니 너도 대답해라, 라는 의지가 느껴졌다.

"……그냥 밥만 몇 번 먹은 사이."

고민하다가 재희가 입을 열었다. 선재는 입이 무겁고, 눈치가 빠르다. 벌써 단우와 자신 사이에 뭔가가 있다가 끝난 걸 알고 묻는 눈치였다.

이럴 줄 알았으면 이제인에 대해서 묻지 말걸.

후회해 봤자 이미 늦었다.

"언제 시작했어요?"

"몇 달 전."

"그리고요? 밥만 먹진 않았을 거 아니에요?"

더 있는 거 안다는 듯 캐물었다. 이상하리만치 선재의 분위기가 가라앉아 있었다.

"그리고 손잡고 끝난 사이. 그게 다였어. 진짜야."

"끝난 이유 물어봐도 돼요?"

"차였어."

"잘됐네요. 축하해요."

대답은 지체 없이 나왔다.

"너, 정말 너무한 거 아니야? 축하 받을 일은 아니잖아? 이게?"

재희가 기가 막히다는 듯이 쳐다보았다.

"좋은 사람 아니에요, 그 사람."

"……"

"잘 피한 거예요. 안 엮였으면 더 좋았겠지만."

"그 말 되게 위로된다."

"진심이에요."

"어쨌든."

재희가 빙긋 웃었다.

"시끄러워 죽겠네! 누가 또 복도에서 떠들어대! 이 시간에!"

갑작스레 들리는 고함 소리에 두 사람의 시선이 옆집으로 향했다. 이 시간이라고 해 봐야 저녁 여덟 시도 되지 않았다. 옆집 아줌마의 말에 의하면 아저씨는 우울증으로 수면제 복용을 꾸준히 하고 있으나, 그마저도 들질 않는지 요즘 들어 부쩍 더 예민해졌다고 하더니 사실인 모양이었다.

재희는 말없이 선재에게 손을 흔들어 보였다. 그러고는 각자 집으로 들어가자는 수신호를 보냈다.

"밥 안 먹었으면 같이 먹어요."

선재의 말에 재희가 고개를 가로젓더니 배를 두드렸다. 이미 저녁을 먹었다는 신호를 보낸 재희는 미련 없이 제 집으로 향했다. 선재는 재희가 집으로 완전히 들어가는 걸 보고서야 자신의 집으로 걸음을 옮겼다.

2장

재희는 심각한 표정으로 모니터를 들여다보았다. 매해 제출해야 하는 신게임 제안서 그리고 현재 회사에서 가장 고정 유저를 많이 차지하고 있는 '디펜서' 6주년 이벤트 제안서를 작성하기 전에 자료 수집 중이었다. 게임 잡지를 모조리 구독하는 건 물론, 직원마다 할당된 종합지를 뒤져 게임 자료가 있으면 메신저나 메일로 공유했다.

진즉에 그 일들을 끝내 놓은 재희는 디펜서 유저들이 모여 있는 사이트에 접속하기 전, 숨을 깊게 들이마셨다. 손끝이 벌벌 떨린다. 매일 들어가는 사이트라 회사만큼이나 익숙한 곳인데, 오늘 일어난 이슈 때문이었다. 마음을 정리한 재희가 움직였다.

달칵. 검지가 마우스를 눌렀다. 모니터의 화면이 바뀌더니 익숙한 사이트를 띄웠다. 글을 읽어 갈수록 재희의 표정은 암담하게 변했다.

→ 미친, 발로 게임 만드냐. 이따위 버그가 터지게 만드냐.

→ 개발 게임 의리로 하고 있더니 과금 유저 개무시하고 신규에 몰빵을 해?

→ 내가 드러워서 이 판 떠난다. 겜 접을 파티원 구합니다.

→ 협성검 실제로 구합니다. 신슬 갈기러 갈 겁니다

오늘 아침 업데이트를 마치고 오픈했는데 심각한 버그와 오류 발생으로, 신입 유저들에게 지나치게 좋은 아이템이 돌아갔다. 그것도 무한으로 발생하는 바람에 게임 밸런스 붕괴가 되는 처참한 상황이 생겼다.

재희는 자신에게 하는 말도 아닌데, 이런 글을 볼 때마다 눈앞이 아득했다. 이런 건 운영팀이 주로 보지만, 운영팀과 겹치는 업무 부분이 있어서 개발기획팀인 재희도 간간이 보곤 했다.

대부분 개발이나 이번 업데이트에 대한 욕설 난무하는 힐난이 많았지만, 개중에는 여태껏 쌓인 불만을 토해내는 유저들도 있었다. 평소엔 귀찮아서 불만을 표하지 않다가 이번 사건으로 다 터트리는 그런 사람들이었다.

→ 신슬 쓰레기임. 대체 개발팀이나 기획팀 부서가 있는 거임? 신규 이벤트를 이 지경으로 해 놓고 밤에 잠이 옴?

→ 인정. 새 게임 나오자마자 디펜서 팽 당했음. 씨발. 이럴 거면 디펜서 없애든가. 이따위로 일함?

→ 게임 업데이트를 어떻게 이렇게 함? 다들 자다가 함?

→ 출장 갔다가 며칠 만에 접속했는데 이 꼴 났음. 해외여행 다녀오면 박살나 있겠네. 무서워서 어디 가겠냐.

"윽."

재희가 가슴께를 감싸 쥐었다. 예상하던 대로 이번 디펜서 업데이트에 다들 불만이 많았다. 그들은 디펜서에 대한 애정이 있는 만큼, 욕설과 지적을 하는 데 거침이 없었다. 걸러지지 않은 힐난을 받아들이는 재희는 정신이 너덜거리는 것 같았지만, 꾹 참고 하나씩 읽었다.

그중에 분명 필요한 정보들이 있었다. 어떤 걸 필요로 하는지 말하는 사람들의 의견만큼 소중한 것도 없었다. 필요한 것들을 메모하고 나온 재희는 게임 갤러리, 게임 동호회, 게임 유저들이 제일 많이 가입되어 있다는 사이트들까지 모조리 싹 돌고 나왔다. 그렇게 정보만 수집하고 나니 어느새 정오가 되어 있었다.

"후우, 벌써 점심시간이네."

그러나 식욕이 크게 돌지 않았다. 욕을 많이 먹었더니 배가 부른 것 같은 착각이 들었다. 동시에 오늘 먹은 욕으로 불로장생할 할수 있을 것 같은 기분도 들고.

"내가 오래 살게 되면 다 우리 유저들 덕이야……."

재희가 중얼거리기가 무섭게 옆자리에서 의자 바퀴 구르는 소리가 들렸다. 방향은 이쪽이었다.

"재희 씨."

자신의 파티션 너머로 얼굴을 불쑥 내미는 은아가 익숙하다는 듯 재희를 쳐다보았다.

"대박."

은아가 대박이라고 말한 날치고, 조용한 날이 없었기에 재희는 긴장했다.

"왜요?"

"제인 씨 우리 부서 왔어."

"그분 부서 이동했대요? 우리 부서로 온 거예요? 왜 이렇게 자주 보여요?"

재희가 불퉁한 목소리로 대꾸했다. 그 말을 농담으로 받아들였는지 은아가 만화에서 나올 법한 목소리로 꺄르르 웃었다.

"그런데 제인 씨가 누굴 찾아갔는지 알아?"

"팀장님이겠죠. 사내 연애 중이라면서요."

재희가 사내 연애라는 말을 강조하며 조용하게 대답했다. 같이 점심이라도 먹으려는 모양이었다. 재희는 문득 상냥하게 대해 주던 단우의 모습이 떠올랐다. 그 모습에 이제인 씨도 속아 넘어가겠지. 단우가 자신이 아니라 자신의 배경에 관심을 보이는 것도 모른 채. 쓸쓸했다. 그러나 친하지도 않은 제인에게 '우리 팀 팀장님 조심하세요!'라며 자신에게 있었던 일을 미주알고주알 말할 수도 없는 노릇이었다.

"아니. 아주 놀랍게도 선재 씨 찾더라고요."

"뭐라고요?"

자리를 정리한 후, 식사하러 갈 준비를 하던 재희의 고개가 홱 돌아갔다.

"대박이죠?"

예상보다 강한 재희의 반응에 은아가 눈에 빛을 냈다.

"선재 씨 어디 갔는……."

길게 말할 것도 없었다. 은아의 시선이 향한 곳으로 고개를 돌리니 그곳에 선재와 제인이 보였다. 보이는 건 선재의 뒤통수인데 불편해하는 게 느껴졌다. 그에 비해 제인의 얼굴은 불긋한 채 들떠 보였다.

문제는 팀장실에서 막 나오던 단우가 불편한 표정으로 그 상황을 쳐다보고 있다는 거였다.

대체 뭐가 어떻게 돌아가고 있는 거야.

사무실이 조용해지자 간간이 제인의 목소리가 들렸다.

"정말 팬이에요."

그 목소리에 재희는 나오려는 한숨을 꾹 참았다.

역시나.

예상했던 대로 제인은 과거에 선재를 따라다녔던 팬 중 한 명인 모양이었다.

"팬? 무슨 팬?"

은아도 들었는지 눈을 휘둥그레 하게 뜬 채 되물었다.

"글쎄요."

재희는 알면서도 모르는 척 입을 다물었다. 이건 선재의 문제였다. 자신이 할 일은 최대한 남처럼 구경하고 있는 거였다.

다만, 조금 걱정스러웠다. 선재는 차분하고 침착한 성격이지만, 한편으로는 귀찮은 걸 못 견디는 면이 있었다.

"혹시 저 기억하시는지……."

제인이 수줍어하는 표정으로 조심스레 물었다.

"죄송하게도, 모르겠네요."

"아……."

천진난만하게 붉어진 제인의 표정이 금세 시무룩해졌다.

"볼 일 보고 가시죠. 저는 바빠서요."

선재는 길게 이야기하기 싫다는 듯 뒤돌아섰다. 그러자마자 흘 깃 쳐다보고 있던 재희와 눈이 마주쳤다. 무언가를 감지한 재희가 거북이처럼 목을 안으로 말아 넣으며 파티션 너머로 천천히 얼굴 을 숨겼다.

"선배."

선재가 성큼성큼 다가오며 자신을 불렀다. 선재의 목소리가 심상찮다. 분명 선배라고 불렀는데 하대당하는 느낌이다. 재희는 모르는 체 하며 이미 꺼진 모니터만 열심히 쳐다보았다.

"선배."

마침내 선재가 그녀의 파티션을 짚고서 불렀다.

"……네."

더는 모르는 체 할 수 없어서 선재를 올려다보았다. 서늘한 눈으로 자신을 내려다보고 있었다.

대체 애는 왜 이제인 씨만 보고 나면 나한테 오는지 모르겠다.

"식사 하러 가죠. 밥 사 주기로 하셨잖아요."

내가? 내가 너한테? 너처럼 돈 많은 애한테 일개 월급을 받는 내가?

재희가 눈으로 연거푸 선재에게 물었다. 그러나 선재는 뻔뻔하리만치 당당한 표정을 자신을 내려다보고 있었다. 너무 뻔뻔해서 자신도 모르게 그런 소리를 했나 하고 착각이 들 정도였다.

"……그래요, 뭐, 그래야죠. 은아 씨도 같이……."

"아깝네요. 나, 오늘 외부 미팅 있어요. 거기 가서 식사해야 해요."

은아가 진심으로 안타깝다는 표정을 지었다. 다른 직원들도 일이 있는지 고개를 가로저었다.

"그럼 둘만 먹으면 되겠네요. 가시죠."

선재의 말에 재희는 마지못해 몸을 일으켰다. 사람들의 시선이 쏠렸다. 특히 제인의 부러움 섞인 시선이 자신에게 내리꽂혔다. 덩달아 단우가 속을 알 수 없는 표정으로 자신을 쳐다보았다.

재희는 앞장서자 자연스레 선재가 그 뒤를 따랐다. 엘리베이터로 향하며 재희는 조용히 생각했다.

아, 연행 당하면 이런 기분일까.

• • •

"너 왜 자꾸 이제인 씨랑 이야기하고 나면 나한테 와?"

회사 근처 식당에서 불고기 백반 두 개를 주문한 후, 재희가 선재를 삐딱하게 쳐다보며 물었다.

"지저분한 거 묻으면 손 닦잖아요. 그런 거예요."

"내가 수건이냐?"

"기분이 그렇다는 거예요."

"그러니까 내가 네 기분 청소기라는 말이야?"

"힐링되는 사람이라고 하죠."

"……."

그렇게 말하면 할 말이 없는데. 같은 말이라도 반박 못하게 표현하는 기술이 선재에겐 있었다.

"나한테 더러운 거 묻히지 마. 나는 힐링하러 갈 힘도 없어."

"생각해보고요."

"근데 너 이제인 씨한테 너무 싫어하는 티 내는 거 아냐? 뒤통수만 봐도 티 나던데. 적당히 해. 회사에 이상한 소문 나 봤자 좋을 거 없어. 이건 사회생활을 오래한 꼰대 선배의 이야기니까 새겨들어."

"저런 타입 싫어해요."

"이제인 씨가 어떤 타입인데?"

"알면서 모르는 척하는 타입."

"……."

"내가 싫어하는 티를 내고, 모르는 척하고 싶어 하는 걸 눈치챘으면서 무작정 들이밀잖아요. 거기다가 사무실에서 팬이라고 해 버리면, 다른 사람들이 뭐라고 생각하겠어요? 제가 말하지 않았는데 제멋대로 제 과거를 말하잖아요. 그런 사람은 경험상 엮이지 않는 게 좋더라고요."

선재는 자신이 프로 게이머로 활동했던 사실을 알려지는 걸 원치 않았다. 그걸 잘 아는 재희가 고개를 끄덕였다.

"그건 그렇지."

"그리고."

"이유가 또 있어?"

재희가 이제 막 나온 불고기 뚝배기를 뒤적이며 물었다.

"김단우랑 사귈 만큼 눈 낮은 사람이랑은 엮이고 싶지 않아요."

"풉."

밥을 입에 떠 넣기도 전에 사례에 들렸다. 정말 생각지 못한 이유였다. 선재가 얌전히 티슈를 뽑아 그녀의 앞에 내밀었다.

"야, 그렇게 말하면 내가 뭐가 돼?"

"김단우랑 사귀었어요?"

물어오는 목소리가 전보다 낮아졌다.

"아니. 그건 아니지만."

사귄 것도 아니고, 그 전에 차였다. 차마 그 이야기까지 할 수 없었다.

"그럼 됐어요."

"그래도 뭐, 나름 시원하고 통쾌하다."

재희는 티슈로 입가를 닦은 후, 말했다. 사무실에서 단우에 대한 평가는 대체로 호였다. 가끔 단우가 자신을 이유 없이 몰아붙이거나, 차가운 눈으로 바라봐도 다른 직원들은 '내가 너무 과민하게 생각하나.' 하고 넘어갔다.

때때로, '재희 씨가 뭘 잘못한 거 아냐? 잘 생각해 봐.'라고 말하는 직원들도 있었다. 그렇다보니 고민을 털어 놓을 곳이 없었다. 모두가 '예'라고 말하는데 혼자 아니오, 라고 말할 수 없는 그런 상황이었다.

그런데 선재가 저렇게 말해주니 후련했다. 유치하게도 제 편이 생긴 것 같아 기분이 좋아지기까지 했다.

"누나가 싫어하는 사람은 나도 싫어요."

선재의 말에 재희가 빙긋 웃었다.

"내가 좋아하는 사람은?"

"그건 봐 가면서요."

"에이. 다음에 내가 좋아하는 사람이 생겨서 데려오면 그 사람은 좋게 봐 줘."

"……."

"자주 보게 될 건데."

"……좋아하는 사람 있어요?"

들리는 목소리가 조용한데, 날카롭다.

"응?"

기분 탓인가 싶어 식사를 하던 재희가 고개를 들어 선재를 보았다. 어느새 숟가락을 내려놓은 선재가 특유의 표정으로 자신을 쳐다보고 있었다. 대답 할 때까지 보겠다는 의지가 충만한 눈길 앞에, 재희는 어색한 표정을 지었다.

"아니. 아직은 없는데, 다음에 말이야."

"관심이 갈 것 같은 사람이 생기면 말해요."

"왜? 미리 봐 주게?"

"네. 누나는 사람 볼 줄 모르니까."

"내가 왜 볼 줄 몰라? 잘 봐."

"그럴 리가요. 그랬다면 누나가 지금 혼자일 리가 없죠."

"……."

"둔해 가지고."

선재가 나지막하게 한마디 덧붙였다.

"뭐?"

재희가 얼굴을 찌푸렸다.

"식사해요. 불고기 식어요."

선재가 먹으라는 듯 눈짓을 하고는 숟가락을 들었다. 불고기 뚝배기마저도 우아하게 먹는 선재를 외계인 보듯 쳐다보던 재희가 이내 식사를 시작했다.

• • •

즐겁게 식사를 마치고 온 것과 달리 사무실은 쑥대밭이 되어 있었다. 거대한 무언가가 짓밟고 지나간 것처럼 직원들은 파티션 너머로 몸을 숨기고 있었다. 파티션 너머로 언뜻 언뜻 보이는 몇몇 직원들은 가면을 쓴 것처럼 굳은 표정을 하고 있었다. 분위기를 빠르게 파악한 재희는 조용히 본인의 자리에 착석한 후, 컴퓨터를 켰다. 눈치껏 메신저에 접속하자마자 은아에게서 메시지가 날아왔다.

[버그1 사태임]

재희의 표정이 굳었다. 버그1이란 좀처럼 기분 표출하는 법이 없는 단우가 저기압이라는 말이었다. 재희도 단우를 상사로 만나 이런 일을 겪은 건 딱 한 번밖에 없었다.

[이유는요?]

재희가 답했다.

[몰라요. 점심 먹고 오더니 저기압이에요. 피앙세가 열받게 했나 보죠]

[그럼 피앙세를 잡지 왜 애꿎은 우리한테 저럴까요]

[피앙세는 때려잡기에 배경이 너무 훌륭하고 소중하니까요?]

은아의 설명에 재희는 입술을 꽉 깨물었다.

이런 말을 들을 때마다 자꾸만 초라해진다. 나쁜 건 오해하고 제멋대로 착각한 단우라는 걸 알지만, 이럴 때마다 그녀는 단우의 차 조수석에 앉아 있는 기분이었다. 무거울 정도로 조용한 차 안에 가득 흐르던 불쾌하고 불편하던 공기.

"어쩐지."

되살아난 그의 목소리가 사납게 가슴을 할퀴고 지나갔다. 자신이 열심히 살아 온 모든 생을 별것 아닌 걸로 치부당하는 기분이 들기도 했다. 그건 단우가 나쁜 거고, 그런 걸로 연연하지 않아야 한다는 걸 알면서도 마음은 머리와 다른 답을 내놓았다.

낮게 한숨을 내쉰 재희는 다른 직원들처럼 목을 숙였다. 어쨌든 지금은 살아남는 게 중요하다. 그녀는 조용히 선재에게 보낼 메시지를 썼다. '버그1'이라고 치다가, 다시 고쳐 썼다.

[팀장 초저기압. 몸조심. 마음 조심.]

달칵. 메시지를 보냈다. 뭐라고 답이 와야 하는데 선재에게선 별다른 대꾸가 없었다. 그러나 선재를 계속 걱정할 때가 아니었다. 지금 이 상황에서 제일 걱정해야 할 건 자신이었다. 재희의 시선이 시계를 향했다.

이제 곧……

팀장실 문이 열렸다.

"20분 뒤에 회의 시작하겠습니다. 회의실에서 뵙겠습니다."

단우의 말에 재희는 입 안의 살을 씹었다. 버그1 상황답게, 단우의 얼굴 위로 먹구름이 드리워져 있었다.

"후우."

재희는 숨을 깊게 들이마신 후, 길게 뱉었다. 이럴 때마다 하는 습관이 있었다. 그녀는 말없이 휴대폰으로 모바일 뱅킹에 접속했다. 월급 내역, 카드 사용 이체 내역, 부모님 용돈 드린 내역, 그리고 붓고 있는 적금을 확인한 후 다짐했다.

3년만 더 참자. 무슨 일이 있어도 참자. 더럽고 치사해도.

· · ·

회의실은 회사의 대표 이미지인 '도화지'를 참고하여 만들어져 천장, 벽지, 바닥 모두 흰색으로 꾸며져 있었다. 빠르고 스피디

한 회의 진행이 목적이라며 커다란 흰색 테이블과 접이식 원목 의자 몇 개를 제외하고는 다른 집기가 없는 것이 이 회의실의 특징이었다.

도화지에 그림을 그리듯 회의실에서 멋지게 상상하라는 회사의 멋진 뜻에도 불구하고, 직원들은 처음 회의실 보자마자 '생각의 방', '정신병원'으로 불렀다.

시간이 흘러 '잘했어요? 잘못했어요?'라고 부르는 직원들도 있었다. 특히 실수해서 팀장과 단독 면담을 들어갈 때에는 '벽 보고 서세요'라는 암호로 불렸다.

물론 팀장이 벽 보고 서라는 말은 하지 않지만, 차라리 팀장의 굳어 있는 얼굴을 보고 있을 바에야 벽 보고 서 있는 게 낫겠다고 해서 그리 불리었다.

회사 대표와 임직원들이 들으면 크게 통탄할 이야기지만, 직원들이 회의실을 부르는 이름은 가지각색으로 늘어가고 있었다. 특히 부정적인 쪽으로.

회의실에 참석하자마자 팀장은 팀장급 회의에서 결정된 사안을 이야기했다. 이번 버그에 대한 대응 방향, 사안이 큰 만큼 부서끼리 공조하여 빠르게 돕기로 했다고 했다.

"우리와 함께 연합해서 대응할 부서는 운영팀입니다. 이번 버그에 대해 운영팀이 정보를 종합해 넘겨주면, 우리가 이번 버그를 어떻게 대처할지, 차후 업데이트때는 어떻게 할지 정리하기로 했습니다. 당분간 맡고 있는 일들은 늦어져도 좋습니다. 오늘 안으로 일을 해결할 예정이라고 하니, 힘들더라도 오늘만큼은 야근을 부탁드립니다. 대신, 내일은 야근한 시간만큼 조기 퇴근하셔도 된다는 지시가 내려졌습니다."

단우의 이야기를 듣던 직원들은 가볍게 고개를 끄덕였다. 어느 정도 예상하고 있던 일이었다.

"그리고 모인 김에 지금까지 진행된 사항에 대한 보고는 받도록 하겠습니다."

이것 또한 예상하고 있던 일이기에 직원들끼리 돌아가며 보고했다. 재희도 오늘 오전에 정리해놓은 자료와 자신의 생각을 덧붙인 정보를 공유했다.

재희의 보고가 끝나자 은아가 '오오' 하는 표정으로 쳐다보았다. 오전에 언제 그렇게까지 정보 수집을 했냐는 얼굴이었다.

재희의 말을 들은 다른 직원들이 받아 적기 위해 손을 빠르게 움직였다. 어차피 다른 직원들과 공유할 정보였기에 재희는 별로 개의치 않았다.

"잘 들었습니다. 알겠습니다. 그럼 마지막으로 이번 버그에 대해 어떤 생각이 듭니까? 신선재 씨? 신입이라고 하지만 며칠 지났는데 어느 정도 생각이라는 걸 할 수 있을 거 아닙니까?"

단우의 목소리에 가시가 박혀 있었다. 비아냥거리는 것처럼 들린 건 그녀만이 아니었는지 다른 직원들의 눈도 동그랗게 변했다.

"전직 프로 게이머의 생각이 몹시 궁금하군요."

거기에 쐐기를 박듯 단우가 덧붙였다. 그 말에 직원들의 시선이 빠르게 오갔다. 선재의 표정이 딱딱하게 굳었다.

전직 프로 게이머?

직원들 사이에서 수군거리는 소리가 퍼져나갔다.

"SJ라면서요? 신선재 씨?"

단우의 말에 지호가 뭔가를 깨달았다는 듯, '아!' 하고 소리 냈다.

"SJ? 어쩐지. 어디서 계속 본 것 같더라니. 와, 대박. SJ라고요?"

지호가 흥분한 듯 소리치더니 제 입을 틀어막았다. 벌떡 일어나려던 지호는 단우의 무거운 시선을 마주하고서야 정신 차린 듯 제자리에 앉았다. 그러나 여전히 흥분을 감추지 못한 채 선재를 바라보았다.

"SJ?"

사람들이 수군거렸다.

대한민국을 휩쓴 PC 게임인 스타프에 5년간 이어진 부동의 1위 강자를 꺾은 신인이 있었다. 안경과 마스크를 끼고 나와 신들린 기술을 선보인 그는 SJ라는 닉네임보다, '역전의 강자'라는 별명으로 더욱 유명했다. 모두가 질 거라고 예상한 판을 기가 막힌 방법으로 끝내 이겼다. 나중에는 일부러 그러는 게 아니냐는 말이 나올 정도였다.

그 신인은 3년간 스타프의 1위 자리를 지킨 후, 소리 소문 없이 사라졌다. 게임 회사들은 SJ를 불러내기 위해 갖은 회유와 제안을 했지만, 그는 끝내 지금껏 모습을 드러내지 않았다.

시간이 흘러 SJ를 대부분 잊었지만, 이렇게 지호처럼 기억하는 사람들도 있었다. 그리고 지금껏 SJ를 기억하는 사람들은, 그의 열혈 팬인 경우가 많았다.

"아니, SJ가 어떻게 이 부서에 온 거지?"

"그러게요."

놀란 직원들이 수군거렸다. 갑작스러운 소란에 재희가 걱정스러운 얼굴로 선재를 쳐다보았다. 왜 선재가 단우의 타겟이 된 건지 알 것 같았다.

제인의 관심이 선재에게 머무는 게 마음에 안 드는 거겠지. 하지만 그렇다고, 이런 짓을 하다니. 대체 어쩌려고.

재희의 걱정스러운 시선은 선재에게서 단우에게로 옮겨졌다. 걱정이 되는 건, 선재가 아니라 단우였다.

"엉망진창이라고 생각하고 있었습니다."

선재의 직설적인 말에 술렁거리던 회의실 분위기가 얼어붙었다. 단우의 눈가가 꿈틀거렸다. 보기 드물게 드러난 그의 직접적인 분노에 다들 숨을 죽였다.

이것 봐.

재희가 조용히 눈을 감았다. 거칠 것 없는 선재가 저렇게 나올 거라 예상하고 있었기에 그녀는 고개를 숙였다.

"이번 버그는 3분만 게임을 해 봐도 잡아낼 수 있었습니다. 창만 봐도 이제 막 가입한 신생 유저가 SS급 검을 소유하고 있다는 걸 알 수 있었으니까요. 이런 밸런스 붕괴를 한 시간이 넘어 파악할 수 있다는 것 자체가 엉망이라고 생각합니다. 이제와 과금 유저들에게 달래기식으로 다른 아이템을 지급한다고 무너진 밸런스가 맞춰질 수 있을 리도 없고, 그들을 달랠 수도 없죠. 이미 김이 새 버렸으니까요."

선재의 직설적인 말에 모두들 불편한 표정을 지었지만, 사실이었기에 모두들 반박하지 못했다. 그 와중에 단우만이 침착했다.

"그럼 어떻게 했으면 좋겠다고 생각합니까?"

"보상 차원으로 과금 유저들만 들어갈 수 있는 던전을 만들든지, 신입 유저들이 가진 아이템의 등급을 조정해야지요."

"그럼 신입 유저들의 반발이 상당할 텐데요?"

"반발하더라도 진행하는 수밖에요. 그게 곤란하다면 일정 레벨 이상의 유저들만 입장할 수 있는 이벤트성 던전을 꾸준히 오픈해야죠. 그중 획기적인 아이템을 몇 개 오픈해서 고 레벨 유저들의 공격력과 방어력을 높여 줘야 합니다. 그럼 사람들은 한시적 이벤트라는 말에 어쩔 수 없이 접속할 테고, 게임은 꾸준히 유지될 테니까요. 그렇게 최소 한 달은 유지해야 한다고 생각합니다. 그 즈음이면 이번 버그는 잊힐 거고요."

"보상 차원에서 아이템을 지급하는 게 아니라, 또 다른 이벤트 던전을 오픈하라는 말입니까?"

"과금 유저들과 고 레벨 유저들이 원하는 건 차별화입니다. 그들에게 똑같은 아이템을 쥐여 줘 봐야 차별성도 없고, 원하지도 않죠. 그러니 그들에게 직접 아이템을 획득할 수 있는 기회를 제공해서 접속하도록 만들어야 한다고 생각합니다. 그래서 과금 유저들과 고 레벨 유저들이 지금처럼 계속해서 습관처럼 접속하도록 해야죠."

게임 접속을 습관으로 만들어야 한다고 말하고 있었다. 그러자 단우가 흥미로운 시선을 던졌다.

"맞아요. 맞습니다. 좋은 생각이라고 생각합니다!"

선재가 SJ라는 사실을 안 순간부터, 이미 그에게 마음을 빼앗긴 지호가 목이 빠지도록 고개를 끄덕였다. 그 모습을 단우가 탐탁지 않은 표정으로 바라보았다. 단우의 시선이 선재에게로 옮겨갔다.

"……생각은 잘 들었습니다. 누구나 할 수 있는 생각이었지만요. 신입이니 여기까지 묻도록 하죠. 더는 알 것 같지 않으니."

단우의 평가절하에도 선재의 표정은 변하지 않았다. 오히려 특유의 무표정한 얼굴로 무신경한 태도를 유지하고 있었다. 그게 단우를 자극한다는 걸 선재는 꼭 아는 사람처럼 굴었다.

"잘 들었습니다."

예상대로 단우가 불편한 표정으로 선재를 바라보다가 시선을 옮겼다.

"이재희 씨."

단우가 그녀를 불렀다. 선재를 걱정하고 있던 재희는 드디어 올 게 왔다는 듯 그를 쳐다보았다. 사실 제 코가 석자라 더 급한데 한 가하게 선재를 걱정하고 있었다.

"네."

재희가 최대한 덤덤하게 대답했다.

"창 게임 이번에 업데이트한 거 알고 있습니까?"

"네. 알고 있습니다."

"어떻게 업데이트 됐습니까?"

"……네?"

멍청하게 되묻고 싶지 않았지만, 저절로 말이 입에서 튀어나갔다. '창'은 경쟁 업체에서 공들여 만든 게임이라 한때 업계에서 주목했지만, 지금은 간신히 운영을 유지하는 마니악한 게임이었다. 이 게임의 업데이트 정보를 자신이 어떻게 안단 말인가. 그것도 오늘 새벽에 한 업데이트였다. 오늘 새벽엔 버그 사태가 터져, 창 업데이트를 알 만한 상황이 아니었다.

"저는 그 시간에 이번 게임 대규모 업데이트 버그 내용 확인 및 사태 정리 중이었습니다."

"그래서 못 했다 이겁니까?"

회의실 내 분위기가 팽팽해졌다. 단우의 예리한 눈빛이 재희에게로 내리 꽂혔다.

"네. 미리 지시하신 바가 없으셔서 하지 않았습니다."

재희가 지지 않고 받아쳤다. 지시도 하지 않은 일을 어떻게 하느냐, 였다. 심지어 다른 게임도 아니고 '창'이다. 자사 게임도 아니고, 타사 회사에서 망해 간다는 그 게임.

이건 억지였다. 다른 직원들 앞에서 수모를 주기 위한 억지를 무조건 당해 줄 생각 없었다. 그런 재희를 차갑게 바라보던 단우의 입술이 열릴 때였다.

삐리릭.

그보다 빠르게 테이블 위에 놓인 단우의 휴대폰이 울렸다. 그가 휴대폰의 액정을 확인하더니 한숨을 내쉬었다.

"……오늘 회의는 여기까지 하겠습니다. 외근 나갈 예정이니 급한 게 아니면 메일로 보고 부탁드립니다."

단우는 말을 남기자마자 빠르게 회의실을 빠져나갔다. 뒤따라 직원들이 나섰다. 마지막에 남은 재희가 자리에서 일어나다가 맞은편에 앉아 있는 선재와 눈이 마주쳤다.

"안 가?"

재희가 입모양으로 묻자 선재가 되물어 왔다.

"원래 저래요? 저 사람?"

선재의 날 선 시선이 문을 가리켰다. 그의 미간이 미미하게 구겨져 있었다. 재희는 선재가 말하는 저 사람이 단우라는 걸 알고서 고개를 끄덕였다.

"가끔 저래. 고질병이 지랄병이니까, 너무 크게 마음에 담지 마.

그냥 짖으면 짖는구나 하고 생각해. 그리고…….”

　재희가 난처한 표정으로 뒤이어 뭐라고 말을 하려 할 때였다. 벌컥, 회의실 문이 열렸다.

　“재희 씨. 나, 재희 씨한테 부탁할 게 있어요. 어머, 그런데 둘이서 뭐 해요?”

　은아가 문 너머로 고개를 삐쭉 내민 채 묘한 표정으로 물었다.

　“뒷정리 하고 있었어요. 제가 막내 자리 인수인계해야 하잖아요?”

　재희가 능글맞게 빠져나갔다. 그런 재희를 흘깃 바라볼 뿐 선재는 어떤 말도 하지 않았다.

　“막내라니. 풋풋하다. 좋다.”

　“막내 하실래요? 드릴게요.”

　“아뇨. 그걸 내가 이 나이에 왜 해요.”

　은아가 정색했다. 그 표정에 재희가 희미하게 웃었다.

　“지금 나갈게요. 가요.”

　재희는 은아 모르게 선재에게 눈짓을 보낸 후, 회의실을 나섰다. 홀로 회의실에 남은 선재는 단우가 있던 자리와 재희가 앉아 있던 자리를 무표정하게 번갈아 보았다.

　탁. 그의 손에 들린 서류가 테이블을 세차게 내리쳤다.

• • •

딩동. 딩동.

벨을 누르는 손길이 거침없다. 대답하지 않으면 조만간 문이라도 부수고 들어올 것 같은 기세에 선재가 희미하게 웃으며 현관문으로 향했다.

자신의 벨을 이렇게 사정없이 누르는 사람은 이 세상에 한 사람밖에 없었다. 자신이 벨을 살려 놓은 이유이기도 했다.

문을 열자마자 가슴팍에서 달랑거리는 비닐봉지가 가장 먼저 보였다. 그 너머로 후드를 덮어쓴 작은 머리가 보였다.

"짜잔."

비닐봉지 뒤에 얼굴을 감추고 있던 재희가 불쑥 고개를 치켜들며 웃었다. 커다란 눈이 초승달처럼 휘어져 있었다.

"아, 깜짝이야."

선재가 책을 읽는 투로 말했다.

"……놀라는 표정이라도 짓고 그런 말을 해. 배우 하겠다고 안 해서 정말 다행이야."

무표정하게 입만 놀랐다고 말하는 선재를 흘겨보며 재희가 투덜거렸다.

"놀래킬 때 놀라면 좋겠다면서요."

"진심으로 놀라고, 아주 많이 반가워했으면 좋겠다는 거지. 나, 들어간다."

재희가 자연스럽게 선재의 집으로 들어서며 말했다.

"전자는 아니지만, 후자는 맞아요."

"뭐?"

재희가 후드 모자에 못 알아듣고 되물었다. 다시 한번 말해 보라는 듯 재희가 얼굴을 쳐다보았다.

"후자는 맞다고요."

"그러니까 후자가 뭐냐고. 못 들었어."

재희가 얼굴을 찌푸린 채 물었다. 욕이라도 했냐는 듯한 얼굴이었다. 얕은 한숨과 함께 선재의 어깨가 내려앉았다.

"······됐어요."

"너, 내 욕했지?"

"지금이라도 할까요?"

"아니. 하지 마. 그리고 하극상 하지 마라. 내 주먹 알지?"

재희가 주먹을 치켜들었다. 꽉 움켜쥔 주먹이 말과 달리 앙증맞고 귀여워서 선재는 슬쩍 웃었다. 하지만 저 주먹이 의외로 맵다는 걸 맞아 봐서 알고 있었다.

"그건 뭐예요?"

선재의 시선이 재희의 손에 들린 검은 비닐봉지로 향했다. 그러자 마치 그 질문을 기다렸다는 듯이 재희가 비닐봉지를 치켜들었다.

"짜잔! 우리의 일용할 양식! 치킨! 그리고 치킨의 단짝인 맥주!"

"······."

선재의 시선이 환한 햇살이 치고 들어오는 창가를 향했다. 이런 낮부터 기름진 치킨과 맥주가 들어가냐는 듯이 창문과 재희를 쳐다보았다.

"응. 나는 들어가. 치킨은 새벽부터 먹을 수 있어. 넌 못 먹겠어? 그럼 다른 거 시켜 줄까?"

재희가 말만 하라는 듯이 쳐다보았다. 선재는 치킨 비닐봉지에 그려진 로고를 보았다. 집 근처에 새로 생긴 통닭집으로, 저렴한 대신 배달하지 않고 찾아가야 했다.

얼마 전 자신이 맛있다고 한 집이었다. 재희는 티내지 않지만 분명 그걸 기억하고 사 왔으리라.

"신선재?"

재희가 대답 안 하냐는 듯 되물었다. 선재는 고요한 눈으로 재희를 바라보다가, 고개를 가로저었다.

"아뇨. 이거 먹죠."

"먹기 싫어하는 얼굴인데."

"그럴 리가요. 치킨 좋아해요."

"역시 치킨 싫어하는 사람은 잘 없지."

재희가 신난 듯 빙긋 웃었다.

"거실에서 준비하고 있어요. 내가 잔이랑 젓가락이랑 챙겨갈 테니까."

"알았어."

재희가 순순히 고개를 끄덕이더니 자연스럽게 서랍장 옆에 비스듬히 세워진 좌식 테이블을 꺼냈다. 선재는 재희가 바쁘게 움직이고 있는 걸 확인하곤 싱크대로 향했다.

그는 정수기 위에 놓인 소화제 두 알을 꺼내 빠르게 입에 넣은 후 물로 삼켰다. 어젯밤, 배고파서 늦은 시간에 라면을 먹고 탈이 났다. 한 개는 적고, 두 개는 많다는 걸 알면서 배가 고파서 두 개 끓여먹은 게 화근이었다. 그리고 양치질 한 후 곧바로 잠든 탓에 체했다.

이재희가 이 사실을 알면 쉬라며 집으로 돌아가겠지. 그게 체한 게 덧나는 것보다 더 싫다. 그는 싱크대 한쪽에 자리한 거울을 흘깃 바라보다가 손끝으로 하얗게 질린 입술을 비볐다. 그러자 입술이 붉어졌다.

그는 소화제를 보이지 않게 수납장 깊은 곳에 넣어 둔 후 필요한 것들을 챙겼다. 접시, 비닐장갑, 젓가락을 챙겨 몸을 돌리자마자 재희가 두 팔을 쭉 뻗은 채 '짜잔!' 하고 소리 냈다. 좌식 테이블 위에 먹기 좋게끔 차려져 있었다.

선재가 다가가 앉자, 거실이 꽉 찼다. 거실이 평수에 비해 좁은 탓에 둘만 앉아도 꽉 찬 듯했다.

"일하느라 힘들지?"

재희가 비닐장갑을 끼고서 닭다리 살을 발라 선재의 앞에 놓인 접시에 담으며 말했다. 선재가 한다고 몇 번을 만류했지만, 재희는 괜찮다며 살을 발라 주었다. 그 덕에 선재의 접시에 살만 수북이 쌓이고 있었다.

"할 만해요."

"그럼 다행이고. 너무 마음에 담지 마."

"무슨 말을 하는 거예요?"

젓가락을 내려놓은 선재가 재희를 덤덤하게 쳐다보며 물었다.

"SJ 까발려진 거 말이야."

마치 자신이 실수한 것처럼 재희가 우물쭈물 거리며 말을 이었다.

"너, 숨기고 싶어 하는 것 같던데. 팀장, 아니, 그 못된 놈이 네가 SJ인 걸 어디서 알았는지?"

"이제인한테 들었겠죠."

선재가 덤덤하게 대답했다.

"후우, 하긴. 멀리 생각할 게 뭐 있겠어. 당연히 걔한테 들었겠지. 어쨌든, 걔한테 들었어도 네 앞에서 아는 척하는 것도, 그 사실을 모두의 앞에서 밝히는 것도 무례한 행동이었어. 내가 직원들한테 그렇게 이야기하니까, 다른 직원들도 그렇다고 동조하더라. 그러니까 크게 상심하지 마."

"내가 상심해요?"

"응. 너, 회의 마치고 표정 되게 안 좋았잖아. 계속 신경 쓰이더라고. 그럴 때 치킨이랑 맥주 먹으면 좀 풀리더라. 그래서 내가 네가 좋아하는 이 가게 오픈하자마자 뛰어갔다 왔잖아. 너 주려고. 먹고 기분 풀어."

선재는 그제야 재희가 일찌감치 이걸 사들고 온 이유를 알았다. 자신은 진즉에 잊어버린 그 일을 혼자 마음에 두고서 굳이 위로하러 찾아온 거였다. 본인이 금처럼 생각하는 주말의 늦은 낮잠까지 포기해 가면서.

이러면 또 기대하게 되는데.

치킨을 가만히 바라보던 선재의 눈빛이 깊어졌다. 그가 들고 있던 맥주잔을 내려놓았다. 재희가 그를 흘깃 쳐다보았다.

"그런 건 아무래도 상관없었어요. 언젠가는 밝혀질 일이라고 생각했으니까요. 내가 정말로 기분 나쁜 건······."

"······."

"누나를 대하는 그 새끼의 태도였어요."

그 새끼.

재희는 사람의 입 안에서 말이 짓씹어져 나올 수 있다는 걸 처음 알았다. 그 한마디에 선재의 기분이 다 담겨 있었다. 슬쩍 치켜든 그의 시선엔 냉기가 가득하다.

재희는 입 안에 담겨 있던 맥주를 가까스로 삼킨 후, 흘깃 선재를 쳐다보았다. 꽉 다물린 입술과 서늘해진 눈동자가 몹시 화났다는 걸 보여 주고 있었다. 대부분의 사람들이 화가 나면 무섭게 변하지만, 선재는 자신이 아는 사람 중 가장 무서워졌다. 표정 변화가 별로 없는데도 사람을 선득하게 만드는 구석이 있었다.

"됐어. 개는 원래 그래. 나한테만 그러는 거 아냐. 자기 기분 따라 돌아가면서 그래. 아니다. 생각해 보니 원래는 안 그랬는데 요즘 들어 계속 그러네. 연애가 뜻대로 안 돼서 성격이 나빠졌나 보다."

사실 자신에게만 그러는 거지만, 재희는 숨겼다. 왠지 선재가 알면 안 될 것 같았다. 동시에 선재에게 그런 사실을 알게 하고 싶지 않은 마음도 있었다.

선재는 여전히 모를 표정으로 그녀를 가만히 쳐다보았다. 정말로 아니냐고 묻는 것 같았지만, 재희는 모르는 척하며 다른 주제로 이야기를 돌렸다.

식사를 마친 후, 재희와 선재는 거실 소파에 반쯤 기대어 앉아 휴대폰을 들었다. 경쟁 업체에서 오늘 출시한 게임을 해 보고 있었다.

"이 게임, 이펙트 별로지?"

재희가 거의 눕다시피 해서 휴대폰을 들여다보며 물었다.

"괜찮은 편이에요."

"……효과가 별로지 않아?"

"이 정도면 중상위는 되죠."

"……아니라고 해 줄래? 위로 좀 되게."

하필이면 신슬에서 대규모 업데이트 후 어마어마한 버그가 나와 이탈자가 생긴 시점에, 경쟁 업체가 게임을 앞당겼다. 그 때문에 꽤 많은 유저가 이쪽으로 옮겨갔을 거라고 예상해 재희는 신경이 곤

두서 있었다.

"사실을 파악해야 대처를 하죠."

"후우, 말을 말자."

이런 놈인 거 알고 있는데 무슨 말을 들으려고.

자신이 입사 후 처음으로 참여해 오픈한 모바일 게임을 하면서도 '심각하네요. 가능하면 빨리 퇴사해요. 월급 밀리기 전에'라고 말한 녀석 아닌가.

선재의 입에서 '재밌네요.'라는 말이 나온 게임은 대체로 전 세계적으로 메가 히트를 쳤다.

한숨을 내쉰 재희는 다시금 게임에 몰두했다.

"너, 레벨 몇이야? 나는 10."

단시간 치곤 꽤 높은 수준의 레벨이기에 재희가 뿌듯한 표정으로 말했다.

"13요."

"⋯⋯과금했지?"

재희가 눈을 치켜뜨고서 물었다.

"아뇨. 실력이요."

"모바일 게임에서 무슨 실력이야."

"실력은 있는 사람이 논할 수 있는 거죠."

"⋯⋯방금 좀 재수 없었어. 아니, 엄청 재수 없었어."

재희가 작게 속삭이는 소리에 선재의 입술이 비스듬히 휘어졌다. 선재의 시선이 흘깃 옆으로 향했다. 햇살이 치고 들어오는 창가를 배경으로 소파에 누워 있는 재희가 눈에 들어왔다.

재희가 욕이라도 하는 것처럼 입술을 삐쭉거리며 웅얼대고 있었다. 동시에 코에 힘이 바짝 들어가 있고, 미간은 구겨져 있었다.

표정이 웃기면서, 귀엽다.

어른이 된 후로 재희는 좀처럼 저 표정을 짓지 않았다. 자신이 놀릴 때나 이런 표정을 짓는다는 걸 알기에 선재는 종종 일부러 그녀를 놀렸다.

"선재야."

마치 시선을 느낀 것처럼 재희가 눈을 들었다. 시선이 마주쳤다. 갈색 눈동자에 햇살이 스며 일부분이 하얗게 빛났다. 그 눈동자가 환하게 열린 채 자신을 빨아들일 것처럼 쳐다보고 있었다.

몸 안의 어딘가가 덜컹하고 내려앉는 기분이다.

선재는 저도 모르게 잠시 숨을 멈춘 채, 재희를 가만히 바라보았다.

"여기 게임 캐릭터 진짜 예쁘다. 그치? 진짜 이건 인정해야겠다. 캐릭터 디자이너 누굴까? 우리나라 사람일까? 아니면 일본 디자이너를 데려온 건가?"

"……."

"선재야?"

"……글쎄요."

선재가 간신히 대답했다.

"한번 알아봐야겠다."

재희가 중얼거리더니 다시 휴대폰으로 시선을 돌렸다. 선재의 시선도 휴대폰으로 향했지만, 손가락은 꼼짝하지 않고 액정에 얌전히 붙어 있었다. 그 사실을 모르는 재희는 게임을 하며 무심하게 말했다.

"넌 게임 좋아하니까 이런 캐릭터들 자주 보겠지?"

"그렇죠."

"어쩐지."

재희가 뭔가를 깨달았다는 듯 작게 중얼거리더니, 말을 이었다.

"네가 연애를 안 하는 이유가 있었어. 여자들이 그렇게 쫓아다니는데 안 하는 게 이상하더라니. 이런 예쁜 캐릭터들을 매일매일 보니까 연애를 못 하지."

재희가 심각한 표정으로 말했다.

"……그러게요. 연애를 못 하겠네요. 누구 때문에."

대화가 엇갈렸다.

"와, 좋아하는 캐릭터가 따로 있어? 누군데?"

재희가 신기하다는 표정으로 선재를 쳐다보았다. 선재의 시선이 뒤늦게 흘깃 재희에게로 향했다. 그의 시선이 재희의 얼굴을 찬찬히 훑어내렸다.

"있어요. 놀리고 싶은 캐릭터."

그의 목소리가 나지막해졌다.

"⋯⋯엉?"

"자꾸만 툭툭 건드리고 싶은 그런 캐릭터요."

자꾸만 건드리고 싶고, 시선이 가고, 이젠 손까지 마음대로 움직이려 하는 그런⋯⋯ 사람.

"뭐 그런 캐릭터가 다 있대? 너, 의외로 마조다? 건드리고 싶은 캐릭터라니. 캐릭터 불쌍해. 그 캐릭터 이름이 뭔데?"

"됐어요."

"내가 아는 캐릭터야?"

"네."

"내가 안다고? 우리 회사 캐릭터인가?"

재희가 게임하는 내내 줄곧 궁금하다는 듯 중얼거렸다. 그러나 선재는 끝내 어떤 캐릭터인지 이야기해 주지 않았다.

포기한 듯 재희가 금세 조용해졌다. 고요한 거실 가운데 휴대폰 두 대에서 게임 소리만 뿜어져 나왔다.

"누나는 왜 연애 안 해요?"

선재가 불쑥 물었다.

"글쎄. 사는 게 바빠서? 연애하면 돈 써야 하잖아. 그럴 돈도 없고, 그럴 여유도 없고. 이제 여유가 있으니 연애도 해 볼까 싶은데 사람이 없네."

"사람 있으면 연애할 거예요?"

"아마도. 말 나온 김에 진지하게 찾아볼까? 이러다가 연애 세포도 말라비틀어지겠어. 아니, 태어난 적도 없는 건가."

재희가 무심히 던진 말에 선재의 손이 삐끗했다. 처음으로 몬스터의 스킬에 캐릭터가 얻어맞았다. 그러나 화면이 더는 눈에 들어오지 않았다. 신경이 모조리 휴대폰 너머 이재희에게로 향했다.

"찾지 마요. 연애도 하지 말고."

선재가 최대한 평정을 유지하며 말했다. 그러나 목소리는 점점 더 낮게 가라앉았다.

"왜? 너도 태우랑 비슷하게 이야기하려고 그러지? 다른 사람 인생 함부로 망치면 안 된다고. 아냐. 다시 봐 봐. 이래뵈도 나, 관리하면 괜찮아. 너는 모르겠지만 여기저기서 고백도 많이 받았어."

재희가 발끈했는지 줄곧 쥐고 있던 휴대폰을 내려놓으며 몸을 일으켰다. 그러더니 부스스한 머리를 쓸어 넘기고 옷매무새를 단정히 하더니 얌전하게 소파에 앉았다.

"이 정도면 괜찮지?"

재희가 턱을 당기고 눈을 크게 뜬 채 빙긋 웃었다. 선재의 시선이 재희를 훑었다.

"아뇨."

그의 대답은 단호했다.

"쳇."

재희가 아쉬운 표정으로 시선을 돌렸다.

"그래서 정말로 연애할 거예요?"

선재가 평소와 달리 집요하게 물었다.

"아니. 사실은 피곤해서 못 하겠어."

"……."

"다음에 좋은 사람이 알아서 나타나면 하겠지만, 지금 굳이 찾아서 하고 싶진 않아."

"잘 생각했어요."

"……그래. 고맙다. 그렇게 말해 줘서."

재희의 목소리가 말과 달리 퉁명스러워졌다. 자신이 그렇게까지 연애를 하면 안 될 만큼 별로인가 싶었다. 하긴, 회사에 입사한 후 살도 조금 쪘고 나이도 들었으며, 피부 관리도 전혀 못 했다.

그런 상황에서 매일 밤낮 가리지 않고 카페인을 들이붓다시피 마셨으니…….

재희는 조금 암담한 표정을 지었다. 어른이 되면 원하는 걸 마음 대로 하면서 살 수 있을 줄 알았는데, 여전히 아무 것도 할 수가 없다. 오히려 시간과 체력을 돈과 맞바꾸는 기분이었다. 재희는 울적해져서 휴대폰을 시큰둥하게 바라보았다.

그 때문에 듣지 못했다.

"기다리면 나타날 거예요."

"……."

"누나를 아주 많이 좋아하는 누군가가."

이어지는 선재의 작은 목소리를.

· · ·

어쩌다 보니 선재의 집에서 점심과 저녁을 해치웠다. 점심은 치킨으로, 저녁은 남은 치킨 살을 발라 볶음밥을 해 먹었다. 평소라면 점심 때 치킨을 다 먹어치우는데, 오늘따라 선재가 많이 먹지 않은 탓에 가능했다.

재희는 컴컴한 집으로 들어가 익숙한 듯 벽면을 더듬었다. 스위치를 누르자마자 거실에 환한 조명이 들어왔다. 바닥에 다리를 쭉 펴고 앉은 재희는 고개를 젖혀 천장을 바라보았다.

선재가 있어서 다행이다.

오늘 선재를 위로하러 간 거긴 하지만, 자신도 혼자 있고 싶지 않았다. 그렇다고 친구를 만나러 갈 체력도 되지 않았다. 준비를 하고 나가는 게 귀찮았다. 제 집만큼 편안한 곳이 선재의 집이었다.

하얀 천장 위로 선재를 처음 만난 날이 떠올랐다. 처음 선재를 만났을 때, 그는 중2였다. 어느 날 갑자기 어머니는 선재를 데려오겠다고 통보했다.

"지선이 아줌마 알지? 아줌마가 크게 다쳐서 병원에 입원하게 됐어.
최소한 한 달은 입원해야 한다는데, 알다시피 아줌마가 혼자 살잖

아. 선재가 혼자 집에 있어야 한다고 지선이 아줌마가 밤에 잠도 못 이루더라. 그래서 엄마가 선재를 보살피게 됐어. 참고로 엄마가 선 재 맡겠다고 했어. 이유는 알지?'

잘 알고 있었다. 어떻게 모를까. 귀에 딱지가 앉도록 들은 이야기 를. 그녀의 모친인 원영은 친구인 지선에게 여러모로 도움을 얻었 다고 했다.

어릴 시절 물에 빠져 죽을 뻔한 걸 지선 아줌마가 구해 주었고, 학급비를 잃어버려 동동거리는 걸 잘사는 지선 아줌마네가 도와주 었다고 했다. 여러모로 많은 도움을 받은 것에 비해 돌려주지는 못 했다며, 혹시나 엄마가 잘못되면 너희들이 지선 아줌마한테 다 갚 으라고 신신당부 했었다.

그 빚의 일부를 갚겠다는데, 반대할 수 없었다. 다만, 재희는 어 머니가 조금만 더 상세한 일자를 말했으면 좋았겠다고 생각했다.

그랬다면 적어도 샤워를 조금 늦게 할 수 있었을 텐데.

샤워를 하고 나오니 이미 선재가 집에 와 있었다. 졸지에 물에서 막 건져 올린 물미역 같은 머리를 한 채 선재와 마주했다. 최대한 젖은 머리를 정리해 보려고 쓸어 넘겨 봤지만, 손가락만 걸렸다. 더 볼썽사나워졌다.

재희는 첫 이미지를 과감하게 포기한 채 수건으로 머리를 싹 말 아 올렸다.

"안녕하세요."

선재는 먼저 인사를 건넸다. 키가 큰 녀석이라 조금만 까딱해도 행동이 커 보였다.

"응. 안녕."

어머니의 설명에 따르면 선재는 재희보다 세 살 어린 동생인 태우와 동갑이었다. 그러나 태우와 동갑이 맞나 싶을 만큼 여러모로 달랐다.

이미 성장이 끝난 건가 싶을 만큼 훤칠한 키에, 감탄이 나올 만큼 잘 자리 잡은 이목구비, 하얀 피부, 청량한 느낌과 달리 조금 차가운 분위기까지. 어디로 보나 동생인 태우보다 형 같았다. 하는 행동도 마찬가지였다. 한없이 철부지인 자신의 동생과 대화가 통하는 게 신기할 정도였다.

그는 예의 바르고 침착했으며 태우와도 곧잘 어울렸다. 그녀와도 자연스럽게 어울리게 되었다. 한 달이라는 예정과 달리, 지선 아줌마의 수술과 재활이 길어지면서 석 달을 한 집에서 어울리며 지냈다.

집으로 돌아간 후에도 선재는 자주 놀러 와서 먹고, 자고, 놀다 갔다. 태우도 간간이 선재의 집에 놀러갔다 오며 그의 소식을 전해 주었다. 끊어질 듯 끊어지지 않는 미묘한 관계였다.

평탄하게 흘러갔으면 좋겠지만, 불행은 한 번에 몰려 찾아왔다. 선재의 어머니인 지선 아줌마가 교통사고로 명을 달리한 게 시작이었다.

이어, 1년도 되지 않아 여름방학 때 친구들과 놀러간 태우가 밤바다 수영을 하다가 익사하는 사고가 발생했다. 태우를 잃은 엄마는 정신을 반쯤 놓았다. 재희는 얼마 지나 선재에게 어려운 부탁을 했다.

"미안한데…… 자주 와 줄래?"

자신이 아무리 노력해도 태우의 자리를 메울 수 없었다.

"잠시만 내 동생 해 줄래?"

그리고 자신의 빈 가슴도 메울 수 없었다. 갑자기 빚더미에 오른 집안, 이어가야 할 학업, 돈을 벌어야 하는 상황을 등에 업고서 빈 가슴을 대신 메워 주기란 너무 어려웠다.

그래서 곤란한 부탁이라는 걸 알면서도 했다. 선재는 순순히 그러겠다고 대답했다. 그때부터 선재는 재희에게 또 다른 동생이 되었다.

고2부터 지금껏 줄곧.

"그러고 보니 참 오래도 됐네. 벌써 몇 년이야."

오래 전 일을 더듬어 생각하던 재희가 조그맣게 중얼거렸다. 어느새 시간이 이렇게 흘렀다. 그사이 자신은 삼십대가 되었고, 신선재는 군대를 다녀오고 사회인이 되었다.

감개무량하다. 동시에 순식간에 흘러간 그 시간들이 아쉽다. 음미할 수 있는 여유가 있었다면, 지금 덜 허무할까.

"후우, 씻고 자자."

가만히 앉아 있자 상념이 끝없이 몰려들었다. 그 끝에 늘 태우가 있었다. 견디기 힘들어진 재희가 샤워를 하러 욕실로 향했다.

테이블 위에 놓인 휴대폰이 길게 진동했다.

[팀장]

액정에 단우의 이름이 반짝이는 걸, 재희는 미처 발견하지 못했다.

• • •

야경을 담고 있는 창가를 바라보는 단우의 얼굴은 초조했다. 휴대폰에서 신호음이 흘렀지만 상대방은 전화를 받지 않았다.

-고객님이 전화를 받지 않아…….

흔한 멘트를 끝으로 전화를 끊었다. 뒤이어 곧바로 전화를 걸었지만, 재희는 이번에도 받지 않았다. 메시지를 남길까 하다가 결국 휴대폰을 던지다시피 테이블 위에 올려 두었다. 그의 입술 새에서 소리 없는 욕설이 흘러나왔다.

어쩌자고 재희와 제인을 헷갈려서 일이 이렇게 된 건지. 아니, 이건 엄연히 인사팀 팀장의 실수였다.

"우리 회사에 본부장 조카가 있잖아. 재희. 아니. 제인 씨. 재희 씨였던가? 하하. 재희, 제인인가? 갑자기 모르겠네. 하하!"

만취한 그는 비밀이랍시고 본부장 조카가 회사에 있는데, 그 조카의 뒷배경이 어마어마하다는 이야기를 흘렸다. 그러더니 재희인지, 제인인지 이름이 헷갈려 모르겠다더니 나중엔 아무 이름이나 부르기 시작했다. 그가 맨 정신이라면 절대로 하지 않을 이야기들이었다. 이때다 싶어 단우가 연거푸 물었지만 인사팀 팀장의 발음이 뭉개져 제대로 알아들을 수 없었다.

결국, 다음 날 다른 일을 핑계 삼아 인사팀 팀장을 찾아가 떠보듯 물었다. 그는 아연실색하더니 입 단속하라고 연거푸 당부하곤 도망치듯 멀어졌다. 단우는 더 이상 인사팀 팀장에게 정보를 얻을 수 없다는 걸 깨달았다.

그래서 며칠간 두고 보면서 재희와 제인을 살펴봤다. 재희가 제인에 비해 더 잘 꾸미고 다녔다. 무엇보다도 수종동에 산다고 했다.

본부장이 사는 동네와 같았다.

또 하나, 재희가 발표할 때 본부장이 칭찬했던 기억이 떠올랐다. 그렇기에 당연히 재희일 줄 알았다. 제인이 부모님의 명령 때문에 어쩔 수 없이 수수하게 옷을 입고 다닐 줄은 몰랐다. 어쨌거나 자신의 실수라는 걸 빠르게 알아채고, 상황을 바로잡았다.

아니, 그렇다고 오늘 오후까지는 믿고 있었다.

"후우."

속이 탄 단우가 긴 한숨을 내쉬었다. 오늘 데이트를 마치고 헤어지기 전, 제인이 한 말이 계속 머리에서 맴돌았다.

"단우 씨. 그런데 이재희 씨랑은 무슨 사이였어요?"

제인의 말에 단우는 놀랐지만, 능숙한 미소로 감추었다.

"이재희 씨는 우리 팀의 팀원이죠."

"그런데 왜 삼촌이 단우 씨와 재희 씨가 함께 있는 걸 봤다고 하시는 걸까요?"

"……삼촌이요?"

제인의 삼촌은 신슬 게임 회사의 본부장이었다. 집안이 좋은 것 외에 별 특별할 것 없는 이력을 가진 제인이 신슬 회사에 입사할 수 있는 숨은 비결이었다.

"네. 삼촌이 단우 씨가 재희 씨랑 있는 걸 봤다고 해서요."

"본부장님은 저를 몇 번 봐서 아신다지만, 재희 씨는 어떻게 아셨을까요?"

"팀장님이시면서 모르셨어요? 이재희 씨, 나름 유명하잖아요. 전에 팀 대표해서 프레젠테이션 하는 걸 인상 깊게 보셨다더라고요. 그 것 때문에 제가 좀 혼나긴 했죠. 나이도 비슷한데 넌 왜 저렇게 못 하냐고……. 그래서인지 이재희 씨를 보면 조금 불편해요. 또, 이재 희 씨 인기도 너무 많고……."

제인은 굳이 묻지 않은 것까지 술술 말했고, 그건 단우에게 고스란히 충격으로 다가왔다. 본부장이 고작해야 팀원인, 그것도 입사한지 몇 년 되지 않은 재희를 인상 깊게 보고 기억했을 줄이야.

물론 프레젠테이션을 할 당시, 자신이 보기에도 이재희는 준비와 발표 어느 것 하나 빠짐없이 잘했고, 신선한 부분도 있었다. 하지만 윗선에까지 큰 감명을 줄 정도로 잘한다고는 생각지 않았다. 기분이 가라앉은 단우는 표정 관리를 하느라 애써야 했다.

"하여튼 그러니까, 단우 씨는 왜 재희 씨랑 같이 있었던 건데요?"

재희에 대한 불편함과 삼촌인 본부장에 대한 섭섭함을 털어놓던
제인이 뒤늦게 기억났다는 듯 다시 물었다.

"같이 있었던 건, 글쎄요. 기억이 나지 않네요. 함께 외근을 갔을 때
였을 수도 있고……."
"외근을 간다고 한 차를 타고 가나요? 소문 들어 보니 단우 씨 아무
나 차에 태우지 않는다고 들었는데요. 그거 듣고 얼마나 좋아했는
데요. 그런데 이미 단우 씨 차의 조수석에 탄 여자가 있었다니. 그것
도 하필이면 이재희라니."

제인의 목소리가 뾰쪽해졌다. 어린 아이처럼 금세 질투하는 제
인을 보며, 단우는 나오려는 한숨을 욱여넣었다.

회사 생활은 어떻게 하는 건지 궁금할 정도로 감정이 투명하게
드러났다.

그런 점이 처음엔 신선했지만, 시간이 흐른 지금은 피곤함이 앞
섰다. 제인은 자신을 처음부터 끝까지 다 챙겨 주길 바랐고, 본인이
처음이길 바랐으며, 모든 사람들 앞에서 자신이 사랑받는 것을 티
내고 싶어 했다. 그것 때문에 자신의 사무실에 과시하듯 드나들었
고, 난처한 쪽은 늘 단우였다.

상황이 이렇게 되자 저절로 머릿속으로 재희와 비교하게 되었다.

어른스럽고 차분하며, 눈치 빠르고 대화가 잘 통하는 이재희. 재희가 신슬 본부장의 조카였다면 좋았을 텐데. 그랬더라면 지금쯤 편안한 연애를 하고 있었을 거라는 생각이 들자 입 안이 썼다. 그러나 단우는 그런 감정을 능숙하게 감춘 채 대답했다.

"아무래도 회사 일 때문에 잠시 만난 걸 본부장님이 오해하신 것 같아요. 저랑 이재희 씨는 아무 사이 아니거든요."

"정말요? 삼촌은 거의 확신하듯이 말씀하시던데……. 두 사람 사이가 꽤 가까워 보였다고요. 정말 아닌 거 확실해요? 제가 그 말을 어떻게 믿죠?"

제인의 말에 단우는 나오려는 한숨을 꾹 참았다. 아니라고 하는데도 자꾸 떠보는 대화 패턴이 사람의 신경을 건드렸다.

그러다 문득 어쩌면 제인은 뭔가 알고 자신에게 묻는 게 아닌가 하는 의심이 들었다. 단우의 머릿속이 바쁘게 돌아갔다.

아니라고 계속 우길 것인가, 아니면…….

그사이 제인이 먼저 입을 열었다.

"그리고 이제와 말씀드리는 거지만, 저도 이재희 씨랑 단우 씨랑 회사에서 같이 다정하게 있는 거 본 적 있어요. 그래서인지 요즘 자꾸 이상한 생각이 들어요. 가끔 그런 남자들이 있었거든요. 입 안의 혀처럼 굴면서 결혼하자고 하는 남자들. 알고 보니 제 뒷배경을 보고 달려든 거더라고요. 물론 단우 씨는 몰랐다고 하니 그럴 거라고 생각하진 않지만, 당한 기억들이 많다 보니 저절로 의심이 드네요. 미안해요."

제인이 도톰한 아랫입술을 삐쭉거리며 풀 죽은 표정을 지었다. 그녀는 아래를 바라보느라 굳은 단우의 얼굴을 보지 못했다.

"제인 씨."
"네?"

제인이 고개를 돌려 단우를 쳐다보다 멈칫했다. 단우가 이전과 달리 몹시 굳은 표정을 하고 있었다.

"어머. 단우 씨 표정이……. 제가 말을 너무 지나치게 한 건가요? 죄송해요."

제인이 어쩔 줄 몰라 하는 얼굴로 말했다.

"아뇨. 그간 제인 씨, 힘들었을 걸 생각하니 마음이 불편하네요. 제인 씨 이야기를 듣고 보니 충분히 그런 오해를 할 수 있을 것 같네요. 음, 사실은 제인 씨한테 숨긴 게 있었어요."

"숨긴……거요?"

"네. 이재희 씨랑 일이 조금 있었어요."

"무슨 일이요?"

제인의 물음에 단우가 곤란한 듯 좁아진 미간을 손끝으로 문지르다가 결심한 듯 입을 열었다.

"사실은…… 이재희 씨가 절 좋아했나 봐요. 재희 씨가 절 조금 쫓아다닌 적이 있는데, 그때 우겨서 몇 번 차를 태워 준 적 있었어요. 그러면 희망고문이라는 걸 알지만, 팀원인 재희 씨를 내팽개치고 갈 수 없었어요. 당장 급한 프로젝트도 있고, 관두기라도 하면 일정에 차질이 생기니까요."

"어머, 어머. 세상에나. 그런 일이 있었어요? 이재희 씨, 그렇게 안 봤는데……!"

제인이 깜짝 놀란 듯 눈을 동그랗게 떴다.

"물론 지금은 잘 해결됐어요."

"잘 해결될 수 있나요? 한 사무실을 계속 쓰잖아요!"

격양된 제인이 소리쳤다.

"제가 단호하게 이야기했어요. 좋아하는 여자가 있다고요. 그
게⋯⋯이제인 씨라고요."

단우의 고백에 제인의 입술이 조그맣게 벌어진 채 굳었다. 그녀
의 투명한 눈동자만 눈꺼풀에 느릿하게 가려졌다 드러나길 반복
했다.

"다른 부서인 데다 제인 씨가 신입이라 안 좋은 소문에 휘말릴 것 같
아서 내 마음을 꾹 참고 있었어요. 결국 못 참고 고백했지만요. 어쨌
든 저는 재희 씨에게 어떠한 마음도 없어요. 처음부터 그랬고, 그건
지금도 마찬가지예요. 제가 마음에 둔 사람은 오로지 제인 씨밖에
없어요."

단우의 진지한 말에 제인은 아득한 표정을 지었다. 그런 제인을
바라보며 단우는 만들어진 미소를 지었다. 애틋하면서, 애절한 미
소였다. 제인은 완전히 넋이 나갔다.

모든 게 계산대로 잘 흘러갔다. 재희에 대한 이야기에 뒤이어 진

지한 고백을 한 건 의도적이었다.

제인은 순수하다 못해 순진한 구석이 있었다. 원하는 것들을 원 없이 누리고 산 사람들의 철없는 면이었다. 단우는 제인의 그런 면 이 불편하면서도, 이런 면에선 편했다.

자신이 하는 말을 의심 없이 그대로 믿어 버리는 것.

좋아한다는 고백, 그 한마디에 어떠한 의심도 지워 버리는 천 진함.

그렇게 제인의 관심을 재희에게서 자신에게로 돌렸다.

"단우 씨……."

자신의 연기에 깜빡 속아 넘어오는 제인을 보며 단우는 옅게 웃 었다. 이런 여자를 다루는 건 쉬운 일이었다.

도박과 폭행을 일삼던 아버지, 그 아버지 밑에 벌벌 기며 살아 온 어머니, 장남이라는 이유로 동생들의 생계를 책임지라는 강요 를 받았던 처절한 나날들을 겪어 온 자신을, 이 여자는 이길 수 없 었다. 자신은 어떻게든 성공할 거고, 누구보다 위에서 다른 사람들 을 내려다볼 테니까. 다른 사람들이 자신을 바라본 것처럼 경멸스 럽게.

그렇게 반쯤 넋이 나간 제인에게 단우는 쐐기를 박듯이 이야기 했다.

"그러니 이재희 같은 여자 때문에 시간 낭비하지 말아요."

"어떻게 그럴 수 있어요? 전 그냥 넘어갈 수 없어요."

"어차피 다 끝난 일이에요. 그리고 이젠 이재희 씨도 날 포기했다고 하더군요. 그간 미안했다는 사과도 들었어요."

"하지만!"

제인이 납득하기 힘들다는 듯 소리쳤다. 그러나 단우가 한발 빨리 제인의 손을 거머쥐었다.

"나는 우리가 그런 여자 때문에 시간 소비하는 것보다 지금 우리에게 집중했으면 좋겠어요. 나는 지금 매일이 좋거든요. 알겠죠?"

자신의 말에 제인은 울 것 같은 얼굴로 고개를 세차게 끄덕였다. 이렇게 제인과의 이야기를 마무리했지만 단우는 여러 가지가 걸렸다.

제인은 순진하지만 한 번씩 욱하는 기질이 있었다. 재희에게 아무런 내색하지 않기로 약속했지만, 제인이 그걸 어기고 만약 재희에게 쓸데없는 이야기를 늘어놓는다면……. 재희가 자신과 연락한 것들을 보여 주기라도 한다면?

단우는 생각만 해도 곤란하다는 듯 얼굴을 찌푸렸다. 그러니 지금 이 상황에서 최선은 하나였다.

이재희가 이 회사를 나가는 것.

그것뿐이었다.

· · ·

탕비실에 커피를 마시러 들어온 재희는 머그컵에 믹스 커피를 부었다. 정수기에서 뜨거운 물을 받아 스푼으로 휘휘 저으며 무거운 눈을 감았다가 떴다.

주말 내내 새로 나온 게임, 인기 많은 게임들을 다 해 보느라 눈이 침침했다. 두 개로 보이는 잔을 제대로 보려고 눈에 바짝 힘을 주었다.

"이러다가 노안 오겠네."

재희가 중얼거리는 것과 동시에 주머니 안에 든 휴대폰이 진동했다.

[엄마]

액정을 확인한 재희의 뺨이 미미하게 굳었다. 잠시 머뭇거리던 그녀는 머그컵을 테이블 위에 내려놓은 후, 휴대폰을 귀에 가져다 댔다.

"응. 엄마."

재희가 아무렇지 않은 목소리로 대답했다. 그러나 목소리와 달리 눈동자는 허공을 사정없이 헤맸다.

-출근했어?

넘어오는 어머니의 목소리는 가라앉아 있었다.

"응. 엄마는 어때? 오늘 목소리가 안 좋네."

-감기에 걸려서 그래. 이제 다 나았어. 괜찮아.

"아, 그렇구나."

그 말을 끝으로 휴대폰이 고요했다. 서로의 숨소리만 어색하게 넘나들었다.

-……그래. 너도 감기 조심해. 이번 감기 독하더라. 너희 아버지도 감기 걸려서 한참 고생했어.

"그래? 이젠 괜찮으시고?"

-응. 다 나았어. 너는 밥은 먹고 다녀?

"응. 잘 챙겨먹고 다녀."

-선재도 잘 있지?

"응. 잘 있지."

흔한 질문과, 정해져 있는 대답이 어색하게 오갔다. 서로가 서로를 다치기 않게 하기 위해 조심스럽게 고르는 말들. 너무 조심스러워서 걱정뿐인 대화들. 재희는 일순 숨이 막히는 기분이 들어 목덜미를 손으로 쓸어내렸다.

-얼마 전에 선재 다녀갔는데, 너도 오지 그랬어?

"일이 바빴어. 미안해. 다음에 갈게."

선재가 함께 가자고 했었다. 재희는 일이 바쁘다고 말했지만, 그날 내내 아무 것도 하지 않고 집에 있었다.

언제부터였을까. 집으로 가는 일이, 출근처럼 의무적으로 느껴지기 시작한 때가.

—회사 생활은 할 만한 거지?

"응."

실은 회사 생활이 힘들어서 못해 먹겠다고, 상사가 괴롭힌다고. 진심을 꿀떡 삼킨 재희의 입술이 습관처럼 늘어났다.

"다 괜찮아. 이제 나도 어른이야."

—어른이라고 안 힘드니? 어른이라서 힘든 일도 있는 거야.

엄마의 말이 가슴을 훅 파고 들었다. 어린 시절엔 어른이 되면 벗어날 수 있을 거라 생각했던 삶의 굴레는, 사이즈만 커진 채 여전히 존재하고 있었다. 더 커진 만큼 강력해진 채로. 괜히 그 말에 목이 멨다.

—내가 또 너무 잔소리 같이 말했네. 몸조심하고, 시간되면 한번 내려와. 우리도 시간 되면 올라갈 테니까.

"응. 알았어. 엄마도 얼른 감기 낫고."

통화를 마친 후, 재희는 통화가 끊어진 휴대폰을 가만히 바라보았다. 이번에도 통화 시간은 5분이 채 되지 않았다.

삶이 숙제처럼 던져 준 불행을 겪은 후, 남은 건 상처투성이가 된 가족이었다. 서로가 서로를 껴안기엔 맞닿는 상처가 너무 아파서 멀찍이 떨어져서 각자 치료했다. 그게 실수였을까. 상처가 다 나은 지금 여전히 서로를 껴안지 못하게 된 것은. 이제 서로를 껴안는 게 너무도 어색하고, 두렵다. 아직 낫지 못한 상처를, 혹은 우둘투둘하게 되어 버린 서로의 흉터를 들키게 될까 봐.

재희의 눈빛이 어둑하게 가라앉았다.

"월요병이에요?"

등 뒤에서 불쑥 들리는 목소리에 흠칫한 재희가 돌아섰다. 어느새 선재가 고개를 비스듬히 기울인 채 그녀를 쳐다보고 있었다. 선재의 고요하고 깨끗한 얼굴이 눈에 들어왔다. 거짓말처럼 가슴에 드리운 안개가 사라지고, 청량한 바람을 맞은 듯 상쾌했다.

문득 오래전이 떠올랐다. 상처투성이라 남은 건 아픔과 슬픔밖에 없었을 때, 선재는 참 많은 위로가 되어 주었다. 그는 흔한 위로도, 공감도 하지 않은 채 지금 같은 얼굴로 서 있었다.

"고기 먹으러 갈래요?"

그러고는 아무렇지 않게 물었다.

"아니면 단 거?"

본인은 단 걸 별로 좋아하지도 않으면서 같이 먹어 주겠다는 듯 말했다.

위로 없는 위로.

그게 참 좋았다.

그때를 떠올리던 재희의 입술이 느슨하게 늘어났다.

"응. 월요병. 그래서 좀비가 되기 직전이야."

"이미 된 것 같은데요."

"좀비한테 물려 볼래? 강하게 물어 줄 수 있는데."

"거절할게요."

"쳇."

재희의 눈이 가느스름해졌다. 그녀의 반응에 선재의 입술이 느슨하게 늘어났다.

선재는 믹스 커피가 담긴 재희의 컵을 흘깃 바라보더니 주머니에서 무언가를 꺼내 내밀었다. 그녀가 좋아하는 껌과 사탕이었다.

"커피 마시고 나면 껌 씹잖아요."

선재가 받으라는 듯 가볍게 껌을 흔들었다.

"고마워. 안 그래도 오늘 늦게 일어나서 못 샀는데. 엄청 허겁지겁 나왔거든."

"봤어요."

"봤어? 언제?"

"출근하려고 나왔는데 아파트 입구에서 좀비 같은 여자가 뛰어나가더라고요."

"……진짜 문다?"

재희가 심각한 표정으로 선재를 쳐다보았다.

"진짜 물 거예요?"

비스듬히 선 선재가 고개만 돌린 채 물었다.

"응. 내가 못할 거 같아? 엄청 세게 물 거야. 기회만 있으면 문다."

재희가 앙 물 것 같은 제스처를 취했다.

"그래요, 그럼."

선재가 쥐고 있던 머그잔을 내려놓은 후, 허리를 숙였다. 얼굴이
가까워졌다. 그가 고개를 기울였다. 새하얗고 깨끗한 목이 눈앞에
보였다. 목을 쭉 뺀 덕분에 벌어진 셔츠 안으로 쇄골 끝이 슬쩍 보
였다.

"물어요."

선재의 말에 당황한 재희가 눈을 데굴데굴 굴렀다.

"……야. 나, 뱀파이어 아니거든? 좀비라고."

"좀비도 목 물잖아요. 영화 보니까 잘 물던데요."

"난 그런 좀비 아니야."

당황하니까 아무 말이나 막 나간다. 재희는 이게 아닌데, 라는 표
정으로 얼굴을 찌푸렸다. 그사이, 선재가 고개를 느릿하게 돌렸다.
손바닥 한 뼘 정도의 거리에서 얼굴이 마주했다.

"그럼요?"

선재의 입술이 달싹였다.

"그럼 어디를 무는 좀비인데요? 말만 해요. 대줄 테니까."

"······."

대줄 테니까.

이상하게도 그 말을 하는 선재의 입술밖에 보이지 않았다. 재희의 시선이 그의 입술에 닿았다가 느릿하게 위를 향했다.

탕비실의 좁은 창문에서 새어 나오는 빛이 선재의 얼굴을 밝히고 있었다. 그중 까만 눈동자가 빛을 머금고서 차분하게 빛나고 있었다.

장난을 치는 건데, 저 눈빛 때문에 도무지 장난치는 것 같지가 않다. 종종 이렇게 얼굴을 가까이 대고 있었는데, 오늘처럼 이상한 적은 없었다. 신선재가 셔츠를 입고 있어서 그런지, 회사라는 장소의 특수성 때문인지 구분이 가질 않았다.

"말 안 해요? 어디가 좋은데요? 어딜 그렇게 물고 싶어요?"

대답해야 하는데 숨을 멈추고 있어서 아무 말도 할 수 없었다. 너무 가깝다. 아니, 선재의 입술이 너무 붉다. 그것도 아니다. 그냥······ 입술을 달싹일 힘이 없었다. 가만히 자신을 쳐다보고 있는 신선재의 시선이 너무도 무거워서.

"안 물어요?"

"······."

"그럼 내가 물까요?"

"······!"

"······그래도 돼요?"

선재의 목소리가 낮아졌다. 분명 장난이라는 걸 아는데도 몸이 뻣뻣해졌다.

아니, 좀비는 나잖아. 물어도 내가 물어야지. 그리고 여기 회사야. 떨어져.

재희가 속으로 대꾸할 때였다.

달칵, 탕비실 문이 열리며 고요한 분위기를 깼다. 선재가 흥이 깨진 얼굴로 느릿하게 허리를 일으켰고, 재희는 꾹 참고 있던 숨을 조심스럽게 뱉었다.

살았다. 스스로 그런 생각을 하고 있다는 것도 인지하지 못한 채 고개를 돌리던 재희가 뻣뻣하게 굳었다. 단우가 탕비실에 마주 서 있는 자신과 선재를 묘한 얼굴로 번갈아 보았다.

두 사람 뭐 합니까.

단우가 눈으로 물었다. 재희는 뻣뻣하게 움직여 머그잔을 잡았다. 마치 이걸 위해 온 것처럼. 뒤따라 선재가 제 머그잔을 들었다.

"근무 시간 아닙니까?"

마침내 단우가 무표정하게 물었다.

"아직 오 분 남았습니다."

대답을 한 건 손목시계를 확인한 선재였다.

"아홉 시부터 근무하겠다 이겁니까?"

단우가 삐딱하게 물었다.

"퇴근이 불규칙하니 출근시간이라도 규칙적이어야죠."

선재가 아무렇지 않은 태연한 얼굴로 대꾸했다.

"신선재 씨."

"네. 팀장님."

할 말 있으면 하라는 듯 선재가 단우를 마주보았다. 선재는 단우를 전혀 무서워하지 않았다. 오히려 들이박으면 똑같이 들이박을 기세로 마주 보았다.

"……자리로 돌아가세요."

단우는 할 말이 많아 보였으나 하지 않았다. 대신 그의 시선이 재희에게로 향했다.

"잠깐 나 좀 봅시다."

단우가 먼저 돌아섰다. 제 대답은 듣지도 않은 무례한 태도에 재희는 참지 못하고 한숨을 내쉬었다.

"후우."

재희가 단우의 뒤를 따라 나서려는데 선재가 자신을 붙들었다.

"같이 갈까요?"

"가서 뭐라고 하려고? 보호자라서 따라왔다고 할래?"

"그럴까요?"

선재의 물음에 재희가 옅게 웃었다.

선재는 단우를 좋아하지 않았다. 말투, 표정에서 느껴졌다. 그 이유의 90퍼센트는 자신 때문이라는 걸 알기에 재희는 고마웠다.

"아니. 이런 일은 나 혼자서 해결할 수 있어. 너는 가서 일할 준비해."

그러나 회사에서 단우와 맞부딪치는 건 선재의 손해였다. 재희는 진정하라는 듯 선재의 팔을 툭툭 쳐 준 후, 탕비실을 나섰다.

• • •

"어제 내 전화 왜 안 받았습니까?"

팀장실 문을 닫자마자 단우의 말이 날아왔다. 예상하고 있던 질문이었으나, 이렇게 성급하게 할 줄은 몰랐다.

"깜빡 잠들었습니다."

재희가 일부러 무뚝뚝하게 대꾸했다. 단우의 표정이 불편한 듯 구겨졌다.

"그럼 확인하자마자 연락해 줘야 하는 거 아닙니까? 적어도 출근길에 봤을 텐데요."

"봤습니다만, 버스 안이 시끄러워서 연락하지 못했습니다."

"급한 연락이었으면 어쩌려고 그렇게 안일하게 대처한 건지 모르겠군요."

"급한 일이었다면 메시지를 남기셨겠죠. 밤중에 전화 두 통만 하시는 게 아니라요. 그리고 그런 일이 있었다면 은아 씨를 비롯해 다른 직원들도 줄줄이 전화했을 거라 생각했습니다. 그러니, 팀장님의 전화 두 통은 개인적인 사유로 한 거라 여겼고 그래서 대답하지 않았습니다. 이렇게 말씀드리면 제 뜻이 온전히 전달됐을까요?"

"……."

재희의 말에 단우의 표정이 완전히 굳었다. 그녀의 말 중에 틀린 건 하나도 없었다. 그래서 더욱 마음에 들지 않았다.

"어차피 서로 보고 있기 불편할 텐데 용건만 간단히 하죠."

피곤한 듯 한숨을 내쉰 단우의 말에 재희가 피차 마찬가지라는 듯 그를 마주보았다. 단우가 서랍에서 명함을 꺼내 내밀었다. 받으라는 듯 명함을 들이미는 통에 재희가 마지못해 받아들었다. 명함에 익숙한 로고가 보였다.

"별통입니다. 이미 많이 들어 봤을 겁니다. 프렌차이즈 커피점인데, 그곳의 본점 마케팅팀에 내 친구가 있습니다. 따로 서류를 챙겨갈 건 없습니다. 간단히 면접만 보고 실수만 하지 않으면 마케팅팀에 들어갈 수 있을 겁니다. 내가 특별히 추천한 자리입니다."

"잠시만요. 지금 말씀은……."

"……이직하세요, 이재희 씨."

단우가 쐐기를 박듯 말했다. 재희는 순간 말문이 턱 막혔다.

"이게 내가 해 줄 수 있는 마지막 배려입니다. 어차피 이재희 씨도 나 보고 있기 불편하잖아요."

단우의 뻔뻔한 말에 재희는 하마터면 상황에 맞지 않게 웃음을 터트릴 뻔했다.

배려라니. 이건 위선이다. 스스로의 졸렬함을 가리기 위해 배려라는 좋은 말을 오용하고 있었다.

"급여는 여기와 비슷하지만, 복지나 근무 환경은 이곳보다 좋다고 알고 있습니다. 출근은 정확히 아홉 시에 해서 특별한 일이 없는 한 퇴근도 여섯 시라고 하더군요. 여기서 야근하는 거 힘들어하지 않았습니까? 그러니 가서 편하게 회사생활 해요. 특별히 어려운 일은 없다고 들었습니다. 지금 때마침 사람 한 명이 빠져서 겨우 난 자리라고 하니 좋은 기회가 될 겁니다. 또 하나, 출산과 육아 휴직은 충분히 보장되어 있다고 하니 여자로서 나쁜 직장은 아닐 겁니다. 그러니까……."

탁.

마찰음에 단우의 말이 뚝 끊겼다. 단우의 시선이 재희의 손으로 향했다. 명함을 책상에 소리 나게 내려놓은 재희가 단우를 쳐다보았다. 재희가 어금니에 힘을 주었다가 풀었다.

졸렬하고, 비열하다. 한때나마 이런 사람을 우아하고 멋지게 바라본 스스로의 뺨을 후려치고 싶은 충동이 들었다.

"아뇨. 몹시 감사하고 감동적인 제안입니다만, 저는 안 나갑니다."

재희가 단우를 똑바로 쳐다보며 대답했다.

"이재희 씨."

"저는 팀장님 보는 거 안 불편해요."

사실은 불편하다. 그러나 이런 식으로 퇴사하고 싶진 않았다. 무엇보다도 단우의 도움을 받아 옮기고 싶지 않았다. 평생 김단우의 낙하산이라는 말을 들으며 직장 생활을 하고 싶지 않았다.

"그러니 불편한 팀장님께서 옮기세요. 팀장님 정도의 경력이라면 더 좋은 곳에 가실 수 있으실 테니까."

"이재희 씨."

재희의 말에 단우의 목소리에 분노가 실렸다. 감히 주제넘게 어디서 그런 말을 하냐는 투였다.

"이건 못 들은 걸로 하겠습니다. 오늘 업무가 많아 바빠서 그러니 그만 나가 보겠습니다."

재희가 더는 대화하기 싫다는 듯 단우의 말을 자르고 제 말만 한 후 돌아섰다.

"이재희 씨. 지금 나가면 후회할 겁니다. 난 생각보다 좋은 사람이 아닙니다."

등 뒤로 단우의 목소리가 내리꽂혔다.

"이미 잘 알고 있습니다. 좋은 사람이 아니라는 걸요. 아는 거 굳이 또 한 번 말해 주실 필요 없어요."

재희의 말에 단우의 표정이 대번에 변했다. 그가 어금니를 까드득 깨무는 게 보였다. 처음 보는 완전히 성난 표정의 단우는 다른 사람처럼 무섭고 살벌했다.

금방이라도 달려들 것 같은 그의 분위기에 재희가 팀장실을 재빠르게 빠져나왔다.

"재희 씨?"

은아가 자신을 불렀지만, 재희는 대답하지 못한 채 화장실로 향했다. 세면대를 짚으려다가 헛짚어 휘청했다. 겨우 세면대를 짚고선 재희가 숨을 골랐다. 긴장이 풀려 다리가 후들거리고, 손이 떨렸다. 남자가 그렇게 당장이라도 무슨 일을 벌일 것처럼 쳐다보는 건 처음이었다.

뒤늦게 좀만 참을 걸, 하는 생각이 밀려 들었다. 앞으로 이어질 가시밭길이 보이는 것 같았다. 하지만 거기서 좋게 끝내는 방법은 없었다. 이미 예정된 결과였는지도 모른다. 자신이 단우의 차에 탄 순간부터 정해진 결과.

그러니 어쩔 수 없다. 아니, 잘한 거다.

"하아."

하지만 조용히, 가늘고 길게, 얌전히 회사 생활을 하는 제 목표는 왠지 글러먹은 것 같다. 이젠 죽으나 사나 잘 버티는 수밖에 없다.

재희는 거울을 통해 창백한 제 얼굴을 바라보다 고개를 푹 숙였다.

3장

재희는 침침한 눈으로 모니터를 바라보았다. 청색광이 차단되는 안경을 꼈지만, 사흘 연속으로 이어지는 야근에는 소용없었다. 세상 모든 게 두세 겹으로 보였다.

"이러다가 나중에 퇴사 이유로 노안 쓰는 거 아닌가 모르겠네요."

옆자리의 은아도 마찬가지인지 농담처럼 말을 던졌다.

"그 밑에 써야겠어요. 제 안구 나이는 대표님 나이보다 많을 겁니다. 눈으로는 말 놔도 되겠습니까? 자네."

재희가 덧붙인 말에 사무실 직원들이 킥킥대며 웃었다. 농담이 몇 마디 오가면서 웃던 것도 잠시 모두들 금세 축 처졌다.

재희는 스판이 섞인 편안한 면바지도 사흘 동안 야근하면 불편해진다는 걸 몸소 깨닫고 있었다.

"나, 잠시만 잘게요. 30분 후로 알람 설정해 놨는데 혹시 못 일어나면 깨워 줘요. 부탁할게요."

은아가 그 말을 끝으로 장렬히 전사하듯 책상 위로 엎어졌다. 머리를 박은 게 아닐까 싶을 정도로 쿵 소리가 났는데 그 상태 그대로 잠들었다. 재희는 그런 그녀 위로 카디건을 덮어 주었다. 에어컨 바람이 곧바로 쏟아지는 자리라 이렇게 잠들면 감기 들기 십상이었다.

"으으."

길게 기지개를 켠 재희는 비척거리며 몸을 일으켰다. 온 관절이 비명을 내질렀다. 비틀거리며 화장실로 들어간 재희가 찬물에 세수했다.

효과는 짧지만, 그래도 이것만 한 방법이 없었다. 카페인을 몸에 들이붓는 것도 더는 무리였다. 반쯤 눈을 감은 채 비틀거리며 화장실에서 나오던 재희의 이마가 쿵 하고 부딪쳤다. 앞에 벽이 없었던 것 같은데 어디에 부딪친 건가 싶어 눈을 뜨자 익숙한 티셔츠와 카디건이 보였다.

"선재야. ……씨."

무심결에 선재야, 라고 불렀다가 다급히 다른 사람들의 눈을 의식해 씨를 붙였다. 탕비실에서 단우와 마주한 후로, 더욱 조심하기로 했다.

"잠이 많이 오나 봐요. 욕하는 걸 보니."

야씨를 욕으로 들은 모양이다.

"욕 아니고요. 얼결에 잘못 나온 말이에요."

재희의 어색한 존댓말에 선재의 입술이 비스듬히 휘었다.

재희는 고개를 들어 선재를 보았다. 웃는 얼굴로 자신의 얼굴을 빤히 바라보고 있는 선재는 똑같이 삼일 야근했는데도 말짱해 보였다.

애는 머리에 기름도 안 지는 건가. 그러고 보니 아침에 머리를 감는 걸 봤다. 머리 감을 체력이 있다니. 부럽다.

"정말 젊은 게 좋네요. 카페인을 몸에 들이붓지 않고도 그 정도 컨디션을 유지할 수 있다니."

그 말에 선재의 표정이 미미하게 굳었다. 뒤늦게 재희가 아차 했다. 이유는 알 수 없지만, 선재는 자신을 어린 취급하는 걸 세상에서 가장 싫어했다.

"고작 세 살 차이예요."

"네. 그럼요. 앞자리가 다르긴 하지만요. 전 서른하나고, 선재 씨는 스물여덟이죠. 이십대는 감히 알 수 없을 거예요. 삼십대의 저물어 가는 비루한 체력을요. 자고 일어나도 회복이 안 돼요. 회복 기능부터 퇴화된다고요."

그 차이를 무시할 수 없다는 듯 재희가 중얼거리며 덧붙였다.

"하지만 선재 씨가 그 말을 안 좋아하니까 앞으로는 안 하도록 노력해 볼게요. 물론, 어린 게 아니라 젊은 거라고 하지만."

"나한텐 그게 그거예요."

"그래요. 그래요. 미안합니다. 서른 넘고 나서 자꾸 깜빡깜빡하네요."

선재가 뭐라고 할까 봐 재희가 얼른 굽신거리며 뒷말을 덧붙였다. 그 말에 선재가 할 말이 많다는 듯 재희를 바라보았지만 끝내 입을 열지 않았다.

"그럼 저는 피땀 어린 노동하러 가 봅니다. 월급 광물을 캐러 가 봐야 해서요. 금덩이가 뚝 떨어졌으면……."

어째서 이렇게 열심히 캐는데 어떻게 금은커녕 부스러기도 안 보일까, 라고 중얼거리며 재희가 선재를 지나쳐가려 할 때였다.

"잠시만요. 가져가요. 이거 주러 나온 거니까."

재희가 지나가려 하자 선재가 불쑥 종이봉투를 내밀었다. 이게 뭐냐는 듯이 쳐다보던 재희의 눈이 휘둥그레졌다. 종이봉투 안에는 벚꽃 에디션 텀블러가 들어 있었다.

"대박!"

오늘 에디션이 나오는 날이지만 야근 때문에 외출하지 못해 포기하고 있던 거였다. 나오자마자 품절이 떴다는 기사를 보고 더욱 마음을 접고 있었는데 그 물건이 여기 있었다.

"이거 어디서 났어? 응?"

흥분한 재희가 선재의 팔을 붙들고서 물었다. 자신이 반말하고 있다는 것조차 인지하지 못했다.

"주웠어요."

"주워? 미쳤어. 어느 동네에서 이런 걸 막 길에 버리고 그러니? 나도 좀 데려가라. 응? 내가 좀 주우러 가자. 거기 뭐 다른 건 흘려 놓은 거 없든?"

"월급 광물 캐느라 바쁘지 않아요?"

"괜찮아. 한 십 분은 나갈 수 있어."

재희가 비장하게 소리쳤다. 그녀의 농담에 선재가 낮게 웃다가 본론을 꺼냈다.

"이거 구해 주면 뭐든 해 주겠다고 했죠?"

"응? 뭐?"

"그랬잖아요."

"내가?"

"오늘 오전에 모니터 보면서요."

"아……."

재희가 기억났다는 듯 탄식했다. 오늘 오전에 벚꽃 에디션 품절 기사 보자마자 머리를 쥐어뜯으며 소리쳤었다. '신이시여. 이거 하나만 갖게 해 주시면 뭐든 하겠습니다'라고. 그때 몹시 한심하게 쳐다보는 것 같았는데, 아니었나.

"신한테 부탁한 건데."

재희가 작게 반항해 봤다.

"제가 그 신의 대리인이에요."

"……."

아, 저 뻔뻔함 좀 봐.

"증거는?"

"신의 증거는 감히 인간이 볼 수 없죠."

"……."

말로 신선재를 이길 수 없다는 걸 잠시 잊고 있었다. 재희는 잠시 갈등했다.

신선재가 자신을 시켜먹을 일이 뭐가 있을까. 조금 불안하다. 속을 알 수 없는 녀석이라.

"싫으면 돌려줘요."

선재의 손이 텀블러로 향했다. 재희가 본능적으로 재빠르게 고개를 가로저었다. 실물로 본 벚꽃 텀블러는 황홀할 정도로 예뻤다. 텀블러를 좋아하는 데다, 벚꽃까지 좋아하는 재희의 입장에선 최고의 선물이었다.

"아냐. 들어줄게! 해 줄게! 뭐든! 그러니까 손 떼! 손자국 남아!"

재희의 말에 선재가 옅게 웃으며 손을 떼어 냈다. 재희가 심각한 표정으로 텀블러를 죽 훑어보았다. 다행히 선재의 손이 뚜껑에만 닿아서, 몸통엔 손자국이 남아 있지 않았다.

"고마워요. 신의 대리인."

재희가 씩 웃으며 선재를 쳐다보았다. 모처럼 재희의 눈이 반짝 반짝해졌다. 텀블러를 바라보던 재희의 눈빛은 더욱 황홀한 표정을 지었다. 완전히 텀블러에게 마음을 빼앗긴 재희의 얼굴에 모처럼 생기가 돌았다.

"분부만 하소서. 신의 대리인이여. 가능한 범위 내에서 들어드리겠나이다."

게임에 나오는 성우 목소리를 재희가 비장하게 따라했다.

"나중에요. 천천히 받을게요."

"묵혀도 이자는 지급하지 않습니다. 신의 대리인이여."

여전히 비장하게 말하는 재희를 바라보던 선재의 입매가 더욱 늘어났다. 참을 수 없어진 선재가 재희의 머리를 부스스하게 헝클어뜨렸다.

"머리를 감지 못하였사옵니다, 신의 대리인이여."

"괜찮아요. 그리고 그만해요. 신의 대리인이라는 말."

"소원을 접수하였습니다. 이로써 계약은 완료되어 더는 보상해야 할 소원이 없······."

선재의 손이 텀블러를 빼앗으려고 뻗어 왔다. 빼앗기지 않으려고 텀블러를 감싸던 재희는 얼결에 선재의 손까지 끌어안았다. 선재의 손이 재희의 가슴에 닿았다. 선재의 얼굴이 굳었다. 뒤늦게 상황을 파악한 재희가 얼른 선재의 손을 놓으며 한 걸음 물러섰다.

금세 분위기가 어색해졌다.

복도에 방금 전까지 없던 서늘한 바람이 부는 것 같았다.

"흐, 흠. 더 늦으면 찾겠다. 간다, 그럼."

재희는 얼른 자리로 돌아갔다. 복도에 홀로 남은 선재는 우두커니 서 있었다. 그는 멍한 얼굴로 제 손을 바라보았다. 잠시 머릿속이 하얗게 변했다.

벚꽃 에디션 텀블러를 구하기 위해 온 인터넷을 뒤져 비싼 프리미엄 값을 지불했다는 것도, 이걸로 꼭 써먹고 싶었던 소원도 그 순간만큼은 하얗게 잊어버렸다.

· · ·

"아, 드디어 끝났다. 끝이 났어."

재희가 몸을 의자 등받이에 파묻은 채 중얼거렸다. 이번 작업만 끝나면 두 팔을 번쩍 올려 만세를 부를 거라고 이를 바득바득 갈았는데, 막상 끝이 나니 손가락 하나 까닥하기 힘들었다. 온몸의 진액이 다 빠져나간 기분이었다.

"진짜. 이거 끝내다가 내 인생이 끝나는 줄 알았어요."

은아가 중얼거렸다.

"그러게요. 이게 인생 마지막 작업이 될 줄 알았어요."

그만큼 이번 작업은 어렵고, 번거로우며, 손이 많이 갔다. 더군다나 마감 일자까지 타이트해서 꼼짝 않고 신작 게임에만 매달렸다.

어쨌거나 사흘 만에 끝이 났다. 후련했다.

"괜찮아요? 신선재 씨?"

은아가 고개를 삐쭉 내밀며 선재에게 물었다.

"네. 괜찮습니다."

같이 야근한 사람이 맞나 싶을 만큼 말끔한 모습의 선재가 차분하게 대답했다. 예의 바르지만, 선을 분명하게 긋는 그의 태도에 은아는 여전히 적응 못한 듯 어색한 표정을 지었다. 발이 넓고 외향적인 은아조차도 선재를 대하기 어려워했다. 한때 선재의 등장 후, 연애 세포가 피어올랐다던 그녀는 며칠 안 가 포기했다.

"그렇게 선재 씨 왔다고 좋아하더니, 왜 이렇게 빨리 포기했어요?"

"일단 연하고, 벽이 너무 높아요. 기본적인 아우라가 남다른 사람들이 있잖아요. 그런 사람들은 내가 또 어려워해요. 이상하게 그 앞에 서면 몸이 딱 굳어요. 표정도 어색해지고요. 희한하죠. 저런 연예인 같은 사람이랑 어떻게 연애를 꿈꿔요? 절대 못 해요."

언젠가 은아는 선재를 편하게 대하지 못하는 이유에 대해 스스로 분석을 내놓았다. 그 말을 들은 사무실 직원들은 묘한 표정을 지었다.

"우리 중에는 아우라 있는 사람이 없었다는 말이네요?"

지호의 말에 은아가 어색한 표정을 지었다.

"그게 좋은 거죠. 편한 게 제일이잖아요."
"그렇긴 한데. 어찌나 편하신지 회식 첫날 술 취해서 저한테 반말하
고……."

지호가 입사하자마자 은아에게 당했던 일들을 떠올리며 어두운
얼굴로 중얼거렸다.

"미안해요. 그날의 일은 계속 사과해도 부족함이 없습니다. 제가 그
날 디버프에 걸린 날이라……."
"디버프라니요. 버그 수준이었어요. 싹 다 갈아엎어야 할 버그 수준
이었다고요."

지호의 뾰쪽한 말에 은아는 '네에, 네에'라며 굽신거렸다. 연신
회자되어도 거듭 사과해야 할 만큼 은아의 행동은 행패에 가까
웠다.
그렇다고 선재에게 아무도 말을 걸지 않는 건 아니었다. 얼결에
사수가 된 재희 말고도 한 명이 더 있었다.
"물약 마셔요, 선재 씨."
지호가 선재를 향해 환한 미소를 지으며 피로회복제를 내밀었

다. 선재가 자신이 동경하는 SJ라는 사실을 안 후, 지호는 옆에서 보기 애절할 정도로 선재 주변을 맴돌았다.

"감사합니다."

선재는 그런 지호를 딱히 밀어내지 않았지만, 그렇다고 친근하게 대하지 않았다. 선재는 예의바르지만 사람들과 친하게 지내는 성격은 아니었다. 교류하는 사람들이라고는 중학교 친구 몇 명, 고등학교 친구 몇 명, 그리고 자신이 전부였다.

재희는 선재와 지호가 이야기 나누는 걸 흘깃 바라보다가 몸을 일으켰다. 사실 대화라고 보기 힘들 정도로 지호의 일방적인 말 걸기였다. 선재는 좋은 건지 싫은 건지 표정만 봐선 알기 힘들었다.

어쨌든 저 성격에 가만히 앉아서 지호의 말을 듣고 있는 걸 보니 호기심 가는 대화 소재인 모양이었다.

"으응."

천근만근의 몸은 한발 내딛기가 무서울 정도로 무거웠다. 온몸의 근육과 관절들이 비명을 지르는 기분이었다.

그나마 다행인 건, 내일이 토요일이라는 사실이었다. 푹신한 침대에 몸을 파묻고 뒹굴거릴 걸 상상하며 화장실로 향했다. 간단히 세수를 하고, 마무리 작업을 한 후 잠시 엎드려서 잠을 청할 생각이었다. 뒤따라 은아와 다른 직원들이 화장실로 따라오고, 몇몇 남자 직원들은 담배를 피우거나 커피를 마시려고 일어섰다. 자연스럽게 쉬는 시간이 되었다.

화장실의 세면대 앞에 선 재희는 간단히 세수를 한 후, 후드 주머니에 넣어 둔 로션과 크림을 꺼내 얼굴에 발랐다. 화장은 귀찮아서 과감하게 포기하고, 대신 두꺼운 안경을 꼈다. 안경알 없이 테만 있는 안경이었다.

"나, 재미난 소식 하나를 들었지요."

왼쪽 옆자리에 서 있던 은아가 불쑥 말했다.

"무슨 소식이요?"

대답을 한 건 재희의 오른쪽에 서 있던 시은이었다.

"GM팀에서 우리 팀장님이랑 제인 씨랑 손잡고 가는 거 봤대요. 공표만 안 했다 이거지, 아예 대놓고 연애하겠다 이거인 거죠."

갑작스러운 소식에 재희의 손이 멈칫했지만, 다행히 아무도 알아보지 못했다.

"완전히 눈 가리고 아웅이네요. 그나저나 이제인 씨랑 팀장님이랑 연애하면 어떻게 되는 거예요?"

시은이 재희의 로션을 빌려 얼굴에 펴 바르며 물었다.

"뭘요?"

"팀장님이랑 연애하면 우리가 이제인 씨 눈치를 봐야 하잖아요. 아예 안 마주치고 싶은데, 그럴 수도 없고."

은아의 말대로였다. 개발기획팀과 운영팀은 필연적으로 자주 마주칠 수밖에 없다. 신작 게임이 나오거나, 대규모 업데이트 시에는 거의 대부분의 시간을 함께 있다고 봐도 무방했다.

"우리가 실수한 거, 팀장님 귀에 다 들어갈 텐데……. 잠깐 봐서 사람 속단하는 거 아니라고는 하지만, 이제인 씨가 그렇게 입이 무거운 편도 아닌 것 같고. 아니, 사실 우리끼리 하는 이야기지만 약간 불여우 과잖아요. 순진한 척, 착한 척."

슬슬 이야기가 뒷담화로 흘러가고 있었다.

왜 연애를 해도 여자 쪽만 욕을 먹는 걸까. 손바닥도 맞부딪쳐야 소리가 나는 건데.

상황을 이렇게 만든 데에는 팀장의 잘못이 있었다. 팀장이 팀원들과 타부서 사람들을 배려해 이제인과의 교제를 철저하게 숨겼어야 했다. 제인을 따라 티를 내는 게 아니라. 만약 제인이 티 내길 원했어도, 팀장인 단우가 알아서 대처했어야 할 문제였다.

"맞아요, 맞아요."

다른 직원까지 맞장구치기 시작하자 이 상황이 불편해진 재희가 입을 열었다.

"잠시만요. 이건 이제인 씨 잘못이라고 보기……."

잘못이라고 보기 어려우며, 이 사실을 제대로 숨기지 못한 팀장님의 잘못이다. 그러니 이 이야기는 여기까지 하자는 말을 하려 할 때였다.

달각하고 고리 푸는 소리에 이어 쾅 하고 신경질적으로 화장실 문이 열렸다. 모두의 시선이 한곳으로 쏠렸다. 화장실에서 나온 사람들을 확인한 직원들의 표정이 하얗게 질렸다.

점심시간을 코앞에 둔 11시. 보통 이 시간에 가장 구석진 곳에 자리한 이 화장실엔 사람이 없었다.

대부분 건물 중간에 있는 큰 화장실을 이용해서, 이곳의 화장실은 마케팅 부서 전용 화장실이라는 말이 붙을 정도였다. 그런데 이곳에서 생각지 못한 사람이 불쑥 튀어나왔다. 그 사람을 확인한 은아와 시은의 얼굴이 하얗게 질렸다.

"그렇게 사람 뒷담화하면 좋으신가요?"

눈에 눈물이 그렁그렁하게 맺힌 제인이 성큼성큼 다가와 서서 물었다. 은아와 시은이 어쩔 줄 몰라 하는 얼굴로 시선을 주고받았다. 재희가 암담한 표정으로 나오려는 한숨을 꾹 참았다.

"제가 연애하는 걸로 그 팀에 무슨 민폐를 끼쳤나요?"

…어?

재희가 의아한 얼굴로 제인을 바라보았다. 제인이 붉어진 눈을 자신에게 정면으로 맞추고 있었다. 마치 자신에게 추궁하듯이.

은아와 시은이 시선을 피해서 자신을 쳐다본다고 하기엔, 제인은 두 사람을 전혀 신경 쓰고 있지 않았다. 잘못하다간 혼자서 덮어쓸 상황이었다. 잠시 당황한 재희가 손을 들었다.

"잠시만요. 제인 씨. 내 이야기 좀 들어 봐요. 뭔가 오해한 것 같은데요."

재희가 최대한 차분하게 말을 꺼냈다.

"오해요? 하, 무슨 오해요? 제가 잘못 들었다고 이야기하려고요?"

순하고 착하다고 소문난 제인이 맞나 싶을 만큼 독하게 쏘아붙였다. 재희는 숨을 깊게 들이마신 후, 침착하게 대응했다.

"아뇨. 우리 실수가 맞아요. 이런 곳에서 다른 사람 이야기하는 거 아닌데, 이야기해서 미안해요. 하지만."

"어디에서든 하면 안 되는 거예요, 이재희 씨."

그런 기본도 모르냐는 듯 제인이 재차 쏘아붙였다.

"네. 미안해요. 하지만 우리 팀원 입장에선 팀장님과 연애하는 게 타부서의 직원이라는 게 신경 쓰였어요. 알잖아요. 운영팀이랑 우리 팀 자주 엮이는 거요. 그렇다 보니 앞으로 대처를 어떻게 해야 할지 걱정하다가 말실수를 했어요. 다시 한번 미안해요. 앞으로는 이런 이야기, 하지 않을 게요."

재희는 말을 하면서도 왜 자신이 사과를 하고 있어야 하나 싶었다. 그러나 이미 은아와 시은은 전의를 상실한 채 넋이 나가 있었다. 이런 상태의 두 사람이, 특히 당황하면 아무 말이나 하기로 유명한 시은이 대처하려고 하다간 일이 더욱 커질 것 같았다. 어쩔 수 없이 사과하게 된 재희는 난처했다.

"실수를 시인하는 거네요?"

"……"

기분이 싸하다. 뭔가 이상하다. 재희가 비틀어진 제인의 입꼬리를 쳐다보았다.

"대답 안 하세요?"

"……실수가 맞긴 하지만, 악의는 없었어요."

"실수는 했는데, 악의가 없다니. 이게 무슨 말도 안 되는 소리인지. 어쨌든 여기서 제 이야기 한 거 맞잖아요."

"네. 맞아요."

"분명 그쪽이 잘못을 시인한 거예요. 나중에 다른 말 하기 없어요."

"……."

"다음부터 조심하세요. 다른 사람 이야기 함부로 하는 사람치고 괜찮은 사람 없으니까요."

제인은 끝까지 재희를 노려보다가 그녀를 지나쳐 나갔다. 재희는 황망한 표정으로 제인이 나간 곳을 바라보았다.

"와아. 이제인 씨 그렇게 안 봤는데, 방금 표정 봤어요? 나중에 다른 말 하기 없어요, 라면서 눈에서 레이저를 쏘는데……. 와, 눈에서 효과 나오는 줄 알았어요."

제인이 완전히 복도에서 사라진 걸 확인하고 온 은아가 긴 한숨을 내쉬며 중얼거렸다. 뒤이어 시은이 사흘째 감지 못한 머리를 쥐어뜯었다.

"우리가 아주 중요한 걸 깜빡했어요!"

대꾸할 의지를 상실한 재희가 눈으로 시은을 쳐다보았다. 이런 상황에서 더 중요한 게 뭐가 있냐고 속으로 대꾸했다.

"그 법칙 말이에요! 화장실에서 이야기하면 그 당사자가 꼭 듣고 있다는 법칙! 그걸 깜빡해 버렸어요! 아우, 바보!"

대체 언제 그런 법칙이……. 아니, 왜 또 이런 상황에서 그런 생각을…….

재희가 암담한 표정으로 괴로워하는 시은을 쳐다보았다. 시은이 순정만화 마니아라는 걸 잠시 잊고 있었다. 매번 신작 게임 기획서로, 연애 시뮬레이션 게임 기획안을 내서 팀장에게 무참히 무시당한다는 것도.

"맞아요. 그 중요한 법칙을 깜빡했네요. 후우, 그나저나 어쩌죠. 곤란하네요."

뒤따라 그 알 수 없는 법칙을 인정하는 은아를, 재희는 더욱 암담한 표정으로 쳐다보았다. 지금 이 상황에서 무슨 말을 하든 입만 아플 것 같았다.

• • •

사무실에 들어온 재희의 걸음이 뚝 멈췄다. 직원들이 제각기 할 일을 하고 있는 산만한 사무실, 자신의 자리에 서 있으면 안 되는 사람이 우뚝 서 있었다. 단우는 거기다가 자신의 휴대폰까지 들고 있었다.

"……무슨, 아니. 지금 여기서 뭐 하세요?"

재희는 지금 무슨 짓을 하고 있는 거냐고 묻고 싶은 걸 삼킨 채 가까스로 물었다.

"미안합니다."

생각지 못한 대답에 재희의 미간이 좁아졌다.

미안하다?

자신을 죽도록 비참하게 만들어 놓은 순간에도 하지 않은 그 말을 뜬금없이 뱉는 단우를 올려다보았다. 안경 너머 곤란한 단우의 눈이 들어왔다.

"내 실수예요."

"알아듣게 말씀해 주세요."

"재희 씨한테 받을 서류가 있어서 왔다가 물을 쏟았어요. 혹시 책상 위에 있나 싶어 급한 마음에 확인한다는 게 그만. 그 때문에 휴대폰이 이렇게 되었네요."

단우가 재희의 휴대폰을 들더니 까딱거렸다. 그의 다른 손이 책상 끄트머리에 있는 텀블러를 가리켰다. 그가 움직일 때마다 휴대폰에서 물방울이 뚝뚝 떨어졌다. 겉엔 물기가 없는 걸로 봐선 기계 안에서 새어나오는 물인 모양이었다.

"주세요. 제가 살펴볼게요."

재희가 무뚝뚝하게 받아치며 휴대폰을 낚아채 갔다.

"먼저 좀 살펴봤는데 다행히 기능적인 면은 문제가 없는 것 같더군요."

단우의 말에도 재희는 대꾸 없이 휴대폰을 살폈다. 버튼 작동도 잘되고, 앱을 껐다 켜니 무사히 실행되었다. 모든 게 다 무사한데, 뭔가가 석연찮았다.

"차후라도 문제가 발생하면 내게 말해요. 책임지고 배상할 테니까요."

"……알겠습니다."

눈도 마주치지 않은 채 대답하는 재희를 잠시 말없이 바라보던 단우가 돌아섰다. 자리에 앉은 재희는 책상에 흥건하게 남은 물을 티슈를 이용해 훔쳐 낸 후, 바닥에 놓은 휴지통에 버렸다. 책상 정리를 하던 재희의 손길이 뚝 멈췄다. 그녀의 시선이 책상 귀퉁이에 있는 벚꽃 텀블러로 향했다.

저 멀리 있는 걸 잘못 쳐서 휴대폰에 물을 엎질렀다고?

그보다도 필요한 서류가 있어서 왔다는 단우는 빈손으로 돌아갔다. 휴대폰에 물을 쏟은 것 때문에 당황스러워서 그랬다고 하기엔, 돌아서는 그의 표정은 담백했다. 마치 작정한 사람 같았다.

잠시만. 작정한 사람 같다고?

무언가를 떠올린 듯 재희는 휴대폰 액정을 켰다. 그녀의 손이 다급하게 메신저로 들어갔다. 목록을 주르륵 확인했다.

"……하."

재희의 입술이 비스듬히 휘어졌다. 수많은 대화 목록 중에 팀장과 나눈 대화 목록만 사라져 있었다. 메시지함도 마찬가지였다. 단우와 나눈 메시지함만 삭제된 채였다. 혹시나 해서 PC로 들어가 메신저를 켜 봤다. 휴대폰과 연동시켜 둔 바람에, 휴대폰에서 사라진 메시지는 PC에서도 보이지 않았다.

만약 작정하고 휴대폰에 물을 쏟은 후, 기능을 살펴보는 척하면서 자신과 나눈 대화를 삭제한 거라면? 이유 없이 자신의 휴대폰을 만지고 있다가 다른 사람들에게 들키면 변명거리가 없으니 이런 짓을 한 거라면?

아무리 그래도 이렇게까지 약은 짓을 할까? 하지만 충분히 가능할 것 같았다. 그가 여태껏 보여 준 행적을 떠올린다면. 소름이 끼쳤다.

어떻게 이렇게까지 할까. 이런 행동을 한 것도 어이없지만, 앞으로 무슨 짓을 벌이려고 이런 일까지 감행했나 하는 두려움이 들었다. 자신에게 얼마나 덮어씌우려고.

오늘 자신에게 선전포고를 하듯이 하고 나간 제인, 뒤따라 이런 짓을 벌인 단우를 번갈아 떠올린 재희는 지끈거리는 머리를 짚었다.

· · ·

썰물처럼 직원들이 빠져나가고, 텅 빈 사무실에 홀로 남은 재희는 캄캄한 창밖을 바라보았다. 야근이 끝났으니 누구보다 재빠르게 퇴근하리라는 다짐은 사라진 지 오래였다.

고요한 가운데 가까워지던 발소리가 뚝 멎었다. 발소리의 주인을 짐작하고 있던 재희가 느릿하게 고개를 들었다. 사무실보다 환한 복도 때문에 남자의 실루엣만 보였다. 그것만으로도 상대가 누군지 알 수 있었다.

복장이 자유분방한 게임 회사에서 슈트를 입고 다니는 몇 안 되는 남자 중 하나. 그 슈트가 말도 안 되게 어울려서 다른 사람들의 입을 틀어막는 남자.

언젠가 누군가가 물었다. 복장도 자유로운데 왜 슈트를 입고 다니냐고. 단우는 이미 그 질문을 예상했다는 듯 대답했다.

"슈트를 좋아해서요. 근사하잖아요."

그땐 순진하게 그 대답을 믿었다.

그러나 지금은 그 슈트에 담긴 욕망이 제대로 보였다. 현재 단우를 제외하고 슈트를 입고 다니는 사람들은 회사에서 임원급 이상이었다. 그는 슈트를 입고 다니는 건, 언젠가 임원급이 되겠다는 무언의 공표였다. 그 욕망 실현을 위해서 누구든 내칠 준비가 되어 있었고.

"퇴근하시죠."

단우가 사무실로 들어서며 재희에게 말했다.

"물어볼 게 있어서요."

재희가 몸을 느릿하게 일으키며 말했다.

"무슨 말인지 모르겠지만, 업무에 관한 이야기라면 내일 하도록 하죠."

"업무에 관한 이야기라면 남아 있지 않겠죠. 그건 언제, 어디서든 할 수 있는 이야기니까요."

"……."

단우가 말없이 재희를 응시했다. 복잡한 시선인데, 눈빛에 담긴 의미를 조금도 읽을 수 없었다. 어쩌면 자신이 영원히 이해 못할 부류의 인간인지도 모른다. 그래서 동경했고, 지금은 두려웠다.

"왜 그러셨어요?"

재희가 최대한 담담하게 물었다.

"무슨 말입니까?"

"제 휴대폰에 물 일부러 엎지르셨잖아요."

"무슨 말인지 모르겠군요."

"메신저의 대화, 메시지함의 메시지를 모두 다 지우셨더군요. 지우고 무슨 모함으로 사람을 곤란하게 만들려고 그러신 건지 묻는 거예요."

"이재희 씨."

단우가 차갑게 그녀의 말을 잘랐다. 재희가 잠잠한 눈으로 그를 바라보았다.

"망상은 집에 가서 혼자 해요. 다른 사람 곤란하게 하지 말고."

"휴대폰 복구할 거예요."

"……."

재희의 말에 단우의 표정이 딱딱하게 굳었다. 고요했던 사무실이 불편함으로 가득 차는 느낌이 들었다.

재희는 입 안이 바짝 말랐다. 이건 그녀에게 있어 마지막 패였다. 이걸로 단우가 솔직하게 '그래서 바라는 게 뭡니까?'라고 묻길 바랐다. 이걸로 서로 건드리지 않는 걸로 협의를 봤으면 했다.

"그러시든지요."

그러나 돌아온 대답은 원하는 바와 정반대였다. 동시에 가면을 쓴 것처럼 덤덤하던 단우의 입술이 비틀어졌다. 마치 같잖다는 듯이. 고작 준비해 온 패가 그것밖에 안 되냐는 듯한 비아냥과 조롱이 옅게 깔려 있었다.

"방법은 무궁무진하니까요. 그럼 어디 한번 해봅시다. 내 방법이 먹힐지, 그때까지 이재희 씨가 버틸지."

"……."

"재미있겠네요. 이재희 씨는 모르겠지만, 난 게임을 좋아해서 말입니다."

단우가 오연하게 웃었다. 그러고는 미련 없이 돌아섰다. 재희는 주먹을 꽉 움켜쥐었다. 마음이 들끓었다. 단우에게 대체 왜 이러냐고 묻고 싶었다. 대체 무슨 생각 중이냐고, 뭘 어쩌고 싶은 거냐고.

그러나 그 모든 말보다 더 앞서는 진심이 있었다.

이제 그만하고 싶다. 지쳤다. 자신에겐 꼬박꼬박 나오는 월급이 필요하고, 그러기 위해선 지금 이 회사가 필요했다. 일하는 것만으로도 힘든데 단우와 기 싸움까지 벌이고 싶지 않았다. 여기서 대충 끝내고 싶다.

"팀장님."

"……."

"팀장님."

재희가 한 번 더 부르고서야 팀장실로 향하던 단우의 걸음이 멈췄다. 그가 귀찮다는 표정으로 돌아섰다. 단우의 눈가가 가늘어졌다.

어둑한 사무실을 배경으로 재희가 어깨를 축 늘어뜨린 채 서 있었다. 재희는 보이지 않는 무게에 짓눌려 있었다. 전의를 상실하고, 분노도 체념한 모습. 단우는 누군가가 짓밟고 지나간 모습을 하고 있는 재희를 빤히 쳐다보았다.

그녀는 긴장으로 주먹을 꽉 쥐었다가 펴길 반복했다.

"저는 팀장님이랑 함께했던 시간도 다 잊었고, 다른 사람들에게 이야기도 하지 않았으니까요. 그냥 없었던 일처럼 넘어갔으면 해요. 그러니까……."

"……."

"이제 그만하세요. 제발."

마침내 사정하는 말이 튀어나갔다. 이 말을 하는 이 순간마저 재희는 자신이 왜 그랬는지 알 수 없었다.

하지만 그냥 이렇게라도 끝내고 싶었다. 이 한마디로 제인과 단우에게 시달리는 순간들에게서 벗어나고 싶었다. 설령 그 안에 불합리함, 고통, 피해의식이 다 담겨 있더라도.

처음부터 이랬던 건 아니었다. 사무실에 혼자 있을 때, 아주 잠깐 단우와 싸우자고도 생각해 봤었다.

하지만 자신이 뭘 할 수 있을까. 단우가 자신이 제인인 줄 알고 접근했다가 수가 틀리자 회사에서 내쫓으려고 한다고 말할까.

단우는 여태껏 교묘한 방법으로 자신을 괴롭혔고, 만남에 대한 증거는 있어도 괴롭힘에 대한 증거라곤 없었다. 이런 상황에서 말한다고 누가 믿어 줄까. 설령 믿어 준다고 해서 뭐가 달라질까. 뜯어먹기 좋은 사내 스캔들일 뿐.

더군다나 단우와 싸워서 자신이 이길 확률은 낮았다. 무엇보다도 단우와 제인이 연애를 해도, 욕을 먹는 건 제인이라는 걸 본 순간 전의가 완전히 사라졌다. 자신이 단우와 엮이면 어떻게 될지 훤히 보였다.

또 자신이 단우와 제인 사이에 얼마나 비참해질지도.

자신이 바라는 건 그저 아무 일 없었던 것처럼 회사 생활을 하는 거였다.

"이재희 씨. 그거 압니까?"

고요한 가운데 단우의 목소리가 뚝 떨어졌다.

"나는 그런 표정을 짓는 사람을 보면 더 전투력이 오르는 거. 어중간하게 게임을 하다가 끝내는 걸 싫어해서 말이죠."

"……!"

"만약 이 게임을 하고 싶지 않았다면 내가 이직 권유할 때 순순히 나갔어야죠. 나한테 선전포고를 해 놓고 이제와 제멋대로 없던 일로 하자? 그걸로 끝날 거 같습니까? 진심으로 내가 그 치욕을 순순히 넘어갈 거라고 생각한 거냐고 묻고 있는 겁니다."

단우가 낮게 비웃었다. 고개를 치켜든 재희가 울컥한 표정으로 소리쳤다.

"팀장님이 저랑 제인 씨를 오해한 거잖아요. 그건 팀장님의 실수였지, 제 실수가 아니었어요. 저한테 덮어씌울 일이 아니란 말이에요."

"무슨 소리를 하는 거예요? 아까 전부터 계속해서 모를 소리를 하는 군요. 내가 제인 씨를 만나는 게 이재희 씨와 무슨 상관이란 말이죠?"

단우의 발뺌에 재희는 순간 말문이 막혔다.

"미안한데, 나는 이재희 씨의 어쭙잖은 그런 말들 받아들이지 않습니다. 정말로 이 게임을 멈추고 싶다면 이곳을 직접 떠나요. 그러면 쫓아다니는 짓까진 하지 않을 테니까. 하지만, 이전에 했던 제안을 다시 하지는 않을 겁니다. 그러니 스스로의 힘으로 여길 나가서 새둥지를 찾아요."

"……."

"그리고 단둘이 있는 이런 상황은 다시는 없었으면 하군요. 이재희 씨와 나, 그러기엔 불편하잖아요?

"……."

단우가 뒤돌다 말고 무언가 생각난 듯 멈춰 섰다.

"아, 그리고 말이 나온 김에 하나 더 말하죠. 뒤에서 다른 직원 험담하는 거 바람직한 모습 아닌 거 알 만한 나이 아닙니까?"

재희가 무슨 말이냐고 되물으려다가 멈칫했다. 오늘 화장실에서 있었던 일이 떠올랐다. 자신을 향해 비죽이 웃더니 단우에게 이야기한 모양이었다.

"그건."

"적당히 하죠. 괜한 사람 뒤에서 괴롭히지 말고. 그리고 다니면 내가 오해하지 않겠어요? 이재희 씨가 날 좋아해서 수작 부린다고 말이죠."

단우는 재희가 뭐라고 말할 틈도 주지 않고 돌아섰다. 거만하게 멀어지는 단우의 뒷모습을 바라보던 재희가 기가 막힌 한숨을 내쉬었다.

사무실에 무거운 침묵이 흘렀다. 그 침묵이 그녀를 힐난하고 엿보는 것 같았다. 뒤늦게 비참함과 부끄러움이 몰려들었다.

왜 이런 행동을 했을까.

그러나 답은 스스로가 잘 알고 있었다.

단우의 괴롭힘에서 벗어나고 싶었다. 무엇보다도 두려웠다. 자
신에게 앞으로 벌어질 일들이. 한심하게도…… 그랬다.

책상 위에 놓은 가방을 낚아채듯 쥔 재희가 사무실을 빠르게 빠
져나갔다. 단우가 밀고 들어오느라 활짝 열린 문으로 나서던 성난
걸음이 뚝 멈췄다.

눈앞에 벽이 생겼다. 그게 벽이 아니라는 걸 깨닫는 순간, 등 뒤
로 소름이 돋아 올랐다. 얼굴을 보지 않아도 이게 누군지 알 것 같
았다. 너무도 익숙한 높이에 남자의 어깨와 가슴이 보였다.

재희의 시선이 거미처럼 눈앞의 가슴께를 더듬어 느릿하게 올라
갔다. 선재가 처음 보는 무서운 얼굴로 자신을 내려다보고 있었다.
숨이 턱 막힌 재희는 방금 이야기를 들었냐고 묻지 못했다. 이미 선
재는 모든 걸 다 들은 얼굴을 하고 있었다. 무슨 이야기가 오가는
건지 숨죽인 채 여태껏 듣고 있었던 모양이었다.

재희가 더는 선재의 시선을 받아들이지 못하고 눈을 내리깔았
다. 그의 손에 들린 도시락 봉투가 가늘게 떨리고 있었다. 봉투의
손잡이를 잡고 있는 그의 주먹이 힘을 주어 희게 변했다가 붉게 변
하길 반복했다.

선재가 사무실 쪽으로 한발 내딛은 것과, 그런 선재를 재희가 손
으로 막은 건 거의 동시였다.

"그만해."

"말리지 마요."

선재가 이를 까드득 깨물었다.

"일단 나랑 이야기해."

"가만히 안 돼요, 저 새끼."

"너 그러면 내가 부끄러워서 죽어."

"······."

"좀, 제발. 한 번만. 응?"

지친 재희가 갈라진 목소리로 애원했다. 힘을 주고 싶다는 의지와 다르게 손에선 힘이 주르륵 빠져나갔다. 모순적이게도 그 손길에 선재가 간신히 행동을 멈추었다.

그러나 솟구친 분노는 이전보다 더한 듯 소름끼치게 무서운 표정으로 짓씹듯 말했다.

"따라와요. 그 이야기라는 것 좀 들어 보게."

• • •

카페로 가자는 재희의 요구를 묵살한 선재가, 그녀를 데려간 곳은 아파트 단지 앞의 공원이었다.

늦은 시간, 벤치 위로 선선한 바람이 불었다. 당장이라도 뭐라고 할 것 같던 선재는 벤치에 앉은 후에도 한참이나 아무 말도 하지 않았다.

재희는 머릿속이 복잡했다. 대체 왜 자신의 일인데 선재에게 혼나는 기분이 들까. 그것보다 이 일을 왜 선재와 공유해야 하는 걸까.

그러나 이런 고민이 무색하게도 입을 먼저 연 건 재희였다. 선재는 자신이 직접 말을 할 때까지 날이 새도록 묵묵히 앉아 있을 녀석이었다.

"어디서부터 말을 해야 하는 건지 모르겠네."

재희가 작게 한숨을 내쉬며 머리를 쓸어 넘겼다.

"네가 알다시피 잠깐 만났어. 그러다가 헤어졌고. 이유는 팀장이 나랑 대기업 막내딸이라는 이제인 씨랑 헷갈린 탓이고. 그게 전부야."

결국 이렇게 들킬 거, 뭐 하러 열심히 숨겼나하는 회의감이 밀려들었다.

"그런데 왜 그렇게 사정했어요?"

선재가 무서우리만큼 가라앉은 목소리로 물었다.

"그냥 이제 그만 괴롭힘 당하고 싶어서. 그럼 좀 봐줄 줄 알았지. 더 세게 나올 줄 알았으면 나도 안 했을 거야."

"그렇다고 잘못하지도 않았는데 먼저 엎드려요?"

선재의 눈에서 스파크가 튀었다.

"당해 봐 봐. 팀장 그놈, 치졸하고 치밀해. 엄청 피곤한 스타일이야."

재희가 일부러 가벼운 말투로 말했다.

"원래 그런 사람 아니었잖아요. 사과하느니 끝까지 싸우는 사람이었잖아요. 불합리한 거 못 견디는 사람이었잖아요."

선재의 말이 바늘이 되어 가슴을 콱콱 내리찍는다.

"그게 언제 적인데. 원래 고등학생 땐 패기 넘치는 거야. 지금은 그럴 힘도 없어."

재희는 애써 가볍게 대꾸했다.

"관둬요, 회사."

그러나 돌아온 대답은 무겁고 진지했다. 재희의 얼굴에 희미하게 남아 있던 미소가 사라졌다.

"선재야."

재희가 낮게 선재를 불렀다.

"나도 관둘 테니까."

선재의 목소리가 확고했다. 어떤 말로도 꺾이지 않을 만큼.

"신선재."

하는 수 없이 재희가 단호하게 그를 불렀다. 그제야 고집스럽게 앞을 바라보고 있던 선재가 어쩔 수 없다는 듯 시선을 돌렸다. 평소 순순히 왜요, 라고 대답하는 녀석이 입을 딱 다물고서 불만스럽게 쳐다보고 있었다. 그의 서늘한 눈매는 잔뜩 화가 나 있었다.

만약 이 상태로 선재가 단우를 맞닥뜨렸다면……

상상만으로도 눈앞이 캄캄했다.

이렇게 조용히 미쳐 버린 선재를 멈출 방법은 하나뿐이었다.

"이건 내 일이야. 예전부터 말했지? 내 일에 다른 사람이 관여하는 거 싫다고."

재희가 분명하게 선을 그었다. 자신의 세상에서 선재를 밀어내는 것. 이러면 화가 난 선재는 종종 정신을 차리곤 했다.

그러나 오늘의 선재는 조금 달랐다. 그 말에 무참히 잘려나간 선재가 하얗게 굳었다. 마치 보이지 않는 상처로 피가 다 쏠려 나간 것처럼.

"그래서 내 일이기도 해요."

그 상태로 선재는 잘도 대답했다.

"아니. 내 일이야. 나만이 해결할 수 있는 일. 들어가자. 춥다."

"그 해결이라는 게 비굴하고, 이유도 없이 굽히는 거예요?"

일어서던 재희의 발목이 붙들렸다. 고개를 돌리자 날선 말이 흘러나온 선재의 입술이 삐딱하게 걸쳐져 있었다.

"그만하자, 선재야."

재희가 답답한 듯 한숨을 내쉬었다.

"그 회사가 뭐 그리 대단하기에, 자존감까지 깎아 가면서 버티고 있어요? 아니면…… 그 남자한테 미련 있어요?"

미련이라는 말을 하는 선재의 호흡이 불규칙해졌다.

"없어."

재희가 단호하게 말했다.

"그럼 대체 왜 그 꼴을 당하면서 거기에 눌러 붙어 있는 건데요? 지켜보는 사람 미치게!"

"그만하자고."

"원래 안 이랬잖아요. 그 고고하던 이재희는 어디 가고, 왜 이렇게 비굴해졌어요?"

그의 말이 정확히 약점을 겨냥했다. 화려하고 자신만만했던 과거의 이재희가 있었기에, 지금의 이재희가 더 힘들다. 과거의 영광을 잊지 못하는 폐위된 왕처럼.

꾹 눌러 참고 있던 감정이 팍 터져 나왔다.

"이런 게 뭐 어때서. 다들 이렇게 살아. 자존심만 내세워서 하고 싶은 대로 다 하면서 사는 사람 같은 거 없다고!"

"관둬요."

"관두면? 관두면 뭐가 해결돼? 그래. 아주 잠깐 후련하고, 시원하겠지. 그런데 멀리 보면 내 손해야. 그 사람은 내가 없어지면 오히려 승승장구하고 더욱 높은 자리까지 가겠지. 그럼 나는? 나는 다시 취업 시장에 뛰어들어서 내 스펙을 몇 줄로 욱여넣어 가면서, 스스로의 장점을 끝없이 찾아 부풀리기를 반복해야 해. 그 짓을 방구석에서 하고 있어야 한다고."

"누나 정도면 어디든 갈 수 있잖아요. 몇 달만 견디면……."

"그 몇 달을 견디기가 힘들다고! 도저히 견딜 수가 없어! 너한테는 고작 몇 달일 수 있지만, 나한테는 몇 달씩이나야. 그동안 돈 걱정하면서 동동거리고 있어야 한다고. 그러고 싶지도 않고, 하기 싫어!"

기어코 참지 못하고 재희가 소리쳤다. 둑이 터지듯 한번 터져 나온 진심은 걷잡을 수 없는 속도로 새어 나갔다.

"제발 그만하라는 말? 그거? 왜? 하면 안 돼? 아르바이트 하면서는 미안하다는 말 이유 없이 수십 번, 수백 번도 더 했어. 은행에서 돈 안 갚냐는 채무 전화 받을 때에도, 과외하다가 애 성적 안 오른다고 월급 집어던지는 애 엄마한테도 미안하다고 말했어! 그것보단 낫잖아. 안 그래?"

"……."

"그리고 이제 겨우 부모님 빚 다 갚고 내 앞으로 처음 적금 들었어. 그거 깨고 싶지 않아. 너처럼 돈 많은 애는 모르겠지. 그게 나한테 어떤 의미인지. 처음으로 내 인생에 내가 주인이 되어서 간신히 살아가고 있는 기분이야! 그 돈을 까먹으면서 다시 돌아가라고? 싫어."

"……."

"……너무 싫어. 난 절대로 안 해."

울먹거리며 말을 마친 재희가 울컥거림을 삼켰다. 그녀의 눈동자가 붉게 물들었다.

고등학생까지 그녀의 삶은 참 행복하고 만만했다. 원하는 건 다 이뤄졌었다. 전교 1등. 학생회장. 언제나 곁에 사람들이 있었고, 집은 유복했으며, 친척들마저도 그녀를 자랑스럽게 생각했다. 행복과 영광은 손에 쥐어진 떡이었다.

그런 삶이 침몰한 것은, 동생인 태우의 갑작스러운 죽음이었다. 동생의 죽음 후, 부모님은 실의에 빠졌다. 마치 그 틈을 노리고 있기라도 한 것처럼 아버지의 친구이자 동업자는 아버지를 배신했다. 그가 진 빚은 모두 아버지의 몫이 되었다.

그리고 그 빚은 승계라도 되듯 그녀의 몫이 되었다. 아버지가 있는 힘을 다해 수습하려 했지만, 혼자서 무리였다. 재희도 가족의 생계를 위해 뛰어야 했다.

고작 스물한 살, 2학년짜리 대학생이 된 그녀는 학업보다 아르바이트를 먼저 해야 했다. 다른 사람들이 스펙을 쌓을 때, 그녀는 아르바이트 이력을 쌓았다. 낮과 밤의 구분이 없었다. 그 시간 동안 별것 아닌 일에 감사합니다, 별것 아닌 일에 죄송합니다, 라는 말을 달고 살았다.

돈을 보고 살았더니 서서히 뒤처져 갔다. 대학 동기들은 바쁜 그녀에게서 하나 둘 등을 돌렸고, 일을 하느라 밀린 학업은 간신히 B나 C를 받을 수 있었다. 정신없이 살다가 정신을 차렸을 땐 졸업반이었다.

몇 번의 이력서를 썼다. 자신의 인생을 몇 줄로 축약해 넣을 때마다 키보드 위에서 손이 멈췄다.

자신의 인생은 이런 거구나. 낱낱이 까발려지는 기분 앞에서 그녀는 작아졌다. 스펙은 아르바이트가 전부고, 그나마 잘하는 건 고등학생 때부터 취미가 있어서 꾸준히 해 온 영어 회화가 전부였다.

자신의 장점과 특기, 살면서 가장 잘한 일을 써야 할 땐 더욱 막막했다. 옥수수 알갱이를 팝콘으로 만들듯, 작은 일화를 거대하게 부풀려 쓴 후엔 마음의 어딘가가 내려앉는 기분이 들었다.

바쁘게, 아주 열심히 살았는데, 변변찮다.

있는 힘을 다해 살아 온 자신의 노력들은 자신만이 아는 것이었다. 그 깨달음은, 누군가가 자신의 삶을 알아주어야 하는 때에 하필이면 찾아왔다.

몇 번의 이력서가 떨어지고, 면접의 실패를 겪었다. 그 시간 동안 이것저것 자격증도 따고, 영어 공부도 다시 했다. 셀 수 없는 시간을 보낸 후, 가까스로 입사한 곳이 바로 신슬이었다. 그것도 학벌, 학점이 아니라 방학 때마다 게임 회사 아르바이트를 했던 경험과 면접 덕이었다.

"그 시간을 다시 겪고 싶지 않아."

피가 마르는 시간이었다.

"그리고 부모님한테 회사 관뒀다고 말할 자신도 없고."

부모님의 걱정을 사고 싶지 않은 이유도 컸다. 이전처럼 자랑스러운 딸은 아니지만, 적어도 걱정시키는 딸이 되고 싶지 않았다.

"돈 때문이면 줄게요. 싫으면 빌려줄게요. 그러니까……."

선재는 물러서지 않았다. 그 말에 재희의 표정이 무섭게 구겨졌다.

"신선재. 거기까지 해. 네가 돈 많은 거 자랑스럽고 부러운데, 그 걸로 날 비참하게 만들진 마."

"……"

재희가 선재를 힘없이 쳐다보았다. 어두운 데에서도 선재는 환하게 빛이 났다. 잘생긴 얼굴이나 근사한 피지컬 때문이 아니었다. 묵묵하게, 아주 멋지게 삶을 살아온 사람에게서 흘러나오는 빛이었다.

그래서 눈이 멀 것 같다. 동시에 내가 비참해지고.

"이래서 내가 너보고 이 회사에 오지 말라고 한 거야."

재희가 힘없이 중얼거렸다. 눈물이 차오른 재희의 눈꼬리에서 눈물이 툭 떨어졌다. 닦아야 하는데, 눈물을 닦을 힘도 없었다. 서 있는 것조차 버거운 하루였다. 그중, 지금 이 순간이 가장 힘들었다.

"이런 모습을 보이고 싶지 않아서……"

"……"

"너한테 만큼은 과거의 이재희, 사회인으로서 멋지게 살아가고 있는 누나로 남아 있고 싶어서 오지 말라고 한 건데……"

"……"

말을 마친 재희가 입술을 꽉 깨물었다. 사회인으로서의 이재희는 열심히 살고 있지만, 여전히 변변찮다. 자신의 자리는 빠져도 다른 사람이 채울 수 있다. 그러나 자신은 그 자리가 없으면 안 된다.

자신은 신슬의 월급을 양분 삼아 삶을 영위해 간다. 땅은 나무 한 그루가 없어도 되지만, 나무에게는 땅이 필요하다.

이 당연하고도 비참한 사실을 선재에게는 보이고 싶지 않았다.

"그러니까 더는 관여하지 마. 알은척도 하지 말고. 쪽팔려서 죽을 거 같으니까."

힘이 모조리 빠진 재희가 돌아섰다. 집으로 돌아가는 길에 재희는 눈앞이 흐릿해졌다가 밝아지길 반복했다. 가로등의 불빛이 별똥별처럼 길게 늘어져 있었다. 재희는 입술을 깨물었다.

울면서 집으로 가는 게 얼마 만인지 모르겠다. 이런 모습이 기가 차면서도 눈물이 하염없이 흘렀다.

마치 어릴 때 길을 잃어버렸던 그때의 이재희가 된 기분이었다.

• • •

이런 상태로 나란히 앉아 있어야 하다니……. 대체 사내연애 하는 사람들은 어떻게 하는 걸까……. 싸우고 그날 일은 무사히 할 수 있는 건가…….

재희는 암담한 표정으로 모니터만 바라보며 생각했다. 시선은 앞을 향하고 있는데 신경은 모조리 옆을 향하고 있었다. 조금의 거리를 두고 자신의 옆자리에 앉아 있는 선재는 평소와 다름없었다.

너무 아무렇지 않은 얼굴이라, 어젯밤 화내고 울면서 자신의 밑바닥을 낱낱이 까발린 게 꿈이 아닐까 싶었다.

그러나 꿈일 리가 없었다. 퉁퉁 부은 눈두덩과 오랫동안 울어서 아직까지 아픈 목이 증명하고 있었다.

"후우."

선재는 신경 쓰고 있지 않는데 자신만 계속 신경 쓰고 있는 것 같았다. 이제 그만 쓸데없는 데 신경 쓰지 말고 일하자.

다시금 모래성 같은 다짐을 하고서 숨을 들이마시는데 문득 시선이 느껴졌다. 무심코 고개를 돌리자 자신을 쳐다보고 있는 선재와 눈이 마주쳤다. 정면에서 보는 선재는 평소와 같으면서도, 달랐다.

선재는 늘 저런 얼굴로 사람들을 쳐다보았다. 오연하게 느껴질 정도로 무심하고, 거리감 느껴지며, 쉽게 말 걸 수 없는 분위기를 풍겼다.

그러나 그 표정에서 늘 자신은 제외되었다. 자신을 바라볼 땐 같은 무표정이지만 분위기가 달랐다. 느긋하면서 여유로운 눈길이었다. 고요한 눈동자는 깊었고, 때때로 장난을 칠 것처럼 입매가 휘어질 때가 있었다.

그런 선재가 완벽한 타인을 바라보듯 자신을 응시하고 있었다. 설명할 수 없지만, 가슴이 덜컥 내려앉았다. 그에게서 저만치 밀려난 기분이었다. 미약한 두려움과 동시에 반발심이 일어났다.

왜 네가 화를 내?

재희가 사무실이라는 것도 잠시 잊고 입술을 달싹이는 사이, 선재가 고개를 휙 돌렸다. 다시금 모니터를 바라보는 선재의 옆얼굴이 처음 보는 사람의 것처럼 낯설게 느껴져서 재희는 아무 말도 할 수 없었다.

• • •

투명한 소주잔에 소주를 따랐다.

또르륵. 재희는 그 소리를 좋아했다. 청량하고 맑은 소리를 듣고 있으면 기분이 좋아졌다. 그런데 지금은 그런 여유를 즐길 수가 없었다.

주변이 너무도 시끄러웠다. 테이블마다 고기 굽는 소리, 술잔이 부딪치는 소리, 와자지껄하게 떠드는 소리. 일자로 길게 이어진 여섯 개의 테이블에서 뿜어져 나오는 소음은 소주잔에 소주가 담기는 소리를 한참 묻고도 남았다.

"어허. 누가 이렇게 예의 없이 자작을 하지요?"

다른 직원과 신나게 이야기를 나누고 있는 줄 알았던 은아가 어느새 심각한 표정으로 쳐다보고 있었다.

"은아 씨가 바빠 보여서요."

"그래도 이렇게 혼자 마시는 건 아니죠."

은아가 소주병을 빼앗아 가더니 마저 따라 주었다.

"고마워요."

인사를 건넨 재희가 소주병을 건네받아 은아의 빈 잔에 술을 따랐다.

"오늘 왜 이렇게 피곤해 보여요? 무슨 일 있어요? 눈도 좀 부은 것 같고. 라면 먹고 잤어요?"

"아뇨. 하루 만에 살쪘나 봐요."

"눈두덩에만요?"

"네. 눈두덩이랑 혀에만요."

"정수리도 쪘으면 좋겠네요. 키 좀 커지게."

"발바닥에도요."

재희의 실없는 대꾸에 은아가 웃었다. 재희도 뒤따라 희미하게 웃었다. 아무리 친한 은아라도 밤새 울다 자서 오늘까지 눈이 부어 있다는 말은 할 수 없었다.

은아는 소주잔을 입술에 가져다대는 척하며 조심스럽게 그녀에게로 다가왔다. 조심스럽게 할 말이 있을 때 하는 제스처라, 재희의 고개도 자연스럽게 기울어졌다.

"어떻게 저렇게 자리를 잡았을까요?"

은아가 옆 테이블에 앉은 사람들에게 들리지 않을 만큼 작게 속삭였다. 은아의 시선이 향한 곳은 안 봐도 뻔했다.

재희가 앉은 테이블에서 한 사람이 지나다닐 정도의 거리를 사이에 두고 자리한 테이블에는 단우, 선재, 제인이 앉아 있었다.

이번 회식이 개발기획팀과 운영팀이 함께 고생한 시간을 격려하기 위한 자리라 직원들이 섞여 앉았다고 해도 저 조합은 몹시 이상했다.

처음 단우가 저 자리에 앉은 후, 자연스럽게 제인이 그의 옆자리에 앉았다. 발표만 하지 않았을 뿐이지 공식 연인임을 만천하에 드러내는 그녀의 행동에 다들 기함했다.

"아니, 대체 얼마나 철이 없으면……."

"내가 지금 뭘 본 거람."

"오늘 청첩장 받는 건가."

직원들의 쑥덕거리는 소리가 간간이 귀에 들렸다.

다른 직원들의 눈을 의식해서 이러지 말라고 제인을 만류할 줄 알았던 단우가 어떠한 제스쳐를 취하지 않았다는 점에서 직원들은 다시 한번 놀랐다. 놀란 마음을 추스를 새도 없이 특이한 상황은 연달아 발생했다.

예약해 둔 룸에 선재가 신발을 벗고 들어섰을 때였다. 마땅한 자리를 찾기 위해 주변을 둘러보던 그의 시선과, 재희의 시선이 딱 마주쳤다. 선재는 여전히 오전과 같은 표정으로 그녀를 내려다보았다. 그의 시선이 비어 있는 재희의 옆자리를 응시했다. 제인이 선재에게 말을 건건 그와 동시였다.

"선재 씨."

재희에게로 한발 내딛으려던 선재가 움직임을 멈추고 돌아보았다. 제인은 천진난만한 얼굴로 자신의 맞은편 자리를 콕 가리켰다.

"여기 앉으실래요?"

그녀의 물음이 떨어지자마자 회식 자리의 분위기는 미묘해졌다. 미리 자리에 앉아 있던 직원들의 시선이 단우와 제인, 그리고 선재를 번갈아 쳐다보았다.

"마땅히 앉을 자리가 없어서 찾고 있는 것 같아서요. 그리고 또 선재 씨랑 이야기도 해 보고 싶었거든요. 다른 뜻은 없어요. 제가 SJ의 팬 이었거든요."

제인의 뺨이 불그스름하게 물들었다. 그녀의 행동에 은아는 숨을 들이마셨고, 재희는 그와 반대로 긴 한숨을 내쉬었다.

제인은 지나치게 천진난만하고, 감정에 솔직하며 끈질겼다. 선재의 냉랭한 태도를 몇 번 겪었으면 물러설 만도 한데, 그녀는 선재와 가까워지는 걸 여전히 포기하지 못한 듯했다.

그게 회사 사람들에게 어떻게 비칠지, 그로 인해 어떤 뒷말이 나올 지에 대해선 전혀 생각하지 않았다.

당당한 건지, 순진한 건지, 거침이 없는 건지.

어느 쪽이든 대단하다고 생각하며 재희는 선재를 바라보았다. 제인의 제안을 당연히 거절할 거라 예상했다. 선재는 SJ가 거론되는 걸 좋아하지 않았다. 제인과 마주앉으면 그 이야기를 피해갈 수 없을 거고, 직원들은 이때다 하고 엿듣게 될 거다.

"그러죠."

그러나 돌아온 대답은 예상 밖이었다. 선재는 기꺼이 제인이 가리킨 방향에 앉았다. 신입이 팀장과 마주앉는 꼴이 되었다. 그것도 팀장의 애인으로 추정되는 여자와 함께.

테이블에 한 자리가 남았지만 세 사람이 풍기는 기이한 분위기에 압도된 다른 직원들은 그 자리를 못 본 척했다.

그리고 지금껏 줄곧 저런 상태였다. 재희는 여러모로 생각이 많아졌다. 귀찮은 일은 귀신같이 피해가는 선재가 왜 저 테이블에 군말 없이 앉은 걸까. 동시에 내내 힐끔대는 자신과 달리, 자신 쪽으로 한 번도 고개를 돌리지 않는 선재가 조금 신경 쓰였다.

재희는 소주잔을 들어 한 번에 비웠다.

"재희 씨, 오늘 술 잘 마시네요."

은아가 놀란 듯 말했다.

"술술 잘 들어가네요."

"그럼 한 잔 더 마셔요. 술이 술술 들어가는 날은 술술 마셔야죠. 그래야 술이지요."

은아의 장난스러운 말에 재희가 빙긋 웃으며 술잔을 들었다. 은아가 따라 준 술을 한 번에 다 비웠다. 뒤이어 은아가 또 따라 주었지만, 이번엔 비우지 못했다. 이 이상 연달아 마시면 정신을 놓게 될 것만 같았다.

"저기."

알딸딸해지면 신경이 무뎌질 거라는 예상과 달리, 제인의 목소리가 귀에 쏙 들어왔다. 목소리만으로도 표정이 예상되었다. 조심스러우면서도 들뜬 목소리가 누굴 부른 건지 확인하지 않아도 알 것 같았다.

"선재 씨는 원래 말이 없는 편인가요? 여태껏 줄곧 말이 없길래요."

"네. 말수가 적은 편입니다."

"아, 그러시군요. 저랑 나이 차이도 별로 안 나던데, 편하게 말하세요."

선재가 순순히 대답하자 용기를 얻었는지 제인이 말했다.

"직장 동료에게는 말을 놓지 않아서요."

"에이, 그래도요. 그러면 꼭 다음에 말 편하게 하세요."

"같은 직급이긴 하지만, 엄연히 입사 연수도 차이나고 다른 부서이니 말을 높이는 게 좋을 것 같군요."

더는 두고 볼 수 없는지 단우가 넌지시 충고했다. 충고의 탈을 쓰긴 했지만 그건 지시였다.

"아니에요. 괜찮아요, 팀장님. 저는 말을 놓는 게 좋아요. 아니, 꼭 놓고 싶어요. 선재 씨랑 친하게 지내고 싶거든요. 제 우상이라서요."

그러나 제인은 해맑게 거절했다. 단우의 표정이 보기 드물게 굳었다. 직원들의 표정에서 탄식이 느껴졌다. 그건 재희도 마찬가지였다. 홀로 해맑은 제인은 웃는 얼굴로 선재를 바라보았다.

"사실 지금 꿈을 꾸는 것 같아요. 제가 SJ를 이렇게 다시 보게 될줄은 몰랐거든요. 회사에 오는 내내 얼마나 설레고 기분 좋은지 몰라요. 정말 팬이었어요. 요즘도 SJ의 경기를 곧잘 보다가 잠들곤 해요. 특히 전 SJ 데뷔전 첫 경기를 정말 좋아하거든요. 그때 전력의 50퍼센트를 내어 주고 역습했을 때. 좋았어요."

"감사합니다."

말과 달리 말투는 건조했다.

"그런데…… 신선재 씨는 애인이 있나요?"

단우의 날카로운 시선이 제인의 옆얼굴로 날아 꽂혔다. 직원들도 마찬가지였다. 그 시선을 눈치 없이 굴던 제인도 느낀 건지 다급히 손을 내저으며 덧붙였다.

"선재 씨가 워낙 인기가 많잖아요. 다른 여직원들이 궁금해하기에 저도 궁금해져서 물어보는 거예요. 별 뜻은 없어요."

제인이 총대를 메고 물어본다는 식으로 둘러대자 여직원들의 고개가 선재에게로 향했다. 선재에게 관심 있는 사람들, 가십거리를 좋아하는 사람들, 그저 궁금한 사람들의 시선이 뒤엉켰다.

"애인은 없어요."

선재가 소주를 한 잔 비운 후, 덤덤하게 대답했다.

"말이 이상하군요. 애인은 없다니. 그럼 다른 뭔가는 있다는 건가요?"

단우가 예리한 질문을 던졌다.

"좋아하는 여자는 있어서요."

마치 그 미끼를 물길 바랐던 사람처럼 선재가 대답했다. 그의 대답에 여기저기서 탄식이 새어나왔다. 재희는 그런 선재의 옆얼굴을 빤히 쳐다보았다.

왜 굳이 저런 불필요한 거짓말을 하는 거지?

선재의 말이 거짓말이라는 걸 재희는 알고 있었다. 선재는 만나는 사람은커녕 별달리 연락하고 지내는 사람조차 없었다. 연락을 해도 전부 시커먼 장신의 남자들이었다.

그런데 좋아하는 사람이 있다고? 좋아하는 사람이 설마 남자인가 싶었지만, 선재는 분명히 '좋아하는 여자'라고 말했다.

"아, 그러시구나……."

제인의 목소리가 미묘해졌다.

"선재 씨가 짝사랑하다니. 뭔가 믿기지가 않네요. 이렇게나 대단한 분인데……. 그 여자분도 대단한 분인가 봐요."

"네. 대단해요. 감히 고백하기 어려울 정도로요."

"……."

선재의 대답은 재빠르고 덤덤하면서 확고했다. 언뜻 들으면 민망할 수 있는 말인데도, 선재의 목소리 톤 때문에 간절한 진심처럼 들렸다. 그 때문에 재희도 혼란스러워지기 시작했다.

좋아하는 여자? 신선재가? 정말 있는 건가? 그게 아니면 제인의 낌새가 수상하니 관심 갖지 말라고 저런 말을 하는 건가?

당황하는 재희와 달리 제인의 표정이 살짝 굳었다. 마치 자신이 원하는 대답을 못 들은 사람처럼.

"그 여자분 궁금하네요. 선재 씨가 좋아하는데 고백도 못할 정도의 사람이라니……."

그녀의 중얼거림을 끝으로 잠시 조용해졌다. 그러나 그것도 잠시였다.

"아! 그런데 저기, 실례가 안 된다면 묻고 싶은 게 있어요. 게임은 왜 그만두신 거예요?"

제인이 화제를 전환하려는 듯 다른 질문을 던졌다. 그러나 어색하게 있는 것보다 못한 질문이었다.

사실을 알고 있는 재희는 허공에 젓가락을 멈췄다.

실례가 안 된다면 묻고 싶다더니 허락도 구하지 않고 곧장 질문하는 건 뭐지.

직원들도 귀를 쫑긋 세우고 엿들었다.

SJ의 등장은 혜성 같았다. 승승장구하는 일밖에 남지 않았을 때에, 홀연히 자취를 감추었다. 항간에 부상설, 사망설까지 돌았을 정도였다. 직원들 대부분이 궁금했지만 숨겨진 사연이 있을까 봐 쉽사리 묻지 못한 질문을 제인이 가감 없이 했다.

"제인 씨는 기자를 해야 할 거 같은데. 아무래도 천직 같은데……."

은아가 제인을 조용히 평가했다. 앞뒤 가리지 않고 원하는 걸 알고자 하는 탐구력은 정말 기자감이었다.

"사실 SJ가 게임을 관두고 나서 너무 아쉬웠거든요. 알려 주시면 안 돼요?"

제인이 상체를 기울여 대답해 달라는 듯 졸랐다. 그 모습을 단우가 굳은 얼굴로 지켜보았다.

"게임이 몰두하다 보니 개인 시간이 없어서요. 그리고 재미없기도 하고요."

선재가 담백하게 대답하자 제인이 눈을 동그랗게 떴다.

"정말요? 재미가 없었다고요? 세계 대회를 우승하면 즐겁잖아요. 쾌감도 있고요."

"더는 꺾고 싶은 상대가 없었거든요."

오만한 대답이었다.

그러나 그것만큼 정확한 답은 없었다. 역전의 승자. 그러나 시간이 흐를수록 선재를 몰아붙일 수 있는 상대는 점점 사라졌다.

그가 마지막 게임을 하던 날, 파이널 게임이 맞나 싶을 만큼 경기는 싱겁게 끝이 났다. 게임 대회를 주최한 주최 측이 몹시 난처해했다는 기사를 그녀도 접했었다.

"그리고."

탁. 선재가 들고 있었으나 한 번도 쓰지 않은 깨끗한 젓가락을 테이블에 내려놓았다. 그러고는 고요한 얼굴로 제인을 바라보았다.

"지겹게 따라붙는 팬들이라는 사람들도 싫었거든요. 마스크와 안경을 쓴 이유가 얼굴을 밝히고 싶지 않아서라는 걸 알면서도, 굳이 따라다니면서 사진을 찍어 인터넷에 공유하는 사람들. 내가 밝히지 않은 것들을 주제넘게 먼저 까발리는 사람들."

"……."

"멋대로 개인 정보 공유하고, 어떤 사람인지 제단하고, 게이머와 아이돌을 혼동하는 사람들."

"……."

"좋아한다는 이유로 본인들의 폭력적인 행동과 언사를 합리화하는 사람들."

말을 할수록 선재의 목소리는 선득해졌고, 제인의 표정은 뻣뻣하게 굳어 갔다. 선재가 잠시 말을 멈춘 사이에도 직원들은 입을 다문 채 눈동자만 데굴데굴 굴렸다. 눈치채지 않을 수가 없었다. 선재가 특정 인물을 설명하고 있다는 것을. 그게 누구인지까지도.

"이를 테면 내가 자기 거라고 믿는, 자기가 원하는 대로 행동해야 한다고 믿는 SJIM 같은 닉네임을 가진 그런 사람들 때문에요."

쐐기를 박는 선재의 말에 찬물 한 바가지라도 맞은 듯 회식 자리가 고요해졌다. 얇은 미닫이 문 너머로 들리는 사람들의 왁자지껄한 소리와, 고기가 구워지는 소리가 침묵을 대신하고 있었다.

그중 은아가 아주 조그맣게 '세상에나.' 하는 소리가 들렸다.

"……아, 그러셨군요. 정말 힘드셨겠어요. 그런 사람들이 있었다니."

제인이 입술에 힘을 주며 간신히 대답했다. 제인의 얼굴을 확인한 단우의 표정이 뻣뻣하게 굳었다.

"원래 유명세를 얻으면 그 정도는 감수해야죠."

단우가 당황한 제인을 대신해 감싸듯 말했다. 그러자 마치 그런 말이 나올 줄 알았다는 듯 선재의 입술이 삐딱하게 휘었다.

"월급을 받으면 사장이 직원의 개인 사생활을 낱낱이 열람해도 되는 건가요?"

"그것과 그건 다릅니다, 신선재 씨."

단우가 차갑게 받아쳤다.

"그렇게들 말하더군요. 다르다고. 뭐가 어떻게 왜 다른 거죠?"

"그건."

처음으로 단우의 말문이 막혔다.

"이렇게 설명도 못 하면서 말이죠."

선재가 맞받아쳤다. 단우가 냉랭하게 마주보았다.

졸지에 팀장과 신입 사원의 힘겨루기가 벌어졌다. 단우가 뭐라고 말을 하려는 찰나, 제인이 자리에서 벌떡 일어났다.

"……저는 그만 가 볼게요."

잡을 틈 없이 제인이 순식간에 빠져나갔다. 단우가 곤란하다는 표정으로 제인이 나가 방향을 바라보다가 무섭게 선재를 바라보았다.

"신선재 씨, 그렇게 공격하는 거 몹시 무례한 행동이라는 걸 알 만한 나이라고 생각합니다만."

"상대방의 동의 없이 공개적으로 개인사를 밝히는 게 무례한 행동이라는 걸 알 만한 나이는 아니었나 봅니다?"

"그 정도는 물어볼 수 있는 거였습니다."

"그 판단을 왜 팀장님이 하시는지 모르겠군요."

선재가 받아치는 말에 단우가 어금니를 깨물었다. 고요한 그의 눈에서 섬뜩한 빛이 흘러나왔다. 재희는 암담한 표정으로 단우와 선재를 번갈아 보다가 번뜩 떠오른 생각에 얼굴을 구겼다.

젠틀하다고 소문난 단우지만, 딱 한 번, 지금과 같은 표정을 지은 적이 있었다. 그리고 그 직원은 1년도 채 채우지 못하고 신슬을 떠났었다. 재희는 이제와 그들이 자신처럼 단우에게 시달렸을지도 모른다는 생각이 들었다.

그리고 방금 단우의 머릿속에 있는 살생부에 선재의 이름이 올랐다는 걸 알았다. 더는 지켜보기 힘들어진 재희가 뭐라고 이야기를 하려 할 때였다.

"어머, 아가씨! 괜찮아요?"

미닫이 문 너머가 시끄러웠다. 웅성거리는 소리가 뒤따랐다. 뒤이어 괜찮다며 대답하는 울음 섞인 제인의 목소리가 들렸다.

"내가 수습하고 오도록 하죠. 혹시 늦어지면 이걸로 계산하세요."

바쁜 와중에도 단우는 테이블에 법인 카드를 내려놓은 후, 자리를 빠져나갔다. 제인과 단우가 사라진 후에도 사람들은 쉽사리 입을 열지 못했다. 여전히 자리를 지키고 있는 선재 때문이었다.

"이번 회식 자리, 제인 씨가 기획했지?"

구석에서 소곤거리는 운영팀 남자 직원의 목소리가 들렸다.

"응. 어쩐지. 여태껏 합동 프로젝트를 해도 같이 회식하는 경우는 없었잖아. 이러려고 회식을 같이하자고 한 건가."

"그런 거겠지. 우리 팀장님이 왜 안 왔겠어? 이 꼴 보기 싫어서 안온 거지. 애 아프다는 것도 핑계 같더라. 애 아픈데 그렇게 느릿느릿 걸어 나가겠어?"

"하아, 역시 빽 있는 사람은 다르다 이건가. 일개 사원이 팀장을 좌지우지 하다니 말이야."

"어쩌겠어? 본부장, 조만간 차기 부사장으로 거론되고 있는데 팀장님도 제인 씨 눈치를 봐야겠지. 소문인지 아닌지 모르겠지만 제인 씨가 본부장님이 아끼는 조카라던데."

이젠 소문이 다 났는지 운영팀 사람들은 제인이 본부장 조카라는 걸 알고 있는 듯이 말했다.

"거기다가 이미 개발기획팀의 팀장님과도 아주 가까운 사이 같기도 하고……."

그들의 대화를 시작으로 여기저기서 조그마하게 웅성거리는 소리가 번져 갔다.

"뭐라고요? 이제인 씨가 본부장 조카라고요?"

그 사실을 여태껏 모르고 있던 지호가 화들짝 놀라 소리치는 소리가 들렸다.

"몰랐어? 요즘 이제인 씨가 은근슬쩍 말하고 다닌다던데. 모르는 사람 없어."

"와! 전혀 몰랐어요."

들불이 옮겨 붙듯 대화가 번져 가는 가운데 한 사람이 앉아 있는 중앙 자리만 고요했다.

선재는 아무 소리도 안 들린다는 듯, 말없이 소주를 잔에 따르더니 들이켰다. 그의 자리만 동그랗게 진공 상태로 빠진 듯했다.

얼마 후, 선재가 잠시 통화를 이유로 자리를 떴다. 그러자 기다렸다는 듯이 직원들이 우르르 말을 하기 시작했다.

"제인 씨 말이에요. 선재 씨한테 관심 있는 거 맞죠? 팬이라고 하는데, 그 이상인 것 같기도 하고."

"네. 저도 그렇게 느꼈어요!"

은아의 조심스러운 물음에 시은이 목이 빠지도록 고개를 끄덕이며 대답했다.

"나만 그렇게 느낀 줄 알았는데 아니었나 보네요. 와아, 이게 무슨 일이래…… 옆에는 애인 앉혀 놓고, 앞에는 관심 있는 남자 앉혀 놓은 거예요? 아니. 우리 팀장님을 무시해도 유분수지. 자기가 본부장 조카지, 본부장이에요? 설령 본부장이라고 해도 저런 식으로 나오면 안 되죠. 순진한 척, 착한 척, 유복하게 자라서 뭘 모르는 척하면서 이렇게 문어발식으로 나오면 곤란하죠."

은아가 마치 제 일인 양 분노했다.

"저는 제인 씨도 제인 씨인데, 우리 팀장님이 제일 이해가 안 가요. 우리 팀장님은 제인 씨가 뭐 그리 좋다고 저렇게까지 매달리는지 모르겠어요. 그 외모에, 그 능력에 뭐가 빠진다고 대체 제인 씨한테 그럴까요?"

"그러게요. 자존심 엄청 상할 텐데……."

팔은 안으로 굽는다고, 개발기획팀 사람들은 모두 팀장의 편을 들었다. 그간 직원들에게 신망을 두텁게 쌓아 놓은 모양이었다.

하긴, 자신도 단우의 본모습을 보지 못했다면 지금쯤 그를 두둔

하고 있었을지도 모른다.

재희는 씁쓸한 표정으로 술을 홀짝였다.

"그런데 선재 씨가 좋아한다는 여자는 누굴까요?"

시은이 불쑥 던진 말에 사람들의 시선이 그녀에게로 모조리 모였다.

"그러고 보니 그러게요."

"나는 당연히 선재 씨 정도면 애인 있는 줄 알았어요."

"나도 그렇게 생각해서 안 묻고 있었죠."

"선재 씨가 짝사랑 중일 줄은 몰랐네요."

사람들의 쉽게 선재의 이야기를 늘어놓았다. 대체로 선재가 짝사랑하는 여자가 누굴까 궁금해하는 것이고, 그 나머지는 제인에 대한 이야기를 이어 갔다. 쉴 새 없이 이야기가 터져 나오는 가운데, 재희만 침묵을 지켰다.

• • •

결국, 팀장은 돌아오지 않았다. '회식 자리로 돌아가지 못할 겁니다. 내일 뵙죠'라고 직원들에게 전체 문자가 오는 게 전부였다. 그 연락을 받자마자 마지못해 꾸역꾸역 앉아 있던 직원들이 우르르 몸을 일으켰다. 그들은 친한 사람들끼리 삼삼오오 모여 2차를 마시겠다고 떠났다.

"우리 치킨집으로 갈 건데, 재희 씨도 올 거죠?"

은아는 당연히 재희가 함께 2차에 갈 거라는 투로 이야기했다. 재희는 고개를 가로저었다.

"오늘은 피곤해서요."

"아, 왜요. 재희 씨가 없으면 섭섭해서 술을 어떻게 마셔요?"

"그래놓고 제일 많이 마실 거면서. 괜한 소리 할래요?"

"아니, 마시기야 열심히 마시겠죠."

"죄송한데 정말 피곤해요."

"하긴, 눈두덩이 부을 정도로 피곤하다고 했죠?"

조를 것처럼 달려들던 은아가 재희의 눈두덩을 보더니 한 걸음 물러섰다. 이때만큼은 눈두덩이 부은 게 고마웠다.

은아와 다른 직원들이 우르르 몰려간 후, 홀로 거리에 남은 재희는 느릿하게 돌아섰다. 이유 없는 허무함과 쓸쓸함이 들이닥쳤다.

이 와중에 핸드백 끈까지 주르륵 흘러내렸다. 분위기에 잘 맞는 우연이라 생각하며 핸드백끈을 추켜올리는데 어깨가 허전해졌다. 바닥으로 떨어졌나 했는데 핸드백도 보이지 않았다. 뒤늦게 상황을 파악한 재희가 돌아섰다. 회식 자리가 끝났다는 단우의 연락을 받자마자 미련 없이 떠났던 선재가 제 뒤에 서 있었다.

어젯밤, 밑바닥을 투명하게 비추다 못해 파헤치듯 보여 준 후로 이렇게 가까이서 얼굴을 마주한 건 처음이었다.

가로등 불빛을 받아 환하게 빛나는 그는 입을 다문 채 그녀를 내려다보고 있었다. 무표정한 그의 얼굴 위로 노력이 보였다. 범람하는 감정을 꽉 억눌러 놓으려는 노력. 재희는 그 흔적에서 선재 역시 어젯밤의 상황에서 완전히 벗어나지 못했다는 걸 알았다.

"……왜? 2차전 하게? 살려 줘. 나는 못 하겠어."

재희가 중얼거리듯 말했다.

"아뇨."

"그럼 왜 그런 눈으로 쳐다봐."

"내가 어떻게 보는데요."

"할 말 많은 얼굴로."

"할 말이 많은 건 사실인데, 싸우려는 건 아니에요."

"……."

어젯밤을 싸웠다고 할 수 있을까. 일방적으로 제 감정을 우르르 뱉은 것에 불과한데. 그 상황을 두 번 반복할 자신이 없기에 재희는 눈을 내리깔았다.

"이리 줘. 핸드백 내가 들게. 다른 사람들이 보면 오해해."

재희가 한결 누그러진 목소리로 핸드백을 빼앗아 들었다. 그러고는 휴대폰 시간을 확인했다. 이 시간이면 버스 막차 정도는 탈 수 있을 것 같았다. 재희가 휴대폰으로 이 근처 버스 정거장을 확인할 때였다.

"좀 걸을까요?"

선재가 물었다.

"막차 시간 늦어."

"그땐 택시 타면 되잖아요."

"비싸."

"내가 낼게요."

"거절할게."

재희가 고개를 돌려 선재를 쳐다보며 차갑게 말했다. 선재가 알 수 없는 시선으로 자신을 가만히 내려다보고 있었다.

어젯밤 상처를 입은 건, 제 감정에 못 이겨 유치하고 제 밑바닥을 다 드러냈다는 사실이 가장 크지만 다른 이유도 있었다.

"돈 때문이면 줄게요. 싫으면 빌려줄게요."

알량한 자존심 때문이었는지도 모른다. 그게 아니면, 이미 선재가 자신의 상황을 어렴풋이 눈치채고 있었을 거라는 사실 때문에 자격지심이 생겼는지도 모른다. 어느 이유에서든, 재희는 저 말에 상처받았다. 초라한 자신의 삶을 관통당한 기분이었다.

"그럼 아파트 단지 앞에서 이야기할래요?"

"다음에. 다음에 이야기하자. 나 술 마셨어. 지금 티는 안 나겠지만 약간 알딸딸해. 이 상태에서 대화를 나누면 무슨 실수를 할지도 모르고……."

"그래요, 그럼."

웬일로 선재가 순순히 물러섰다.

"내일 내 눈두덩이 부어 있어도 놀라지 마요."

"······."

그럴 리가 없지.

순순히, 라는 단어는 신선재 사전에 없다.

재희는 어이없다는 표정으로 선재를 쳐다보았다. 지금 이 순간마저 고고하게 자신을 바라보면서, 저런 말을 뻔뻔하게 했다는 게 기가 막혔다. 이쯤 되니 선재가 자신의 눈두덩이 부은 이유를 오해하고 있는 게 아닐까 싶었다.

"저기, 눈두덩이 부은 게 스스로 때려서 부은 게 아니거든? 자학의 상징이 아니야."

"알아요. 울었잖아요. 밤새."

그의 말이 훅 찌르고 들어온다. 마치 그 시간을 모두 지켜본 사람처럼.

"······아닌데. 안 울었어."

"그럼 왜 부었는데요? 맞은 것도 아니고, 운 것도 아니면?"

"어제 라면 먹고 자서 그래."

"우리 집 방음 안 되는 거 몰라요? 누가 밤새 엉엉 소리 내고 우는 바람에 잠을 한숨도 못 잤거든요."

"그거 나 아니야."

"맞잖아요. 울음소리가 딱 누나던데. 진짜 시끄러웠어요. 나니까 참았지. 옆집 아저씨였으면 신고했을 거예요."

"아니라고. 나는 어제 이불 안에서 얌전히 울었어. 너한테 들릴까 봐 얼마나 간신히 참아가면서……."

"……."

말을 하다가 아차 한 재희가 입을 다물었다. 그러나 이미 말은 흘러 선재에게 닿은 지 오래였다.

"거 봐요. 울었으면서."

"……."

"누굴 속여요."

선재가 다 안다는 듯 얼굴을 찌푸린 채 말을 툭 던졌다.

"……후우."

재희가 할 말 없다는 듯 머리를 대충 쓸어 넘겼다. 신선재는 어떻게 하면 상대방에게서 자신이 원하는 대답을 들을 수 있는지 잘 아는 사람 같았다.

사람과의 대화도 게임처럼 느껴지는 걸까. 그래서 이렇게 능숙한 걸까.

그런 쓸모없는 생각을 하는 사이 선재가 한발 내딛었다.

"바람 좋네요. 같이 걸어요. 아직 지하철 막차까지는 시간이 넉넉하니까요."

선재가 함께 걷자는 듯 몸을 비스듬히 돌려세웠다. 고집을 꺾지 않을 기세였다.

그가 가리키는 길에는 가로수가 길게 늘어져 있었다. 초록 잎을 틔운 잎사귀들이 가로등 불빛을 받아 하얗게 빛났다. 잎들이 바람 따라 하늘거려 눈부신 움직임을 만들어 냈다. 밤인데, 빛의 조각으로 가득하다.

술이 들어가서인지 조금 들뜬 기분마저 들었다.

"좋아. 조금 걷자. 대신 조금이야."

어차피 이번 일도 제대로 정리해야 할 필요도 있고.

재희의 말에 선재가 싱긋 웃으며 고개를 끄덕였다. 비로소 자신이 아는 선재의 표정을 마주하자, 이상하게도 마음이 놓였다.

· · ·

번잡하던 거리는 계속 걷다 보니 한산해졌다. 어느새 텅 빈 거리에 줄지어 서 있는 가로수와 그 너머로 이따금씩 도로 위로 쌩쌩 지나치는 자동차가 전부였다.

머리 위로 가로등 불빛을 받은 잎사귀가 연신 반짝이며 흔들렸다. 별이 머리 위로 가깝게 내려온 기분이었다. 신기한 표정으로 거리를 바라보는 데, 귓가로 바람에 섞인 목소리가 들렸다.

"미안해요."

재희가 고개만 돌려 옆자리에 선 선재를 보고는 무표정하게 대꾸했다.

"뭐가 미안한데."

"……."

"……라고 물어보고 싶었어. 드라마에서 그런 말 잘하더라고. 원래 남자친구가 생기면 써먹어 보고 싶었는데 너한테 써먹는다."

선재가 뭐라고 하려는 찰나, 재희가 얼른 장난스러운 말을 덧붙이며 싱긋 웃었다. 선재가 말없이 그녀를 내려보았다. 재희는 그의 시선을 피해 앞을 바라보며 말을 이어갔다.

"미안하긴 내가 미안하지. 너한테 그렇게 쏘아붙일 일이 아니었는데. 알다시피 여러모로 좀 힘들었어. 미안해. 사과는 진작 하고 싶었는데 사무실에서 할 이야기가 아닌 것 같아서 못했어. 그렇다고 문자로 보내기도 좀 그렇고. 잠시 나오라고 하기엔 네 표정이 워낙 무시무시하기도 했고."

"……."

"그런데 진짜 내가 우는 소리 다 들렸어?"

줄곧 그 부분이 신경 쓰였던 재희가 조심스럽게 물었다.

"아뇨. 안 들렸어요."

"다행이네."

그럴 줄 알았지만, 아니라니 마음이 놓인다.

"많이 울었어요?"

선재가 얼굴을 살펴보려는 듯 고개를 슬쩍 기울이는 게 보였다. 그 각도를 피해 재희는 시선을 도로 쪽으로 돌렸다.

"그냥. 원래 잘 안 우는데 한번 울면 왕 하고 울어. 한 삼 년에 한 번씩? 드문 일이야. 그러니까 신경 쓰지 마."

재희가 별것 아니라는 걸 강조하고 싶은 듯 평소보다 한참 가벼운 목소리로 말했다. 손까지 과하게 휘저으며 드문 일이라 힘주어 말했다.

"그런데 너 하루 종일 표정 무섭더라. 왜 그랬어? 말도 못 걸겠더라."

"자괴감이 들어서요."

"……."

"누나를 울렸다는 자괴감."

조용한 목소리가 깊고, 짙었다. 긴 시간의 고민이 담긴 것처럼.

"네가 날 울린 거 아냐, 내가 날 울린 거지."

재희가 바로잡으려는 듯 정정했다. 자신의 자격지심이 스스로를 울게 만들었다.

"나한테는 그게 그거였어요. 어쨌든 내 말도 영향을 미친 거니까."

"……."

"울리지 않겠다는 약속을 어겼으니까요."

조용히 흘리듯 뱉은 선재의 말에 재희의 가슴이 내려앉았다.

"나는…… 누나를 울리지 않을게요."

자신이 처음으로 선재의 앞에서 울음을 터트렸던 어린 날, 선재는 한참이나 말없이 자신을 바라보다가 그렇게 이야기했다. 이젠 희미해진 기억이지만, 선재의 목소리만큼은 또렷하게 기억났다.

맹세하듯 진중하고, 비장하기까지 하던 목소리.

자신은 그 맹세를 잊고 사는데, 선재는 여전히 그 말을 기억하고 있었다. 지켜야 하는 약속처럼 소중하게 가슴에 품고서.

재희의 시선이 텅 빈 거리 어딘가를 헤맸다. 그때의 기억을 시작으로 머릿속으로 단편적인 추억들이 솟구쳤다가 사라졌다. 그 추억에 베였다가 아프기도 했다가, 희미한 기쁨이 차올랐다.

이윽고 그 어떤 생각도 머릿속에 떠오르지 않게 되자 재희의 입술이 일자로 돌아왔다. 재희는 다른 생각이 머릿속을 점령하려 하자 털어내듯 선재에게 물었다.

"그런데 SJIM는 제인 씨지?"

"네."

"걔들 중 하나?"

"네."

선재가 순순히 대답했다.

선재가 SJ로 활동하던 시절, 그를 쫓아다니던 여자들이 있었다. 처음엔 화려한 스킬과 연출인가 싶을 정도의 게임 제어력에 감탄해서 쫓아다니던 팬들 중 우연히 SJ의 얼굴을 본 사람들이 있었다. 그들은 게임 주최 측의 연출을 이용해 선재의 대기실로 찾아왔고 당시 그 사실을 모르던 선재는 무방비 상태로 맞닥뜨렸다.

그들 중 몇 명은 선재의 스토커로 돌변해서 쫓아다녔다. 그들은 팀별 비공식 게임전도 찾아오고, 게임이 끝난 후 선재에게 다가가 그 주변을 알짱거렸다. 거기까진 응원이라 할 수 있었지만, 개인 SNS를 통해 연락하거나 어느 동네에 사는지 아니까 찾아가겠다는 듯이 말하는 건 응원이라 보기 힘들었다.

그것뿐만 아니라, 그들은 자신들만이 공유하는 사이트를 오픈해 선재를 쫓아다니며 찍은 사진들을 공유했다. 그 사실을 선재가 알게 된 건, 그들이 틀어지면서 그 사람들의 사진과 여태껏 있었던 일을 메일로 보내면서였다.

"대기실 뒤를 뚫고 들어왔다는 사람들 중에 이제인 씨도 있겠네. 그렇지?"

재희가 알 만하다는 듯 말했다. 선재가 몸담았던 게임팀의 가장 큰 후원사가 공교롭게도 제인의 아버지 회사였다. 대기실에 들어가는 건 일도 아니었을 거다.

"네."

선재가 순순히 대답했다.

"잘 알아봤네."

"잊을 수가 없죠."

얼마나 집요하게 당했는지 선재가 약간 짓씹듯 말했다.

"그건 그래. 잊기 힘들지. 그래서 그랬구나. 좋아하는 여자가 있다고 말한 거."

"그게 제일 잘 통할 거니까요."

선재가 덤덤하게 인정했다.

"그래. 그런 애들한테는 그게 제일 잘 통하지. 그리고 틀린 말도
아니지."

"무슨 말이에요?"

"너, 좋아하는 여자 있잖아. 나 다 아는데."

"……."

선재는 대답 대신 걸음을 뚝 멈춰 세웠다. 뻥 뚫린 거리를 향하던
선재의 시선이 허공을 더듬어 느릿하게 재희에게 닿았다.

재희는 환하게 웃고 있었다. 마치 모든 걸 다 안다는 듯한 얼굴
로. 선재의 눈동자가 벌어진 채로 굳었다. 숨까지 멈춘 채 바라보고
있는 선재를 향해 재희는 더욱 장난스러운 미소를 지었다.

"내가 몰랐을 줄 알았지?"

"……."

"너, 걔 좋아하잖아. 신계의 아크로니아."

재희의 입에서 나온 뜬금없는 말에 선재의 미간이 좁아졌다.

"팔등신 미인. 신계의 아크로니아. 은발에 적색 눈동자. 가장 유
명한 대사가, '그따위로 해서 어쩌자는 거야! 이 멍청이야!'잖아."

"……."

"육성 시뮬레이션은 죽어도 안 하는 네가 어쩐지 그 게임을 오래

191

한다 싶었어. 그리고 책상 위에 있는 피규어도 봤어. 박스째 소중하게 보관하고 있더라."

재희의 말에 선재의 표정이 더욱 구겨졌다. 뭔가 이상하다. 아니, 이상함을 넘어선 상황이었다. 선재가 말릴 틈 없이, 재희는 그의 등을 다 안다는 듯 툭툭 두들겨 주었다.

"괜찮아."

"그건 이벤트 때 당첨되어서 던져 둔……."

"네 성격에 버리지 않고 둔 게 신기하지. 괜찮아. 이해해. 그런 여자 캐릭터들 보고 다니면 나라도 일반 여자들이 눈에 안 들어올 거야. 그렇게 무결점인 것만 보고 다니니 네가 눈이 높아지지. 원래 그런 거야."

"제멋대로 이해하지 마요. 아니니까."

선재가 피곤한 표정으로 대꾸했다.

"괜찮다니까. 나도 그런 적 있었어. 살면서 그런 때가 한 번씩 있어. 나도 좋아하던 아이돌 오빠랑 결혼할 줄 알았어."

"……그건 또 누구예요?"

선재가 처음 듣는다는 듯 얼굴을 구기며 눈길을 주었다. 얼굴에 불편함이 섞여 있었다.

"그냥 아주 잠깐 좋아하다가 만 아이돌 있어. 이젠 활동도 안 해."

"……그러니까 누구냐고요."

갑자기 상황이 역전되어 선재가 집요하게 묻기 시작했다.

"이름도 까먹었어. 어쨌든 말 돌리려고 애쓰지 않아도 돼. 괜찮아. 다 이해해. 좋아할 수도 있지, 뭐, 안 그래?"

"……."

재희가 빙긋거리며 웃었다. 선재가 말없이 재희를 쳐다보았다. 선재의 표정이 점점 굳어 갔다. 선재의 표정이 완전히 무표정으로 돌아오고서야, 재희는 무언가가 잘못되었다는 걸 알았다.

장난이 너무 심했나? 분위기가 너무 굳어서 던진 장난인데, 선재의 반응이 생각보다 재미있어서 계속 하게 되었다. 그런데 자신이 지나친 모양이었다. 하긴 졸지에 오타쿠로 누명을 쓰게 생겼는데 어느 누가 즐거울까.

재희가 장난이었다는 말을 하려는 찰나, 선재가 먼저 입을 열었다.

"누나가 지금처럼 계속 그렇게 이해해 주면 좋겠네요. 내가…… 좋아하는 걸."

선재의 눈빛이 짙게 변했다. 부는 바람에 그의 머리카락이 흐트러졌다. 나뭇잎과 옷자락이 날리는 가운데 오롯이 버티고 선 선재가 견디기 힘들다는 듯 뱉었다.

"……아주 많이 좋아한다는 걸."

더 이상 재희는 이해해, 라고 장난스럽게 대꾸하지 못했다.

이건 장난을 넘어선 진심이었다.

누군가에게 온전히 닿길 원하는 진심.

．．．

　누구지. 선재가 좋아한다는 그 여자.

　습관적으로 칫솔질을 하던 재희가 거울에 비친 제 모습을 바라
보며 멍하니 생각했다. 선재에게 좋아하는 여자가 있다는 건 확실
해졌다. 그러나 정작 그 확신을 할 땐 묻지 못했다. 그땐 선재에게
압도되어 있었다.

　그저 선재에게 그런 깊은 진심이 있다는 사실에 한 번, 그런 표정
을 지을 수 있다는 사실에 또 한 번 놀라서 숨도 못 쉰 채 바라보고
만 있었다.

　선재가 '이제 그만 택시 타고 가죠. 밤바람이 차가우니까요'라고
말하며 택시 안에 밀어 넣어졌을 때에야 가까스로 정신이 들었다.

　"누굴까. 누굴까. 대체 누굴까."

　신선재에게서 그런 표정을 이끌어 낼 수 있는 사람이……. 아니,
그보다도 언제 그렇게 좋아하는 사람이 생긴 거지? 회사 사람인
가? 내가 아는 사람인가?

　재희가 속으로 중얼거리다가 양치질을 마친 후 밖으로 나왔다.
푹신한 침대에 누워 천장을 바라보았다. 뒤늦게 희미한 배신감이
들었다. 마치 애지중지 키운 남동생이 여자친구 만난다고 홀랑 나
가 버린 기분이었다.

　그러나 자신도 선재에게 말하지 못한 비밀들이 있었다. 선재도

그런 마음일 거라 생각하니 충분히 이해되었다.

이제 점점 이런 시간들이 늘어날 거다. 선재를 친동생처럼 생각하지만, 진짜 친동생은 아니니까. 자신과 선재의 사이가 아무리 결백하고 가족 같은 마음이라고 하더라도, 이런 사이를 이해하는 사람들은 드물다.

자신에게 사랑하는 남자가 생겨도 마찬가지일 거다. 이제 남은 것은 둘 중 누군가가 사랑하게 되면 서서히 헤어져서, 이따금씩 안부를 묻는 사이로 남는 것뿐일 거다.

알고 있었는데도 한 번 더 상기하자 가슴 위로 얼음이 떨어진 듯 선득했다.

그래도 재희는 바랐다. 이별의 순간이 빨리 오더라도 선재가 사랑을 했으면 하고.

"······아주 많이 좋아한다는 걸."

묵은 마음을 고백할 때 짓던 그 표정을 다시는 선재가 하지 않길 바랐다.

4장

계절은 어느새 봄을 지나 초여름으로 향하고 있었다. 밤에 굳이 외투를 걸치지 않아도 되는 날씨였다. 다행히 계절이 달라지는 동안 야근을 해야 할 만큼 바쁘지 않았다.

모처럼 한가한 시간에 직원들은 입 모아 '요즘만 같았으면'이라고 외쳤다. 재희 역시 두 손을 모아 부르짖을 정도로 간절하게 바랐다.

자신에게 신경 쓸 겨를이 없을 정도로 바빠진 건지 단우의 괴롭힘이 부쩍 줄었다. 여전히 회의실이나 보고를 할 때 뜬금없는 걸 묻거나, 쓸모없는 일을 시키면서 멸시하는 시선을 던지긴 했지만 이만하면 참을 만했다.

주말에 푹 쉬고 나면 회복될 정도였다.

"실례합니다. 팀장님 어디 계신가요?"

조심스러운 목소리에 재희가 파티션 너머로 고개를 내밀었다. 익숙한 얼굴의 직원이 서 있었다.

"다정 씨가 어쩐 일이에요?"

재희가 의아한 얼굴로 물었다.

"이걸 팀장님께 전달해 드리려고 왔어요."

재희의 시선이 다정이 내민 서류로 향했다. 전자 메일로도 충분히 주고받을 수 있는, 그러나 굳이 서류철로 주고받던 서류였다. 늘 제인이 가져오던 서류를 다정이 들고 있었다. 의아한 시선을 느꼈는지 다정이 어색한 미소를 지었다.

"제인 씨가 대신 해 달라고 해서요."

"이 일을요?"

"네."

다정이 여전히 난처하면서 민망한 표정을 짓고 있었다.

"아무래도 개발기획팀 팀장님이랑 제인 씨랑 싸운 것 같았어요. 제인 씨 표정이 하루 종일 별로더라고요."

다정이 왜 자신이 오게 되었는지에 대한 배경을 설명했다. 서류철을 받아 둔 재희의 손에 힘이 들어갔다.

다정은 제인보다 입사를 더욱 빨리했다. 직급은 같으나 엄연히 선배였다. 자신들의 연애를 위해 굳이 복잡한 절차를 만들어 놨으면 책임을 져야 할 것 아닌가. 애먼 사람만 시간낭비하게 만들어 놨다.

"제가 대신 전달할게요."

"네. 고마워요. 재희 씨."

다정의 얼굴이 밝아졌다. 아무래도 단우와 제인의 연애사에 끼어 우체부 역할을 하는 게 불편했던 모양이었다. 자리에 앉은 재희는 서류철을 가만히 들여다보았다.

불현듯 오늘 아침에 본 게 떠올랐다.

역시 그게 맞았나.

재희가 속으로 중얼거렸다.

오늘 아침, 두 개의 엘리베이터 중 하나가 고장이 나서 하나의 엘리베이터만 가동 중이었다. 그 때문에 엘리베이터를 기다리는 줄이 평소보다 길어서 운동 삼아 비상구로 향했다. 비상구 두 곳 중 사무실과 가까운 한산한 쪽으로 향했다. 비상구는 자신처럼 드나드는 사람이 있었는지 평소와 달리 반쯤 열려 있었다. 그 때문에 문을 여는 데 별다른 소음이 없었다.

비상구 안에는 한 커플이 대화를 나누고 있었다. 목소리를 한껏 낮춘 채 이야기 중이라 내용은 들을 수 없었지만 분위기는 심각했다.

돌아갈까 하다가 지각할 것 같아 민망함을 무릅쓰고 계단을 올라갔다. 지각으로 괜히 단우의 눈초리를 받고 싶지 않았다.

재희가 자신이 올라간다는 티를 내려고 헛기침을 했지만 그들은 꼼짝도 하지 않았다. 결국, 몇 계단 올라가서 헛기침을 하려 하는데 몇 계단 위에 마주 서 있는 두 사람이 보였다. 익숙한 사람들이었다. 재희는 차라리 엘리베이터를 타러 갈걸, 하고 후회했지만 이미 눈앞에선 드라마 같은 상황이 벌어지고 있었다.

제인은 지긋지긋하다는 얼굴로 돌아서고 있었고, 단우는 그런 제인을 붙들고 있었다.

"이러지 말라니까요, 팀장님. 나한테 생각할 시간을 달라고요."

"양가 부모님과 다 만났는데 이제 와서 이러면 어떻게 해?"

"그냥 잠시 생각할 시간이 필요하다는 거예요."

"그러니까 생각할 시간이 왜 필요한 건데."

"갑자기 결혼 이야기가 나오니 부담스러워서 그래요."

"확실해? 왜 나는 아닌 것 같지?"

"그게 무슨 소리예요."

"다른 이유가 있는 것 같다는 말이야."

자신이 아는 단우가 맞나 싶을 만큼 그는 최선을 다해 제인을 붙들었다. 그에 비해 제인은 진심으로 피곤하다는 표정으로 단우를 쳐다보았다.

그들의 이야기는 윗층 비상구 문이 열리고 사람들이 우르르 내려오면서 끝이 났다. 제인은 다급히 비상구 계단을 올라갔고, 단우는 짠 듯이 아래층으로 내려왔다. 거기서 재희는 피하려고 뒤로 돌아섰으나, 단우보다 한발 늦었다. 그의 얼굴에 당혹감이 번져갔다. 이윽고 당혹감이 휘발된 자리에는 치욕적인 감정만 남아 있었다.

"다른 사람의 이야기를 엿듣다니요. 재미있었습니까?"

단우는 냉정하고 차갑게 그녀에게 물었다. 그러나 대답을 들을 생각은 없는지 그녀를 지나쳐 갔다.

비상구는 누구든 드나들 수 있는 길인데, 이런 말을 들어야 하는 게 어이없었다. 헛기침을 하고 발소리를 내도 못 들은 건 자기들이 아닌가.

재미는 없지만, 속은 시원하네요.

하지 못한 대답을 속에 담고서 사무실로 향했었다. 아침 회의를 하는 내내 단우는 제 얼굴을 보지 않았다.

그리고 팀장급 회의와 외근을 이유로 자리를 비웠다. 얼결에 편한 하루를 보내고 있지만, 언제 단우가 돌아와 피곤하게 할지 모르는 일이라 폭풍전야처럼 조마조마하기만 했다.

그나저나 제인이 왜 갑자기 단우에게 생각할 시간을 갖자고 하는 걸까. 왜 갑자기…….

재희의 시선이 옆자리에 앉아 있는 선재를 향했다. 옆얼굴을 그리는 곡선이 보기 좋았다. 그러나 그 얼굴을 눈에 담은 재희의 표정은 썩 밝지 않았다.

이상하게 예감이 별로 좋지 않았다. 그리고 보통 이런 예감은 적중하기 마련이었다.

• • •

"제인 씨. 나, 대박 소문 들었어요."

은아가 파티션 너머로 얼굴을 내밀며 말했다.

"뭔데요?"

재희가 그다지 궁금하지 않지만, 궁금하다는 듯이 대꾸했다. 그러자 은아가 신이 난 표정을 짓고서 말했다.

"선재 씨, 제인 씨 만난대요."

"……."

너무 터무니없는 말이라 재희는 대꾸하는 것조차 잊은 채 은아를 물끄러미 쳐다보았다.

뭐라고? 누가 누굴?

재희의 의아함을 놀람으로 이해했는지 은아가 목소리를 낮춰 속삭였다.

"우리 팀 뜨거운 감자 이제인 씨 말이에요. 신선재 씨랑 만난다고요. 우리 팀장님이랑 헤어진 것처럼 굴더니, 기어코 신선재 씨로 갈아팠나 봐요. 아니, 그런데 신선재 씨도 웃기지 않아요? 그때 회식 자리에서는 제인 씨 엄청 싫어하는 것처럼 굴더니 덜컥 만나고 말이에요."

"……."

"남자들도 어쩔 수 없다니까요. 돈 많은 여자한테 끔뻑 넘어가고 말이에요. 하긴, 돈이 그렇게 어마어마하게 많고 빽이 대단하다는데 나라도 흔들리겠어요. 그렇다고 제인 씨가 외모가 빠지는 것도 아니고, 뭐…… 인정하긴 싫지만 그만하면 괜찮은 편이니까요."

"……대체 그 소문의 출처가 어디예요?"

기가 막힌 재희가 간신히 은아에게 물었다.

"어디겠어요? 누군가와 사랑에 빠지면 티 내지 못한 안달인 사람이 말하고 다니지요."

"……이제인 씨가 직접요?"

"네."

"정말로 직접 그렇게 말했대요?"

"대놓고는 아닌가 봐요. 그런데 연애하는 티를 계속 낸대요. 대충 추정해 보니 선재 씨인가 봐요."

"……하하."

재희가 어이없는 웃음을 터트렸다.

"아닐 거예요."

재희가 단호하게 말했지만, 은아가 더욱 단호하게 고개를 가로저었다.

"맞을걸요?"

"아니래도요."

"그렇게 생각하는 이유 있어요?"

"그야……."

재희가 말을 하려다가 입을 다물었다. 오랫동안 신선재와 가족처럼 지내 왔고, 여전히 옆집에서 살고 주말마다 밥 한 끼를 할 정도로 가까운 사이라서 잘 안다고 말할 수 없었다. 선재가 만약 제인과 교제를 시작했다면 자신에게 가장 먼저 말했을 거다. 아니, 그전에 자신이 알아챘을 거다. 선재가 누군가에게 호감을 보이는 걸 자신이 모를 리 없었다.

"그냥 그럴 거 같아서요."

그렇지만 이렇게 대답할 수밖에 없었다.

"어머, 선재 씨가 제인 씨랑 안 사귀길 진심으로 바라는 얼굴이네요? 알고 보니 재희 씨, 선재 씨한테 마음 있는 거 아니에요?"

은아가 장난스럽게 음흉한 표정을 지으며 물었다. 재희는 그런 표정을 똑같이 마주 지어 주었다.

"아뇨. 저는 다른 사람한테 관심 있는데요."

"누군데요?"

"저는 은아 씨한테 관심 있는데요."

"나는 또 뭐라고. 됐어요. 난 여자 관심은 사양해요. 남자면 모를까."

은아가 새침하게 말을 던지더니 금세 웃었다. 재희도 마주 웃었다. 이후, 각자의 자리로 돌아간 후 재희는 파티션 너머를 바라보았다. 주인 없는 빈자리가 눈에 들어왔다. 그러고 보니 요즘 들어 선재가 부쩍 자리를 많이 비웠다.

진짜인가.

자신이 아는 신선재는 그럴 리가 없다. 하지만, 사람 일은 모르는 거라고 하지 않았던가.

재희가 복잡한 표정으로 마우스를 거머쥐었다.

. . .

"누가 그래요."

모처럼 선재의 미간이 혹 좁아졌다. 슬쩍 치켜뜬 눈이 무섭기까지 했다.

역시나.

"그냥 그런 소문이 돌아서 물어본 거야. 아닐 줄 알았어."

물론 아주 잠시 의심을 하긴 했지만.

재희는 퇴근하자마자 편안한 후드 티셔츠에 헐렁한 바지를 입고 선재의 집에 들이닥쳤다. 문을 열어 준 선재는 샤워를 했는지 머리 끝에서 물방울이 뚝뚝 떨어지고 있었다. 재희는 그의 집에 '실례.'

하고 들어선 후, 곧장 질문을 던졌다.

제인과 사귀거나, 썸을 타거나 혹은 마음이 있냐고.

그랬다가 돌아온 표정은 저거였다. 자신을 잡아먹을 것 같은 표정.

"그래. 너한테는 이미 영혼의 짝인 신계의 아크로니아가 있는데 하찮은 인간계 여자를 좋아할 리가……."

"아니라고요."

선재가 무참히 그녀의 말을 자르고는 가만히 쳐다보았다. 눈이 크고 눈매가 짙어서 그냥 쳐다보는 것만으로도 노려보는 것 같았다.

"그래. 알았어. 미안해."

재희가 사과하고서야 선재가 손에 쥐고 있던 수건으로 머리를 털기 시작했다. 그런 선재를 흘깃 쳐다보던 재희가 빙긋 웃었다. 선재는 좀처럼 표정 변화가 없고, 늘 어른스러웠다. 그런 그가 신계의 아크로니아만 들으면 크게 반응했다. 그 점이 재미있었다.

"왜 허공 보면서 웃고 있어요?"

"재미있어서. 네가 신계의 아크로니아 들을 때마다 발끈하는 게."

"……."

식탁 의자에 앉은 재희가 다리를 까딱거렸다. 재희는 슬쩍 시선을 돌려 선재를 쳐다보았다. 머리를 대충 말린 그가 흰 반팔 티셔츠 위에 자신이 선물해 주었던 맨투맨 티셔츠를 껴입고 있었다. 이러면 안 되는데 장난 치고 싶다.

"신계의 아크로니아."

"……."

반응이 없다.

"신계의 아크로니아."

"……."

또 반응이 없다.

벌써 내성이 생긴 건가. 재희가 아쉬운 표정으로 바닥을 보며 '아쉽네'라며 중얼거렸다.

"그거 아니에요."

선재가 여전히 젖은 머리를 마저 수건으로 닦으며 덤덤하게 말했다.

"뭐가?"

"내가 발끈하는 말."

"그럼?"

재희가 그럼 뭐가 있냐는 듯 고개를 들었다. 그거 말고 자신이 한 말이 없다고 생각하면서.

어느새 재희의 코앞까지 다가온 선재가 무릎을 접고 앉았다. 그리고는 자연스럽게 발뒤꿈치를 다 덮고 있는 재희의 바짓단을 접었다.

"좋아한다는 말이에요."

"응?"

재희의 물음에 선재가 고개를 들었다. 재희는 아주 오랜만에 그를 내려다보았다. 늘 키가 큰 탓에 올려다봤어야 했는데.

무뚝뚝하게 굳어 있던 그의 표정이 느긋하게 풀어졌다. 눈빛은 선망하는 뭔가를 바라보듯 아득해져 있었다.

"내가 다른 누구를 좋아한다는 그 말이 싫은 거예요."

그리고 모를 소리를 했다.

"무슨 소리야? 그 말이 왜 싫어?"

도저히 이해하기 힘들다는 듯 재희가 물었지만 선재는 대답하지 않았다. 그저 아주 잠깐 말없이 바라보더니 몸을 일으켰다.

"간단히 뭐 먹을래요?"

선재가 말을 돌렸다.

"대답 안 해 줘?"

"아니면 피자 시킬까요?"

"아니. 치킨."

재희가 확고하게 말했다. 왠지 선재의 페이스에 휘말린 듯 했지만, 치킨을 시켜 준다는 말에 재희는 금세 얌전해졌다.

"그래요. 내가 시킬게요."

선재가 자연스럽게 배달 책자를 뒤적거리더니 주문했다. 주문하는 내용을 가만히 듣고 있던 재희가 통화가 끝난 후 물었다.

"혹시 장모님 치킨집이야?"

"네."

"거기 진짜 오래 걸리는데."

재희가 난감하다는 듯 작게 중얼거리는 말에 선재는 그녀를 흘 긋 바라보았다. 그러나 재희는 이미 시킨 거 어쩔 수 없다는 듯이 소파로 자리를 옮겨 TV를 보고 있었다.

"그래서 시킨 건데."

선재가 작게 중얼거렸다.

"응? 뭐라고?"

이 작은 말을 알아들었는지 재희가 곧장 물었다.

"아뇨. 볼 만한 거 있어요?"

"글쎄. 이제 막 틀어서. 한번 봐야지."

채널을 돌리며 이것저것 바라보는 사이, 소파 한쪽이 푹 꺼졌다. 동시에 왼쪽 팔에서 따뜻한 온기가 느껴졌다. 소파가 작은 탓에 둘 이 앉으면 이렇게 팔이 닿았다. 재희는 익숙하다는 듯 앞을 바라보 았다. 왠지 닿은 선재의 피부가 단단한 것 같다고 생각하면서.

"소문은 많이 퍼졌어요?"

선재가 재희를 따라 TV를 들여다보며 물었다.

"나한테 들어왔으면 제법 퍼졌겠지."

재희는 빙빙 둘러 대답하는 대신 직설적으로 이야기해 주었다. 소문 같은 건 당사자에게 직접, 빨리 알려 주는 편이 나았다. 나중 에 들으면 손쓸 수 없는 지경이 되어 있기 마련이었다.

"대체 그런 소문이 왜 도는 거야? 너랑 제인 씨, 그런 소문이 퍼질 만한 일이 있어?"

"그럴 리가요. 없다는 거 누구보다 잘 알잖아요."

"그런데 왜 도는 거야?"

"예전부터 그랬어요. 기억 안 나요? 나한테 여자친구 있다는 소문."

"아, 기억나!"

재희가 뭔가 떠올랐다는 듯 무릎을 탁 쳤다.

SJ에게 여자친구가 있다는 소문이 게임 커뮤니티를 중심으로 퍼졌었다. 제법 여자친구에 대한 자세한 정보가 돌았다. 보통 게이머의 여자친구에 대해선 깊게 관심을 가지지 않지만, SJ 같은 경우에는 달랐다. 워낙에 얼굴을 가리고 다닌 탓에 별다른 정보가 없어서 여자친구의 존재만으로도 화제가 되었다.

그때도 재희는 소문만 듣고 선재에게 여자친구 생겼냐고 물어봤다가, 선재의 얼굴이 무섭게 변하는 걸 실시간으로 목격해야 했다.

"혹시 그게 이제인 씨야?"

"아마도요."

생각만으로도 피곤하다는 듯 선재가 한손으로 얼굴을 덮었다. 재희는 안쓰러운 눈으로 선재를 바라보았다.

어린 시절부터 선재는 줄곧 이런 피곤한 일에 쉽게 휘말렸다. 워낙에 잘생기고 분위기가 좋아서 따르는 여자들이 많았다. 그리고

개중에는 어떻게 대처해야 할지 곤란할 정도로 이상한 애들도 몇 있었다.

이를테면 스토커, 지금처럼 선재와 연애한다고 거짓말을 유포하는 애들.

대체로 그런 애들은 선재가 직접 나서서 '내가 너랑 사귄다고? 아닌데'라고 무 자르듯 단호하게 말하는 걸로 대처했지만, 이번 건은 그렇게 행동하기도 애매했다. 직접 들은 것도 아니고, 누군가가 선재에게 직접 묻지도 않았다.

재희가 보지도 않는 TV에 의미 없는 시선을 둔 채 입을 열었다.

"사무실에 소문이 암암리로 돌고 있는 데다 제인 씨가 교묘해. 정확히 네 이름을 말하지 않고, 너라고 추정할 만한 근거들을 던지는 모양이야. 그걸 사무실 직원들이 짜깁기해서 퍼트리고 있는 거고. 네가 직접 제인 씨한테 가서 우리가 사귄다는 말도 안 되는 소문이 돌던데요, 라고 말하기도 좀 애매한 상황이야. 그렇다고 직원 아무나 잡고 부인하기도 이상하고."

"……"

"너도 알잖아. 제인 씨, 어마어마한 대기업 막내딸이자, 우리 회사 본부장의 아끼는 조카이자, 우리 팀장님의 애인인 거. 그렇다 보니 사람들 관심이 높아. 뭐, 물론 너에 대한 사람들의 관심이 아주 지대한 것도 있고."

이제인과 신선재.

두 사람 자체만으로도 회사의 뜨거운 감자인데, 연애 소식이라면 말할 것도 없었다. 마른 들밭에 불이 옮겨 붙듯 삽시간에 퍼져 나가고 있었다.

"알아 둬. 그리고 대처 방안도 생각해 보고. 너처럼 똑똑한 애는 금방 생각할 수 있을 거니까. 혹시 내가 도와줄 만한 일이 생기만 말하고."

"……."

"아! 아니면 여자친구 생긴 척해. 일부러 이제인 씨랑 다른 정보를 푸는 거지! 어때?"

"딱히 나한테 여자친구에 대해 묻는 사람이 없어요. 내가 그렇게 말해도 일부러 이제인 씨와의 교제를 속이려고 그렇게 말한다고 의심하는 사람들도 있을 거고요. 내 여자친구가 직접 나타나지 않는 이상."

선재의 추측에 재희가 끄응 하고 앓았다.

그럼 대체 어째야 하나.

재희가 심각하게 고민했다.

"돕고 싶어요?"

선재가 흘깃 쳐다보며 물었다.

"당연하지. 이제인이 마음에 안 들기도 하고."

무슨 생각으로 선재와 연애한다고 속인 건지 모르겠다. 어쨌거나 이런 스캔들에 선재를 끌어들인 게 마음에 들지 않았다.

"그럼 도와 달라고 하면 도와줄래요?"

"당연하지! 그게 뭔데?"

재희가 순수하게 돕겠다는 듯 힘차게 소리치며 고개를 돌렸다. 그러다 이전부터 자신을 쳐다보고 있던 선재와 눈이 마주쳤다. 그의 눈동자는 바람 없는 호수처럼 잔잔하고 고요했다. 그리고 깊이를 헤아리기 힘들 정도로 깊었다.

그의 눈동자처럼 고요해진 분위기 속에 그가 돌을 던졌다.

"우리, 사귀죠."

파동이 번져 갔다. 작은 파동이 아주 멀리 퍼졌다. 마음의 끝에 닿을 것처럼.

"소문 종식시키기엔 이것만큼 좋은 방법이 없으니까요."

흔들리는 눈으로 그를 바라보던 재희가 마른 침을 삼켰다. 경계에 닿은 기분이었다. 이 선을 넘어가면 돌이킬 수 없다는 생각에 재희가 다급히 입을 열었다.

"그러니까……."

"……."

"나보고 신계의 아크로니아가 되란 말이야?"

"……."

"코스프레 해야 해? 저렇게 은발도 해야 하고? 그래. 다 한다 치자. 눈동자는 어째야 해? 렌즈 껴야 해? 아니. 그것도 어떻게든 한다 치고 팔등신은 어떻게 해? 못 해. 이건 타고난 게 달라. 그런 건 인간이 가질 수 있는 몸이 아니야."

재희가 가볍게 던진 농담에 선재의 표정이 굳었다.

"그러니까 난 사양할게."

"누나."

선재가 붙잡듯 그녀를 불렀다.

"선재야. 아무리 급해도 우리 그러면 곤란하잖아? 남매처럼 지낸 시간이 얼만데."

재희가 딱 자르듯 말했다. 그 말에 훅 밀려난 사람처럼 선재는 잠시 아무 말도 하지 않았다. 그의 무표정한 얼굴 위로 충격이 떠올랐다가 사라졌다.

"……누가 보면 우리 정말로 피 섞인 남매인 줄 알겠어요."

선재의 눈동자가 막이 드리운 듯 검게 변했다. 동시에 목소리가 평소보다 더욱 낮아졌다.

"그 말 조금 상처다. 나는 너 진짜 남동생이라고 생각해. 그러니까 이렇게 아무렇지 않게 들이닥쳐서 같이 지내는 거지. 그리고 너랑 나랑 사귄다고 하면 다른 사람들이 안 믿어. 다들 네가 좋아하는 사람 어마어마한 줄 알아. 근데 나라고 해 봐. 얼마나 김빠지겠어. 내가 고민해 볼게. 어떻게 하면 널 도울 수 있을지. 너도 고민해 봐."

"……."

"알았지?"

재희가 묻는 말에 선재가 한참이나 그녀를 마주보았다. 고집을 꺾을 거라는 예상과 달리 선재가 손에 깍지를 끼며 말했다.

"정말로 사귀자는 거 아니에요. 소문이 종식될 때까지만 그러는 척하자는 거예요. 한 번 더 생각해 봐요. 정말로 나를 도와주고 싶다면요. 다른 건 잘해도 난 그런 이상한 여자 해결하는 데에는 별달리 소질이 없거든요."

"회사를 관두는 건?"

"말했잖아요. 신슬이 내 운명의 회사라고."

"대체 어디서 그런 운명을 느꼈는지 모르겠지만, 잘못된 것 같은데."

"맞아요. 내 운명의 회사."

자기가 그렇다는데 아니라고 우기기도 뭣해서 재희는 한숨을 내쉰 후, 입을 열었다.

"그렇다고 너랑 나랑 사귄……. 하아, 그런 소문을 낼 순 없잖아. 다른 방법을 생각해 보자."

재희가 단호하게 말했다. 평소라면 알았어요, 라고 수긍해야 할 선재에게선 아무런 대답도 돌아오지 않았다. 그저 말없이 자신을 한참이나 바라보다가 TV로 시선을 돌릴 뿐이었다.

그리고 한참 후에 말을 걸어왔는데 TV에 나오는 연예인에 관한 싱거운 이야기였다.

결국 선재는 끝내 그러겠다고 말하지 않았다.

· · ·

현관문을 닫은 재희는 신발을 벗다말고 선재의 집이 있는 방향으로 고개를 돌렸다.

"우리, 사귈까요?"

선재의 목소리가 귓가에 뱅뱅 돌았다. 평소라면 그 말은 농담으로 치부할 수 있었다. 선재의 말처럼 스캔들을 종식시키는 가장 좋은 방법은 또 다른 스캔들로 덮는 거니까.

아니면 그의 말에 평소처럼 장난스럽게 '그래 볼래?'라며 대꾸할 수도 있었다. 하지만 뭔가를 쏟아 낼 것처럼 바라보던 선재의 눈을 보는 순간, 장난치고 싶은 마음이 쏙 들어갔다.

조금만 발을 잘못 움직이면 절벽 아래로 떨어질 것 같은 위험을 느끼며 재희는 단호하게 거절했다. 다행스럽게도 선재는 크게 상처받은 것 같진 않았다. 그냥 던져 본 말인지 평소처럼 덤덤했다. 다만 평소보다 말수가 더 없어지긴 했지만.

재희는 괜히 한숨을 내쉬며 벽을 뚫어져라 쳐다보았다.

"그러게 우리 회사에 오지 말라니까……."

재희는 이제 해 봤자 늦은 말들을 한숨과 함께 쏟아내며 집으로 들어섰다.

. . .

골머리가 쑤셨다. 재희는 관자놀이를 꾹 눌렀다. 제인에 대한 평가를 새로 해야 할 때가 온 듯 했다.

처음엔 선하고, 착한 직원인 줄 알았다. 단우와 교제를 시작했을 땐, 천진난만한 부잣집 막내딸이구나 했다. 그러다 선재가 나타났을 때 비로소 집요한 구석이 있다는 걸 알았다.

그러나 지금은 그 모든 것들을 뛰어넘었다. 제인은 간교하며 무서웠다. 너무도 쉽게 단우를 정리하고, 자신의 소문 중심에 선재를 세웠다.

제인의 입에서 나온 말들이 온 회사를 휘몰아치고 있었다. 인터넷에서 활동 좀 해 봤다더니 여론 형성에 특출한 재능이 있었다.

선재를 끌어들인 소문은 벌써 일주일째 이어지고 있었다. 소문을 들은 몇몇이 조심스럽게 선재에게 '여자친구 생겼다며?'라고 둘러 물었다. 선재가 '아뇨. 여자친구 없어요'라고 단호하게 말했지만, 별효과가 없었다. 어느새 선재와 제인은 '모두가 아는 비밀 사내 연애를 하는 사이'가 되어 있었다.

그 가운데 곤란해진 건 단우였다. 졸지에 단우는 제인에게 버림받은 사람이 되었다. 그의 분노는 고스란히 재희와 선재를 향했다. 어렵고 곤란한 일은 모조리 선재와 재희에게로 쏟아졌다. 그 때문에 걸핏하면 야근을 하는 신세가 되었다.

재희는 의자에 늘어진 오징어처럼 몸을 파묻고서 모니터를 쳐다보았다. 벌써 세 번이나 반려당한 기획서였다. 기획안 글자만 봐도 멀미를 할 지경이었다.

재희가 힘없이 고개를 돌렸다. 그에 비해 밤새 게임을 하는데 이골이 난 선재는 야근 이틀째에도 별로 달라지는 게 없었다.

이마를 덮는 앞머리 정도나 달라졌을까.

시선을 느꼈는지 선재의 고개가 재희 쪽으로 향했다. 말없이 쳐다보는 시선이, 왜 쳐다보냐고 묻는 듯했다. 괜찮냐고 묻고 싶은데 그것마저도 지금의 상황을 상기시키게 만들겠지.

재희는 입술을 벙긋거리며 앞머리를 가리키며 괜한 말을 꺼냈다.

'예뻐.'

할 말이 없어 꺼낸 말이긴 하지만, 실제로 앞머리를 올리는 것보다, 선재는 이마를 덮게끔 앞머리를 내리는 쪽이 더 잘 어울렸다.

선재는 그 말에 별 반응 없이 고개를 돌렸다.

이런 말이 별로 위로는 안 되겠지.

재희가 아랫입술을 삐쭉거렸다. 아무리 무딘 선재라고 해도 자신에게 쏟아지는 의미심장한 직원들의 시선을 일주일째 받고 있는 게 힘들 거다. 하다못해 피곤하기라도 하겠지. 그래서 위로랍시고 예쁘다고 했는데 별 관심 없는 모양이었다.

멋지다, 라고 해 줄 걸 그랬나…….

삐릭.

얼마 후, 재희의 휴대폰에 문자가 도착했다.

[알아요.]

그 문자를 확인한 재희는 하하, 하고 어이없다는 듯 웃었다. 이렇게 뻔뻔한 대답이 잘 어울리는 것도 재주다 싶었다.

・・・

점심 식사를 마친 후, 재희는 달력을 쳐다보았다. 오늘 운영팀과 미팅이 있는 날이었다. 업무 특성상 타 부서와의 회의가 잦은 만큼, 운영팀과 만나는 건 별상관이 없었다.

다만 상대가 운영팀 중 이제인이라면 말이 달라졌다. 생각만으로도 피곤하다는 듯 재희가 미간을 손으로 집었다. 그나마 다행인 건, 은아와 함께라는 거였다.

회의 장소는 운영팀 옆에 자리한 회의실이었다. 그곳이 훨씬 쾌적하고 넓어서였다.

"이런 걸 보고 봉인 해제라고 그러나 보죠."

은아가 제인을 보자마자 중얼거렸다. 재희는 말없이 자신에게로 다가오는 제인을 보았다. 분명 검소한 부모님의 뜻을 이어받아 보세 옷을 즐겨 입었다는 그녀는, 다른 사람이 되어 있었다. 명품이나 브랜드에 대해 잘 모르는 재희마저도 제인이 신고 있는 신발이 명

218

품이라는 걸 알아챘다. 플랫슈즈 앞에 대놓고 유명한 명품 로고가 박혀 있는데 모르는 게 더 어려울 정도였다. 아마도 블라우스와 바지는 더욱 비쌀 거다. 온몸이 중고차 가격쯤은 될 것 같았다.

제인이 그녀의 앞에 서서 생긋 웃었다. 그녀의 눈길이 빠르게 자신의 몸을 훑고 지나가는 걸 느꼈다. 그리고 아주 잠깐 자신의 낡은 플랫슈즈에 닿았다는 것도.

"어서 오세요. 회의실로 갈까요?"

제인은 본격적으로 회의를 주도하겠다는 듯 나섰다.

회의실에 앉아 시작한 회의는 생각보다 길어졌다. 개발기획팀 의견과 운영팀의 의견이 첨예하게 갈린 데 이유가 있었다. 문제는 네 명이서 진행하던 회의에 운영팀 직원이 하나둘씩 들어와 운영팀 5명, 개발기획팀 2명으로 회의가 진행 되면서 자연스레 운영팀 쪽의 입김이 강해졌다는 데에 있었다.

이 대치 상황이 지속되는 데에는 제인의 존재가 크게 작용했다.

"잠시 쉬었다가 할까요?"

결국, 팀장을 대신해 운영팀 회의를 끌어가던 제인이 휴식을 청했다. 재희는 앞에 놓인 물병을 들어 벌컥벌컥 들이켰다. 그런 재희에게 은아가 조심스럽게 속삭였다.

"방금 지원 요청했어요. 조금만 참아요."

"무슨 지원 요청이요?"

재희가 무슨 소리냐는 듯 은아를 쳐다보았다.

"입이 하나라도 더 있어야 우리 의견을 피력하죠. 이대로 가다간 운영팀이 원하는 대로 다 될 판이잖아요."

그러면 이번 업무의 대부분을 개발기획팀에서 하게 된다. 재희는 말없이 고개를 끄덕였다. 이렇게 치사하게 머릿수로 싸우고 싶지 않지만, 이번 안건은 물러설 수 없었기에 어쩔 수 없었다.

"어머, 제인 씨. 그 반지 뭐예요? 못 보던 건데."

잠시 쉬는 틈에, 제인의 옆자리에 앉아 있던 여직원이 제인의 왼손 네 번째 손가락에 끼워진 반지를 가리키며 물었다.

"아……. 선물 받은 거예요. 별거 아니에요."

제인이 얼른 손으로 자신의 왼손을 가렸다.

"별거 아니긴요. 반지를 왼손 네 번째 손가락에 낀 거면 말 다한 거죠."

"꼭 끼라고 하는 바람에……."

"남자친구한테 선물 받았어요?"

제인은 대답 대신 빙긋 웃었다. 긍정하지 않았지만, 부정도 하지 않았다. 그 웃음이 어떻게 해석될지 다 알면서 제인은 말을 아꼈다. 그러자 여직원이 부럽다는 듯 말했다.

"좋겠어요. 남자친구가 그렇게 다정하다니……. 내 남자친구는 반지를 끼고 다니라고 하기는커녕 사 주지도 않는데."

재희는 말없이 가만히 제인을 바라보았다.

아아, 이런 식으로 오해를 유도했구나.

눈앞에서 보니 정말 생각지 못한 기술이었다. 그러나 여전히 제인이 무슨 생각을 하는지 미궁이었다.

이렇게 한다고 해서 선재가 자신을 다르게 봐 줄 거라고 생각하는 걸까. 선재의 성격에 대해 조금이라도 안다면 그런 생각은 전혀 못 할 텐데. 대체 무슨 생각일까. 뭘 얻고 싶어서?

"바빠서 데이트는 자주 못 하겠네요?"

직원이 제인에게 질문을 던졌다.

"네. 그런 편이에요."

"언제 데이트 했어요?"

"전 괜찮은데 남자친구가 요즘 부쩍 야근이 많아서 저번 주 일요일에 집에서 본 게 전부예요."

"아, 정말요? 하긴 집에서 보는 게 좋긴 하죠."

친한 여직원들끼리 나눌 수 있는 대화였다. 문제는 이 자리에 다른 개발기획팀 직원과 은아가 있다는 거였다. 집에서 데이트를 했다는 말에 직원들의 시선이 서로 마주쳤다. 그 가운데 재희는 제인을 쳐다보다가 타는 목을 참지 못하고 물을 들이켰다.

소문이 점점 몸집을 부풀려가며 제멋대로 굴러가는 걸 보고 있으려니 화가 났다. 하지만 아무리 고민해 봐도 이 소문을 멈출 방법이 생각나지 않았다.

어떻게 해야 할까. 무슨 수를 내긴 해야 할 것 같은데.

"실례하겠습니다."

미묘한 분위기가 흐르는 가운데 회의실 문을 열고 들어섰다. 하필이면 지원군이라고 도착한 사람이 선재였다.

재희는 가만히 손으로 이마를 짚었다. 모두들 직원이 묘한 시선으로 선재와 제인을 번갈아 보았다. 직원들 중에 짓궂게 제인을 손끝으로 가리키는 사람들도 있었다. 제인이 민망한 표정으로 눈을 내리깔았다.

"안녕하세요."

인사를 먼저 건넨 건 제인의 옆자리에 있던 직원이었다. 선재가 흘깃 쳐다보더니 고개만 까딱한 후, 재희의 옆자리에 앉았다.

"선재 씨, 주말에 뭐 했어요?"

남자 직원 중 한 명이 짓궂게 선재에게 물어왔다. 앞뒤 상황을 전혀 모르는 선재는 덤덤하게 대답했다.

"집에 있었습니다."

"아아. 집에?"

남자 직원이 묘하게 집에, 라는 말을 늘이며 대꾸했다. 그 가운데 제인이 부끄러운 듯 웃고 있었고, 운영팀 직원들이 음흉하게 웃고 있었다. 선재의 눈길이 사람들이 모이는 제인에게로 향했다. 재희의 눈에는 선재가 제인을 노려보는 게 느껴졌지만, 다른 사람들의 눈에는 보이지 않는 모양이었다.

선재는 아무것도 모른 채 또 당하고 있었다. 재희가 물이 반쯤 든 물병을 꽉 움켜쥐었다.

참아야 한다. 참아야 하는데…… 선재를 향해 뻔뻔하게 웃고 있는 제인이 눈에 들어왔다. 그걸 보는 순간 머릿속 무언가가 뚝 끊어지는 기분이었다.

선재가 SJ이던 시절, 제인이 퍼트린 소문 때문에 얼마나 피곤해했는지 지켜봐서 잘 알고 있었다. 그 일을 여기서 또 뻔뻔하게 반복하려는 제인을 보니 화가 치밀어 올랐다.

"선재 씨. 아니에요. 저번 주 일요일에 선재 씨, 나랑 있었잖아요. 다시 생각해 봐요."

재희가 툭 던진 말에 찬물을 뒤집어쓴 것처럼 회의실 안이 고요해졌다. 직원들의 시선이 모조리 재희에게로 쏠렸다. 이미 이런 상황을 예상하고 있던 재희는 그들의 시선을 묵묵히 감수했다. 대체무슨 말이냐는 듯 쳐다보는 직원들의 눈을 똑바로 마주하며 재희가 입을 달싹였다.

"저번 주 일요일에 우리……."

저번주 일요일에 팀장님이 주신 일이 많아서 회사에서 함께 야근했다는 핑계를 대려 할 때였다.

"이렇게 밝히는 거예요?"

선재가 한발 빠르게 입을 열었다. 무슨 소리인가 싶어 재희가 옆자리에 앉은 선재를 쳐다보았다. 선재가 그녀를 바라보며 옅게 웃고 있었다.

눈매가 풀어지고, 입매가 느슨하게 늘어나는 청량한 미소를 보자마자 재희는 가슴이 덜컥 내려앉았다.

왜, 여기서, 저렇게 쓸데없이 다정한 얼굴을……?

"뭐, 뭐예요? 두 사람? 선재 씨. 지금 무슨 말을 하고 있는 거예요?"

그나마 사무실에서 재희를 제외하고 가장 가까운 은아가 선재를 불렀다.

"그러고 보니 말하지 않아 모르시겠네요. 저, 연애 시작했어요."

선재의 선선한 대답에 직원들의 시선이 당연하다는 듯이 제인에게로 쏠렸다. 제인과 연애 중이니 그런 거 아니냐는 듯한 표정이었다. 그러나 선재의 시선은 얼빠진 표정을 짓고 있는 재희에게로 향했다.

"밝히고 싶지 않다더니 마음을 바꿨나 봐요."

선재의 부드러운 시선이 재희를 가만히 바라보았다. 사랑스러운 연인을 바라보듯이, 재희를 눈에 담고서 모두에게 선언하듯 말했다.

"저희 연애 중이에요."

• • •

재희가 허망한 표정으로 옥상 너머로 펼쳐진 전경을 바라보았다. 눈을 감았다 뜨는데 눈꺼풀이 천근만근이었다. 자신의 발아래에 있는 사무실에서 무슨 이야기들이 퍼져 나갈지 암담했다.

회의를 어떻게 끝냈는지 기억도 나지 않았다. 그저 기억에 남은 거라고는 당혹스러움에 하얗게 얼어붙은 제인과, 충격으로 얼어붙은 직원들이었다. 그 직원들 중에는 은아도 있었다.

은아는 심지어 배신감까지 느낀 얼굴이었다. 그 순간, 재희는 자신이 어마어마한 사내 스캔들의 중심에 내던져졌다는 걸 깨달았다.

재희가 다급하게 아니라고, 이거 농담이라는 말을 하려고 할 때였다.

"이재희 씨는 아니라는 얼굴인데요."

하필이면 제인이 믿기 힘들다는 듯 말했다. 제발 아니라고 말하길 바라는 제인의 얼굴을 보고 있으니, 아니라는 말이 나오지 않았다. 물론, 맞다고도 말하지 못했지만. 결국 선재와의 연애를 인정하는 꼴이 되고야 말았다.

대충 회의를 끝내고 도망치듯 나온 재희는 잠시 화장실을 다녀오겠다고 하고 옥상으로 향했다.

"아, 머리야."

재희가 조용히 관자놀이를 눌렀다. 단우와 엮인 이후로 인생이 꼬인 것 같다. 그 후로 선재도 입사하고 했으니까.

"선배."

곁에서 조용히 누군가가 자신을 불렀다. 재희는 목소리만 듣고도 누군지 알아챘다. 알면서도 그녀는 아무 대답도 하지 않았다.

"누나."

"……."

"이재희 씨."

거듭된 선재의 부름을 줄곧 무시하던 재희가 입술을 꽉 깨문 채 그를 노려보았다.

"적당히 불러. 그리고 이게 대체 무슨 짓이야?"

재희가 화난 얼굴로 말하자 선재가 이해 못 하겠다는 듯이 고개를 기울였다.

"저번 주 일요일에 나랑 같이 있었다고 먼저 말한 사람은 누나였어요. 주말에 내가 말한 것처럼, 도와주려고 한 거 아니에요?"

"아니야! 저번 주 일요일에 같이 야근했다고 하려고 했단 말이야. 사무실에 같이 있었다고 하면 다들 이제인 씨의 말의 진실 여부를 궁금하게 생각할 테니까. 나는 그저 직원들이 이제인 씨 말을 다 믿지 않길 바라서 그런 건데……."

"저번 주 일요일에 근무한 사람, 지호 씨예요. 오늘 아침에 주말 출근해서 피곤하다고 하는 말 들었거든요."

"……하."

순간, 재희의 말문이 막혔다.

그건 미처 몰랐다. 만약 그것도 모르고 말했으면, 이상한 사람이 될 뻔했다.

"그리고 주말 근무할 때 지문 찍는 거 알잖아요."

"어차피 보안 업체만 알아."

"알려고 하면 어떻게든 알 수 있죠."

"……."

그래. 이제인이라면 왠지 알아낼 수도 있을 거다. 재희가 아무 말 못하는 사이, 선재가 이어 말했다.

"아까 나랑 주말에 같이 있었다고 말하길래, 전에 말한 내 제안을 받아들이는 줄 알았어요. 날 도울 겸, 김단우 엿 먹이기도 할 겸."

"김단우가 거기서 왜 나와."

"이제 김단우도 알겠죠. 누나가 더 이상 본인에게 관심 없다는 걸. 전에 보니 아직 오해하고 있는 것 같던데요."

"그게 무슨……. 아, 머리야."

재희가 관자놀이를 연신 누르며 중얼거렸다. 화를 낼 힘조차 없었다. 잠시 눈을 감고 있던 재희가 허리를 곧게 세웠다.

선재가 있을 방향으로 몸을 홱 돌린 재희는 눈을 뜨자마자 멈칫했다. 언제 다가왔는지 생각보다 선재가 가까이 서 있었다. 그의 손이 재희의 이마에 닿았다.

"열은 없네요."

"곧 날 것 같아. 머리 터질 거 같아."

"그럼 말해요. 병원에 데려다줄 테니까. 아프면 곧장 나한테 전화해요."

선재의 말에 재희는 다시 한번 한숨을 내쉬며 손을 내저었다. 투정을 부리는 건데, 다정하게 나오니 자신이 꼭 나쁜 사람이 된 것 같다.

"······됐어. 후우, 앞으로 어쩔 거야? 그래서 정말 연애하는 척을 하겠다고? 너랑 나랑?"

재희가 손가락으로 선재를 가리켰다가 자신을 가리켰다. 그러고도 이 상황이 기가 막힌 듯 허, 하고 웃었다.

"네."

"······대답 한번 빨리 나온다."

"제겐 나쁜 일이 아니라서요."

"그럴 리 없겠지만, 혹시 네가 계획한 거야?"

"이런 일이 계획한다고 벌어지나요? 그리고 아까도 말했다시피 시작은 누나가 했어요."

"······."

할 말이 없다. 그의 말처럼 주말에 같이 있었다는 말을 한 건 자신이 먼저였다. 재희는 다시금 눈을 꾹 감았다. 앞으로의 회사 생활이 아득했다.

"지금이라도 농담이었다고 하면 사람들이······."

"눈 가리고 아웅한다고 하겠죠."

"……."

"그러니까 이대로 진행해요."

"……와, 나 처음으로 퇴사하고 싶어졌어. 가늘고 길게 사는 게 내 인생의 모토인데, 그게 다 엉망진창이 되었어."

"가늘고 길게 지내요. 내가 옆에서 잘해 줄 테니까."

재희는 문득 자신의 얼굴로 드리우는 어두운 그림자를 느끼며 눈을 떴다. 그러자 햇살을 가리고 있는 선재의 손이 보였다. 정작 선재는 햇살 아래에 그대로 서 있었다. 그냥 있어도 눈부신 녀석이 저러고 있으니 눈이 더 부시다고 생각하며 그를 가만히 쳐다보았다.

그러고 보니 정신없어서 잊었다. 강한 햇살을 오래 쬐면 제 피부가 붉게 올라온다는 걸. 자신도 잊은 걸, 선재는 기억한 모양이었다.

"후우. 돌이킬 수 없겠지?"

질문을 던졌지만, 스스로 생각해도 대답을 알고 있다.

지금 와서 부인하면 일만 더 커진다. 오히려 이상한 소문이 눈덩이처럼 커질 확률이 높았다. 그러니 지금 상황에서 최선은 선재와의 연애를 인정하고, 얼마 전부터 연애한 것처럼 굴어야했다. 이제 인이 더 이상 허튼 짓을 하지 못하게 하려면.

"하아, 그래. 이렇게 된 거 어쩌겠어. 잘 부탁한다. 그리고 되도록 둘 중에 하나가 퇴사할 때까지 헤어지지 않는 쪽으로 하자."

재희가 암담한 표정으로 말했다.

"네."

그에 비해 선재가 눈이 부실 정도로 환하게 웃으며 말했다.

• • •

폭탄이 터져도 일은 계속 해야 한다, 라는 사장의 말처럼 비록 스캔들이 터져서 머리가 멍할지라도 일은 해야 했다. 하지 않은 일은 점점 불어나 나중에 자신을 야근하게 만들 테니까.

정신이 멍한 가운데 재희는 회의 시간에 제대로 전달하지 못한 팀의 의견을 정리해서 자리에서 일어났다. 그러자 기다렸다는 듯이 직원들의 시선이 쏠렸다.

"흠."

재희가 불편한 듯 헛기침을 하자 그제야 우르르 다른 곳을 쳐다보았다.

"어디 가게요?"

선재가 재희를 보며 물었다. 동시에 파티션 너머로 은근히 고개를 기울이는 은아의 얼굴이 보였다. 팀의 사내연애는 오랜만이라 모두의 관심이 상상을 초월했다.

"운영팀에요. 의견 전달하러요."

재희가 애써 덤덤한 척 대답했다.

"메일로 보내도 되잖아요."

"책임자가 불분명해서요. 팀장님은 회의에 오지 않았는데 팀장님 메일로 보내기도 애매하고, 그렇다고 운영팀 전체에 메일을 보내자니 자칫 잘못하다가 선전포고처럼 보일 수도 있고요. 우리 의견을 받아들여라, 이렇게요."

"그럼 내가 갈게요."

선재가 의자를 뒤로 빼냈다.

"괜찮아요."

"나도 괜찮아요. 줘요."

자리에서 일어난 선재가 손을 뻗어 재희의 손에 들린 서류를 거머쥐었다. 재희가 뭐라고 할 틈 없이 그는 서류를 들고 성큼성큼 사무실을 벗어났다. 다리가 길어서인지 금세 문밖으로 사라졌다. 사무실이 심각할 정도로 조용했다. 직원들의 눈동자만 도록도록 돌아다녔다.

"후우, 그냥 물을 거 있으면 물어요. 얼굴로 이야기하지 말고요."

재희가 파티션 너머로 쳐다보고 있는 은아에게 말했다.

"그럼 메신저 봐요. 지금부터 질문할 거니까요."

은아가 기다렸다는 듯이 대답했다. 그 말에 재희의 표정이 구겨졌다.

"그만큼 물어볼 게 많아요?"

"그럼요. 오늘 일은 끝났어요. 궁금해서 일이 손에 안 잡혀요."

"알겠어요."

이렇게 될 줄 어렴풋이 짐작하고 있었던 재희가 고개를 끄덕였다. 동시에 은아가 격렬하게 자판을 두드리기 시작했다. 재희의 메신저 창에 은아의 질문이 눈처럼 떨어져 차곡차곡 쌓이기 시작했다.

[진짜 사귀어요?]

[언제 그렇게 된 거예요? 그러니까 사귀기 시작한 게 언제냐고요.]

[고백, 받은 거예요, 한 거예요?]

[아니. 그간 그렇게 정을 쌓을 시간이 있었어요?]

[그럴 시간 있었으면 나한테도 일러 주지. 저렇게 잘생긴 남친이라니.]

질문이 앞뒤 없다. 취조에 가까운 질문을 쳐다보며 재희는 막막한 표정을 지었다.

언제부터 사귀기 시작했냐니. 그런 적 없다. 고백을 한 건지, 받은 건지도 당연히 모른다. 그런 적 없으니까.

"하아."

이제부터 소설을 써야 하는데, 어떻게 써야 할지 모르겠다. 이걸 다 기억해서 선재한테도 이야기해 줘야 할 건데. 이런 저런 생각을 하던 재희는 선재라는 이름을 떠올리자마자 표정이 굳었다.

그나저나 괜찮을까. 운영팀에 갔다가 제인이라도 마주치면…….

관자놀이를 꾹꾹 누르던 재희는 걱정스러운 표정으로 선재가 나
간 문 쪽을 흘긋 바라보았다

. . .

　제인은 눈을 내리깐 채 꽉 쥔 주먹을 부들부들 떨었다.

　타닥타닥. 여기저기서 빠르게 타자 치는 소리가 사무실을 가득
채웠다. 갑작스레 해야 할 일이 떨어진 것도 아니니, 자신을 제외하
고 이야기를 나누는 게 분명했다.

　방금까지만 해도 제 곁에서 계속해서 말을 걸던 여직원도 키보
드를 두드리느라 여념이 없었다. 제인의 입술이 가늘게 떨렸다.

　견디기 힘들어진 제인이 자리에서 일어나자 키보드 소리가 일제
히 멈췄다. 자신에게 와 박히는 직원들의 시선을 느끼며 제인은 사
무실을 박차고 나갔다.

　감정을 갈무리하기도 전에 제인은 복도에서 마주 오는 남자를
보았다. 모델인가 의심스러울 정도로 큰 키에 반듯한 걸음걸이. 창
가에서 빛이 치고 들어오는 하얀 복도를 걸어오면서 선재는 모처
럼 자신을 똑바로 쳐다보고 있었다.

　제인은 아랫입술을 꽉 깨물었다. 그는 예전이나 지금이나 다른
게 없었다. 자신을 가만히 쳐다보는 짙은 눈매와 차갑고 냉담한
표정.

제인은 그를 보며 예전의 일을 떠올렸다.

마냥 게임을 좋아하던 소녀는, 느닷없이 등장한 SJ의 게임 실력에 반했다. 압도적이라고밖에 표현할 수 없는 실력 앞에 어린 그녀는 환호조차 지를 수 없었다. 쏟아지는 사람들의 환호 앞에서 그녀는 침묵했다. 수많은 사람 중 한 사람만 보인다는 영화의 씬을 비웃었는데, 그게 무슨 기분인지 알 것 같았다.

숨이 멎었다. 승리한 후, 헤드셋을 벗은 후 덤덤하게 일어나는 그는 마스크와 안경을 끼고 있어서 얼굴이 보이지 않았음에도 멋있었다. 세상의 모든 빛이 그 사람에게로 쏟아지는 것처럼.

SJ의 경기를 볼수록 궁금했다.

그는 어떤 사람일까. 마스크에 숨겨진 얼굴은 어떠할까. 항간에는 입이 삐뚤어졌다더라, 눈만 잘생겨서 마스크 끼고 있는 거라더라, 얼굴에 흉터가 있다더라 하는 악성 소문에도 불구하고 머릿속 망상은 쉼 없이 이어졌다.

그와 이야기를 나누고 싶었다. 마스크 쓴 얼굴이라도 함께 사진을 찍고 싶고, 싸인을 받고 싶었다. 그 생각만으로도 가슴이 터질 것처럼 부풀어 올랐다.

아버지를 한 달 가까이 졸랐다. 그녀가 계속 조르자 지친 아버지는 성적이 오르면 대기실에 갈 수 있게 해 준다는 조건을 걸었다. 그녀는 처음으로 밤을 새서 공부했고, 반에서 2등을 한 끝에 게임 선수들이 쉬고 있는 대기실로 친구들과 함께 향할 수 있었다.

그녀를 안내한 스태프가 SJ 대기실 문을 두드렸지만, 대답이 없었다. 연락해 볼 테니 잠시 대기하라며 스태프가 자리를 비운 틈에 기다리지 못하고 성급하게 문을 열었다. 그가 없다면 대기실에서 기다릴 생각이었다.

아무도 없을 거라고 생각한 대기실에 누군가가 있었다. 소파에 반듯하게 누워 잠을 청하고 있는 남자를 본 순간, 어린 그녀의 머릿속은 텅 비었다.

높은 콧대, 일자로 반듯하게 뻗은 턱선, 흉터는커녕 매끈한 얼굴과 눈을 감고 있어도 짙은 눈매가 느껴졌다.

사람을 보고 아득해지는 기분은 난생 처음이었다. 그녀를 따라온 친구들의 반응도 마찬가지였다.

저 사람이 SJ일까, 아니겠지, 그런데 SJ라면 어쩌지. 그이길 바라면서, 그가 아니길 바라는 이상한 마음이 들었다.

스태프가 곤란해하는 사이 소파에 누워 있던 남자가 인기척을 느끼고 눈을 떴다. 잠시 멍하게 그들을 바라보던 그는 금세 상황을 판단한 듯 눈썹을 구겼다.

"SJ 찾아온 거라면 지금 자리에 없어요."

그는 영민하게도 스스로 아닌 척했다. 그러나 그게 실수였다. 어린 제인은 수백 번도 더 그의 짧은 인터뷰 영상을 보았고, 목소리는 눈 감고도 알 수 있었다.

　"맞잖아요. SJ. 목소리만 들어도 알 수 있어요. 정말 팬이에요. 인터
　뷰 영상도 수십 번. 아니, 수백 번 봤어요."

　제인은 부푼 가슴으로 말했다. 한시라도 빨리 제 마음을 전달하
고 싶었다. 그러지 않으면 당장 터지기라도 할 것처럼 빠르게 말을
뱉었다.

　"저번 경기도 굉장히 멋졌어요. 보는 동안 입을 벌리고……."
　"인터뷰 영상을 수백 번 봤으면 알 텐데요. 내가 얼굴 공개하고 싶어
　하지 않는다는 걸. 특히 이렇게 무례한 행동은 더욱 싫어한다는 것
　도요."

　그러나 돌아온 대답은 냉담했다. 제인의 얼굴이 무안함에 벌겋
게 달아올랐다. 두 팔 벌려 환대할 거라고는 생각하지 않았지만 이
렇게 나올 거라고도 예상치 못했다.

　"아, 그게……."
　"돌아가요. 경기 전에는 사람들 안 만나니까."

제인이 뭐라고 할 틈도 없이 SJ는 마스크와 안경으로 얼굴을 가렸다. 제인은 아쉬운 눈으로 그의 얼굴을 바라보았다. 뒤늦게 돌아온 스태프가 어쩔 줄 몰라 하는 표정으로 제인과 SJ를 번갈아 보았다.

제인은 애가 탔다. 곧 자신이 쫓겨날 것 같았다. 서둘러 입을 열었다.

"저기, 마스크 안 쓰면 안 돼요? 다른 사람들이 얼굴에 흉터 있는 줄 안단 말이에요. 얼굴도 그렇게 잘생겼는데 가리고 있기 아깝잖아요. 마스크를 벗으면 인기가 지금보다 훨씬 더 많을 텐데……."

제인이 진심으로 안타깝다는 듯 말했지만, 돌아오는 건 여전히 냉담한 눈길이었다. 선재의 시선이 제인의 뒤에 서 있는 스태프를 향했다.

"그렇게 서 있기만 할 거예요?"

나지막하게, 그러나 거스르기 힘든 투로 선재가 꺼낸 말에 스태프가 부랴부랴 제인과 그 친구들을 데리고 나갔다.

제인은 나가지 않겠다고 고집을 부렸으나 스태프의 힘을 이길 수 없었다. 힘겹게 스태프의 손길을 뿌리치고 문고리를 잡았을 땐,

이미 문은 잠겨 있었다.

"SJ! SJ!"

문을 두드리며 불렀지만 그는 무반응이었다. 결국 스태프의 손에 쫓겨나다시피 경기장으로 향해야 했다. 그날 제인은 침울한 얼굴로 그의 경기를 보았다. 보답받지 못한 마음은 삐뚤어졌다.

팬이라는데 왜 그렇게 못되게 나온 걸까. 여길 오기 위해서 자기가 얼마나 부단히 노력했는데. 상냥하게 대해 주면 얼마나 좋을까. 팬서비스도 모르는 사람 같으니.

제인은 SJ가 처참하게 게임에서 지길 바랐다. 그래서 그가 제 생각보다 별것 아니라는 걸 깨닫고 그에게 실망하고 싶었다.

그러나 그의 경기력은 전보다 더욱 화려하고, 아찔했다. 전광판에는 게임을 이긴 후 헤드셋을 벗는 그의 모습이 보였다. 내리깐 눈은 승자답지 않게 덤덤했다. 마치 이기는 것이 당연하다는 듯한 오만한 눈빛에서 제인은 마음이 무너져 내렸다.

그는 승자였다. 게임에서도, 자신과의 관계에서도.

그를 미워하고 싶은데, 그럴 수가 없을 것 같았다. 게임만 좋아하던 그녀가 오만하고 거만한 게이머를 짝사랑하게 되었다.

SJ의 얼굴을 아는 극소수의 사람 중 한 명이라는 사실에 큰 위안을 하며 팬 활동을 시작했다. 팀에서 만들어 준 게 분명할 SJ의 SNS

계정에 매일 댓글을 달고, 그가 볼지도 모른다는 생각에 메시지를 보냈다. 자신을 지극히 아끼는 삼촌을 졸라 그에게 선물도 보냈다.

사람들이 SJ에 대해 험담할 때 아니라고 편 들어 주었고, 마스크를 낀 그의 얼굴을 알지도 못하고 조롱할 땐 아니라고 반박 댓글을 달았다. 그러나 한계가 있었다. 더는 안 되겠다 싶어서 실물 후기를 남겼다. 그러자 댓글이 줄지어 이어졌다.

→ 네가 SJ의 얼굴을 봤으면 나는 개 절친임.

→ 이런 애들 꼭 있음. 구라 치는 애들.

→ 있으면 사진 공유해 봐. 못하면 나가고.

→ 사칭하는 애들 좀 처리 안 되나.

그러나 돌아온 것은 조롱 댓글이었다. 컴퓨터 앞에서 엉엉 울었다. 그렇다고 이렇게 두고볼 수 없었다.

그의 경기가 있을 때 또 한 번 친구들과 함께 찾아갔다. 끊임없는 성적 관리로 아버지와 삼촌의 힘을 빌어 가능한 일이었다. 이전처럼 대기실 문을 함부로 열지 않았다. 대신 그가 화장실을 갈 때라든지, 경기 전에 잠시 어딘가로 갈 때 몰래 사진을 찍었다.

그리고 그 사진 한 장을 올려 후기라고 올렸다. SJ의 실물후기라는 말에 사람들은 다시금 조롱했다.

→ 얼굴 없는데?

→ 저건 아무나 찍어서 올릴 수 있는 거 아님?

→ 스태프 아님? 그러면 얼굴 봤을 수도?

→ 뭐임? 내 친구 스태프인데 SJ 얼굴 한 번도 못 봤다고 함. 맨 날 마스크랑 안경 쓰고 다닌다고 함. 폐소공포증도 안 오나 봄. 그 러고 잠도 잔다던데.

→ SJ도 은근 미친놈임.

→ 웃기네. 은근 미친놈. 원래 게임 잘하는 놈치고 정상 없음.

여전히 조롱은 계속되었다.

아닌데. SJ는 그런 사람 아닌데.

SJ에 대해 몰라주는 사람들이 답답하고, 자신의 팬심을 몰라주 는 SJ가 야박했다. 수십 개의 메시지를 보내도 한 통도 답장을 하지 않는 것도 괴로웠다.

게임 경기를 마치고 악을 쓰듯이 응원해도 마찬가지였다. 그는 귀머거리처럼 제 할 일만 하고, 필요한 인터뷰만 한 후 사라졌다. 부랴부랴 대기실로 따라 들어가면 언제 퇴근했는지 사라지고 없었 다. 아주 운이 좋을 때만 퇴근하는 그의 뒷모습 사진을 찍을 수 있 었다.

아이돌은 팬서비스라도 있지, SJ의 팬 생활은 보답받기 힘든 고 생길이었다. 이런 고된 팬 생활을 견디게 한 건 친구들과 하는 설정

놀이였다. 요즘 이런 게 유행이라며 친구들이 등 떠미는 바람에 인터넷에서 SJ의 여자친구인 척했다. 처음엔 어색했으나 할수록 즐거웠다.

SNS에서도 SJ의 여자친구인 것처럼 굴었다. 몰래 찍은 그의 뒷모습 사진을 올려놓고 '우리 자기 파이팅'이라는 글을 남겼다.

처음엔 장난이었다. 그러나 점점 재미를 느꼈다. 올리는 게시물도 많아지고, 친구들도 적극적으로 동조해서 그녀의 게시물에 댓글을 달았다.

→ 오늘 데이트 했어?
→ 좋겠다. 남자친구가 SJ라니.

친구들의 동조가 그녀를 더욱 몰입하게 만들었다. 설정놀이는 그럴싸한 거짓말이 붙여 진짜처럼 변해 갔다. 아주 가끔은 그녀조차 자신이 진짜 SJ의 여자친구라고 착각했다. 동갑내기 남자애가 고백할 때, 제인은 자신도 모르게 '나 남자친구 있어'라고 대답할 정도였다.

재미삼아 즐기는 가운데 자신의 기행이 점점 게이머 팬들 사이에서 사실처럼 퍼져 나갔다. 무엇보다도 뒷모습이거나 옆모습이긴 하지만, 구하기 힘든 SJ의 대기실 사진이 있다는 사실에 사람들은 제인의 말에 신빙성이 높다고 판단했다.

이 사실을 뒤늦게 알게 된 제인은 당황했으나, 어느새 사람들의 그런 반응을 즐겼다. 진짜 여자친구냐고 묻는 사람들에게 맞다고 대답하지 않았지만, 아니라고도 대답하지 않았다. 사람들의 추측은 점점 사실처럼 퍼져 나갔다. 그녀의 게시물이 캡처되어 인터넷 웹사이트의 이곳저곳을 떠돌았다.

[SJ 여자친구 사칭 허위 사실 유포는 법적 조치를 받을 수 있습니다. 관련 게시물들을 오늘 내로 삭제하시길 바랍니다. 차후에 일어나는 일들의 법적 책임은 SJIM 님이 지셔야 합니다.]

그러던 어느 날. SJ 소속팀 관리자에게 연락이 왔다. 겁을 먹은 제인은 곧바로 계정을 삭제했다. 그러고도 뒤탈이 생길까 봐 전전긍긍했다.

"네가 괜히 그런 놀이하자고 해서 일이 이렇게 됐잖아!"

괜한 불똥이 설정 놀이를 제안한 친구에게로 튀었다.

"그러게 내가 비공개 계정으로 하라고 했잖아."

친구는 사과하기는커녕 오히려 제인의 탓으로 몰아갔다.

"뭐? 야! 네가 내 게시물을 퍼가서 그렇잖아! 제일 처음 인터넷에 유
포한 게 너잖아!"

"그래서 그게 다 내 탓이라고? 진짜 어이가 없네."

"그럼 네 탓이지, 네 탓이 아니야! 이렇게 된 거, 전부 네 탓이라고!"

홧김에 친구에게 화를 냈다. 그날 친구는 아무 말도 하지 않고 그
녀를 노려보다가 그대로 독서실을 빠져 나갔다. 제인은 친구를 잡
지 않았고, 사과하지 않았다. 그렇게 그 친구와 멀어졌고, 얼마 되
지 않아 SJ가 돌연 사라졌다. 게이머로서 은퇴한다는 소식이 전해
졌다.

그것도 인터뷰나 본인이 직접 말한 게 아니라, 팀에서 공식 발표
한 게 끝이었다. 루머인 줄 알았으나 공식 발표였다. 번복은 없었
다. 이유도 알려 주지 않았다. 세상이 무너져 내렸다.

혹시 자신이 여자친구라고 사칭한 걸 알게 되어서 그런 걸까. 아
니면 귀찮게 해서 그런 건가. 아무리 그래도 그렇지. 팬들은 어떻게
하라고 이렇게 무성의하게 아무런 말도 없이 사라지는 거지?

배신감과 그간 공을 들인 시간에 대한 아까움, 조금의 죄책감과
억울함이 뒤엉켰다. 그러나 그 어떤 감정도 처음 만났던 그때의 황
홀함을 이기지 못했다.

보고 싶었다.

그러나 아무리 아버지를 조르고, 삼촌에게 애원해 봐도 SJ의 연

락처를 아는 사람이 없었다. 그렇게 허무하게 첫사랑을 잃었다. 잃었지만, 잊은 적은 없었다. 그리고 거짓말처럼 그를 다시 보았다.

사무실 문을 열고 들어오는 그를 본 순간, 한 번에 알아보았다. 게임 팀의 옷이 아니라, 슈트를 입고 있다는 것 말고는 조금도 변하지 않았다. 다른 사람들이 자신을 어떻게 쳐다보는지도 잊은 채, 홀린 것처럼 SJ를 바라보았다. 잠시 멈췄던 마음이 덜거덕거리며 다시 움직이기 시작했다.

제인은 곧장 그에 대한 정보를 얻을 수 있는 대로 끌어 모았다.

이름은 신선재. 나이는 스물여덟 살. 그러나 그게 전부였다. 게이머 은퇴를 한 후, 무얼 하고 지냈는지 알 수 없었다. 그 외의 정보도 별것 없었다.

다만 하나 확실한 건, 여전히 그는 아득할 정도로 멋있었다는 거였다. 제인은 그제야 그가 SJ라서 반한 게 아니라, 그 사람 자체에게 반했다는 걸 알았다.

제인은 희미한 희망을 품었다. 예전처럼 게이머와 팬의 관계가 아니었다. 같은 회사에서 일을 하며 매일 볼 수 있는 사이라는 사실에 들떴다.

그녀는 사내 연락망을 통해 알아낸 그의 연락처로 연락했다. 늦은 시간인 데다 통화는 떨려서 고민 끝에 장문의 메시지를 보냈다.

[안녕하세요. 운영팀의 이제인이에요. 신선재 씨는 절 모르겠지

만, 저는 신선재 씨에 대해서 잘 알고 있어서 반가운 마음에 연락했
어요.]

이렇게 보내면 궁금해서라도 답변이 올 거라 생각했지만, 예상
외로 답이 오지 않았다. 거의 뜬눈으로 밤을 지새운 제인은 자신이
전화번호를 잘못 안 게 아닐까 의심했다. 출근하자마자 사내 연락
망에 올라와 있는 그의 연락처를 다시 확인했다. 자신이 저장한 번
호와 동일했다.

보지 못한 걸까. 휴대폰이 고장 난 걸까.

고민하며 복도를 지나다가 거짓말처럼 선재와 딱 마주쳤다.

"……신선재 씨."

자신에게 형식적인 묵례만 한 후 지나치는 선재를 불렀다. 그 부
름에 그가 돌아섰다. 눈이 마주치자마자 심장이 사정없이 떨렸다.

"혹시 어제 제가 보낸 메시지 못 받으셨나요?"

"받았습니다."

건조한 대답이 돌아왔다.

"답장을 안 하셔서 물어봤어요."

"해야 할 이유, 있습니까?"

"……."

그의 건조한 말에 제인은 말문이 턱 막혔다. 그의 짙은 눈매는 여전히 차가웠다.

분명 같은 회사에 직원으로 마주보고 있는데도 그는 여전히 SJ 때처럼 오만했다.

제인이 아무 말도 못하자 선재는 그녀를 지나쳤다. 제인은 자신이 다시금 그의 팬이던 시절로 돌아간 것 같았다. 있는 힘을 다해 자신의 마음을 던져도 닿지 않았던 그때로.

하지만 그때와 지금은 다르다는 걸 상기시키며 제인은 선재에게 다가가려 노력했다. 그러나 아무리 노력해도 곁을 주지 않았다. 오히려 자신을 피하는 것처럼 느껴졌다. 대화를 나눌 시간조차 없었다. 밤에 간간이 메시지를 보내 봤지만 모조리 무시당했다.

억지를 부리듯이 회식 자리를 마련하고서야 제인은 비로소 선재와 마주앉을 수 있었다. 제인은 처음으로 자신이 하고 싶은 말과 묻고 싶었던 것들을 모두 할 수 있었다.

"이를테면 내가 자기 거라고 믿는, 자기가 원하는 대로 행동해야 한다고 믿는 SJIM 같은 닉네임을 가진 그런 사람들 때문에요."

돌아오는 대답은 안 듣는 것보다 못한 것들이었다. 그는 자신을 분명하게 기억하고 있었다. 그리고 모든 몸짓과 말투로 자신을 경멸한다고 전하고 있었다.

정신없이 회식 자리를 빠져나가다가 들어오는 사람과 부딪쳐 뒤로 휘청했다. 그러다가 뒤를 지나던 밑반찬을 나르던 아줌마와 부딪쳐서 반찬이 머리 위로 쏟아졌다. 사람들의 놀란 시선이 쏟아지자 수치스러웠다. 단우가 나와서 도와주지 않았다면 그 자리에 앉아서 소리 내어 울 뻔했다.

무슨 정신으로 집에 돌아왔는지 기억나지 않았다. 집에 들어오자마자 참았던 울음을 터트렸다. 샤워를 하고, 머리를 말리고 옷을 갈아입으면서도 엉엉 울었다.

까만 밤이 하얗게 새도록 울다 잠들기를 반복한 끝에도 마음은 아물지 않았다. 자존심은 상했지만 포기가 되질 않았다.

다음 날, 제인은 선재가 출근하는 회사 길목에 서서 기다렸다가 그가 나타나자 앞을 가로막았다. 선재의 냉담한 시선이 얼굴에 내리꽂혔다.

"저를 기억하는 거죠? 그러니까 팬으로서 따라다닐 때를 말하는 거예요."

제인이 빠르게 물음에 선재는 침묵으로 긍정했다. 제인은 입술을 씹었다.

"그땐 미안했어요. 어린 시절의 치기였어요. 아이돌을 좋아하는 팬처럼, 그렇게 좋아했어요. 그래서 그런 말도 안 되는 행동을 했었어요. 정말 미안해요."

"진심으로 내게 미안하다면 앞으로 개인적인 연락은 하지 마세요."

선재의 말에 제인의 눈이 충격으로 굳었다.

"그냥 저는 이렇게 만난 게 인연이니까 신기해서요. 친해지고 싶기도 하고……."

"제가 그럴 생각 없습니다."

"……."

"괜한 오해나, 스캔들에 휘말리고 싶지 않거든요."

선재는 더 이상의 대화를 사절한다는 듯 가볍게 묵례를 하고 지나쳤다. 어떤 말도 나오지 않았다. 그리고 어떤 말로도 선재를 잡을 수 없다는 걸 알았다. 서글픔이 차올랐던 제인의 눈빛이 점점 단단하게 굳어갔다.

사람이 이렇게까지 했는데, 어떻게 저럴 수가 있을까. 호의를 보인 상대의 마음과 자존심을 짓밟는 것도 정도가 있지.

거절당한 마음은 잘못 튀어 버린 용수철처럼 다른 방향으로 향했다. 차가워진 머릿속이 빠르게 돌아갔다.

좋아하는 여자가 있다고 했었다. 회사 사람인지 아닌지 모르겠지만 상관없었다. 소문이야 어디서든 흘러가는 법이니까. 그의 사랑을 방해하고 싶었다. 무슨 수를 써서라도. 자신이 겪었던 아픔의 일부분을 돌려주고 싶었다.

어린 시절 순진한 설정놀이는 어른의 손에서 다시 태어나 영악한 방법으로 진화했다. 제인은 선재의 이름을 입 밖으로 꺼내지 않고도, 다른 사람으로 하여금 오해할 만한 말을 흘렸다.

"사내 연애는 피곤하네요. 아, 그러니까…… 이건 못 들은 걸로 해 주세요."

"개발기획팀에는 제가 갈게요."

"남자친구는 취직한 지 얼마 안 됐어요. 그리고 요즘 야근이 많아서 자주 못 만나요."

"남자친구…… 굉장히 잘생겼어요. 게임도 잘하고, 무뚝뚝하긴 한데 둘이 있으면 애정 표현을 많이 해 줘요."

"하이힐 좀 사야겠어요. 남자친구가 키가 너무 커서 옆에 서면 고목나무에 달라붙은 매미같이 되어 버리더라고요."

"만약 사내연애하면 티 내지 않으려고요. 그리고 지금 남자친구 성격상 티 내는 것도 무척 싫어하기도 하고요."

사무실 직원들은 그녀의 말에 반신반의하다가 서서히 믿어 갔다. 자연스레 그들은 선재를 떠올렸다. 누군가가 대놓고 신선재 씨랑 사귀냐고 물으면, 난처한 표정으로 아니라고 부인했다. 사람들은 그녀의 말보다 표정을 더욱 신뢰했다.

이렇게 해서라도 그를 괴롭히고 싶었다. 자신이 괴로웠던 것에 비하면 보잘 것 없지만. 그리고 이렇게라도 해서 조금이라도 관심을 받고 싶었다. 삐뚤어진 애정이었다.

그 방법은 무난하게 흘러갔다. 조만간 선재와 헤어진 것처럼 굴어서 그를 아주 형편없는 남자로 만들어 놓을 생각이었다. 그가 얼마나 못된 남자인지에 대해 소문을 퍼트리는 건 일도 아니었다.

그런데 오늘 이재희가 예상치 못하게 끼어들었다. 심지어 대놓고 그녀의 말을 반박하고, 그 자리에서 선재가 '회식 있던 날부터 사귀었어요'라고 쐐기를 박는 바람에 제인만 이상해졌다. 제인이 뒤늦게 자신이 사귀는 사람이 선재가 아니라고 해 봤지만, 팀원들의 싸늘한 시선은 변하지 않았다.

"그럼 누군데요?"

늘 그녀와 함께 다니던 여직원이 차갑게 물었다.

"네? 그건……."

"사내연애라면서요. 그럼 누구예요? 남자친구가?"

제인은 할 말이 없었다.

"신선재 씨냐고 물었을 때 아니라고 안 했잖아요."

"맞다고도 안 했어요. 저는."

"그랬었죠."

여직원은 그렇게 말했지만, 표정엔 경멸이 가득했다. 허언증 걸린 사람을 보는 눈빛이었다. 그때부터 지금까지 자신은 사무실에서 외톨이가 되어야 했다.

탁.

선재가 앞에 멈춰 섰다. 상념에서 벗어난 제인이 선재를 올려다보았다.

"우리 팀에서 정리한 내용입니다. 확인하고 이재희 씨 전자 메일로 답신 바랍니다. 만약 전자 메일로 답신하기 어려울 경우에는 새로 회의 시간을 갖는 것도 좋습니다만, 인원수는 맞춰 주길 바랍니다."

유치하게 팀원수로 밀어붙이는 짓은 하지 말라는 듯, 무뚝뚝하게 말을 한 선재가 제인에게 서류철을 내밀었다. 서류철 위에 '이재희'라는 이름이 적혀 있었다. 저절로 입이 앙다물어졌다.

이재희는 알게 모르게 자신과 많이 엮였다. 삼촌이 비교 대상으로 꼽는 사람도 공교롭게 재희였다. 이름은 비슷한데 너는 왜 저렇게 못 하냐며 삼촌이 한숨을 내쉬며 중얼거린 게 한두 번이 아니었다. 거기다가 단우와 엮인 사람도 그녀였다. 이번에 선재와도 엮이게 되니 악연도 이런 악연이 없었다.

"알겠어요."

제인이 서류를 받아들며 눈을 들었다. 본론을 마친 선재가 돌아서려 하고 있었다.

"그런데 정말로 이재희 씨랑 사귀나요?"

"대답은 이미 알 텐데요."

선재가 그녀를 내려다보며 말했다.

"정말로 선재 씨가 좋아한다는, 감히 고백도 못 한다는 그 여자가…… 이재희 씨란 말이죠?"

제인이 차갑게 물었다.

선재가 반쯤 돌려세운 몸을 도로 돌려 제인의 앞에 마주 섰다. 크고 단단한 몸이 벽처럼 제인의 앞을 가로막았다.

"이번엔 뭐 어쩌려고."

선재가 툭 던진 반말에 제인이 의아한 눈으로 고개를 들었다. 자신에게 말을 건 게 맞는지 의아해하는 얼굴이었다.

"내가 헛소리하는 널 가만히 두니까 정말 어쩌지 못 해서 그런 거라고 생각하나 봐?"

갑자기 돌변한 선재의 분위기 앞에 제인이 얼떨떨한 표정을 지었다. 예의를 지키던 그가 아닌 것 같았다.

"정말로 네가 하는 짓에 대처하기 힘들었던 것 같아?"

선재의 입술에 반듯한 웃음이 걸렸지만, 그건 명백한 비웃음이었다. 마치 제인이 했던 방법이 하찮다는 듯이.

이런 질 낮은 소문을 불식시키지 못할 정도로 그는 어리숙하지 않았다. 당장 운영팀에 들어가서 엎어 버리는 일차원적인 방법부터, 교묘하게 제인을 헛소문을 퍼트리는 사람으로 몰아가는 방법까지 수도 없이 많았다.

다만, 필요해서 기다렸을 뿐이다. 본인의 곤란한 일은 잘 견디면서 친한 사람이 곤경에 처하는 건 못 견디는 재희가 나서서 미끼를 물기를.

기다림의 시간은 그에게 기꺼이 즐거움이 되었고, 그걸 위해 제인이 하는 모든 방종을 묵과했을 뿐이다.

의아하게 바라보던 제인의 눈동자에 서서히 경악이 차올랐다. 무슨 말을 했는지 그제야 알아챘다.

"일부러…… 그런 거예요? 왜요? 대체 왜?"

제인이 떨리는 목소리로 물었다. 그러나 선재는 그 질문에는 특별히 대답하지 않았다. 오히려 알 수 없는 말을 했다.

"내 게임을 자주 봤다니 알겠네. 원하는 패를 유인한 미끼를 내가 어떻게 처리하는지."

"……"

선재의 덤덤한 말에 제인이 입술을 깨물었다.

누구보다 잘 알고 있다. 그는 대체로 목적이 끝난 미끼는 이용가치가 다했기에 버려두었다. 그러나 미끼가 예상치 못한 움직임을 보여 방해할 징조가 보이면 그는 잔인할 정도로 짓밟았다. 그것이 자신의 아군이든, 자신의 패든 상관없이.

여태껏 그의 머리 위에서 놀고 있었다고 생각했다. 그런데 처음부터 손아귀에서 놀아난 건 자신이었다.

선재는 말없이 제인을 바라보았다. 고요한 시선이 무게를 가지고 몸을 짓눌렀다. 그는 자신의 생각보다 훨씬 더 교묘하고, 계산적이었다. 자신이 상대할 수 없는 대상이었다. 제인은 더는 견디지 못하고 시선을 내리깔았다.

선재가 정확히 무엇을 원해서 이런 짓을 한 건지 알 수 없지만, 그가 원하는 목적을 달성했음을 알았다. 그리고 원하면 언제든 자신을 짓이겨 버릴 수 있다는 것 또한.

겁에 질린 제인이 바닥만 쳐다보았다.

· · ·

밤이 내려앉은 거리 위로 가로등 불빛이 점점이 떨어져 있었다. 퇴근 시간을 맞이한 사람들이 앞을 보며 빠르게 움직였다.

평소라면 그런 사람들의 움직임을 느긋하게 구경하며 여느 때와 다르게 걸었을 재희는, 정거장에 있는 한 남자를 보았다. 남자는 자신이 오기를 오래도록 기다린 사람처럼 우두커니 서 있었다. 떨어지는 가로등 불빛을 핀 조명처럼 쓰면서.

문득 재희는 선재가 낯설게 느껴졌다. 편안한 셔츠 차림에 면바지를 입은 그가, 자신이 아는 동생이 아니라 하나의 세계를 온전히 가진 어른처럼 느껴졌다.

언제 저렇게 컸나. 자신이 처음 봤을 때만 해도 중2의 철없는 소년이었는데.

물론 그때도 자신보다 키가 크긴 했다.

재희는 이런저런 생각을 하며 선재에게로 다가갔다.

"미안. 늦었어."

재희가 손을 들어 인사하자, 선재가 습관처럼 입매를 휘며 웃었다.

"같이 퇴근하자니까요."

선재의 말에 재희가 고개를 가로저으며 가야 할 쪽으로 몸을 틀었다. 회사들이 밀집된 곳이라 퇴근 시간 유난히 길가가 붐볐다. 재희는 그들을 요리조리 잘 피하며 말했다.

"직원들한테 보여 주기 민망해."

"너무 내색 안 해서 다들 우리가 쇼윈도 커플인 줄 알아요."

"그러면 다행이고."

"······."

대답이 돌아오지 않았다. 못 들었나 싶어 고개를 돌리자, 자신을 빤히 쳐다보고 있는 스산한 시선과 마주쳤다. 방금 낯선 느낌을 받아서인지. 자신을 쳐다보는 선재의 시선이 또 낯설게 느껴진다. 그러나 재희는 아무렇지 않은 냥 평소처럼 툭하고 말을 던졌다.

"왜 그렇게 쳐다봐."

질문에 대답하기도 전에 선재가 손을 뻗어 그녀를 끌어당겼다. 그녀가 서 있던 자리에 웬 덩치 큰 남자가 지나쳐 갔다. 재희는 자신의 어깨를 감싼 큰 손을 보았다.

"앞 보고 걸어요. 다쳐요."

"응. 고마워. 덕분에 살았다. 아! 제인 씨 어떻게 됐어? 운영팀 가서 괜찮았어? 이제인 씨 만났어?"

재희가 기억났다는 듯 고개를 들어 선재를 쳐다보며 물었다.

하루 종일 궁금했다. 자신만 궁금하진 않았을 거였다. 아마 사무실 직원들 전부 궁금했지만 묻지 못한 채 끙끙 앓았을 거다.

그러나 개인적인 일이고, 선재와 그만큼 가까운 사람이 없어서 묻지 못했다. 궁금함을 못이긴 재희가 메신저로 은근슬쩍 '어떻게 됐어?' 하고 물었지만, 돌아온 대답은 '퇴근 후에 이야기해요.'였다.

그때부터 퇴근할 때까지 간간이 고개를 쳐드는 궁금증을 참아내느라 힘들었다.

"이제인 씨, 만났어요."

"그리고?"

"앞으로 안 그럴 거예요."

"응? 선재야. 이야기를 그렇게 하면 안 돼. 중간 과정은 어디 있어? 왜 결과만 있어? 육하원칙 몰라? 거기에 맞춰 해야 하는 게 이야기야."

재희가 불만스러운 표정으로 선재를 쳐다보며 말했다. 선재가 직접 운영팀으로 갔다는 건, 단순히 표정으로 경고하려고 간 게 아니라는 걸 알고 있었다. 그럴 거였으면 선재의 성격상 가지 않았을 거다.

분명 제인을 만나러 간 거고, 뭔가 이야기가 오갔을 거다. 그러니 제인이 앞으로 그러지 않을 거라고 이야기 할 수 있는 거다.

"자, 그러니까 다시 이야기해 봐."

선재는 길가라는 것도 잊은 채 자신에게 붙어 이야기를 기다리고 있는 재희를 가만히 내려다보았다. 옷자락이 나풀대도록 바람이 불었지만, 선재는 눈도 깜빡이지 않았다.

이야기를 해 달라고 조르듯이 쳐다보고 있는 재희의 눈과, 얼마 전 잘라서 이마를 덮은 앞머리가 부드럽게 흔들리는 것, 고집처럼 꽉 다문 입술.

어디 하나 쉽게 눈이 떨어지지 않았다. 이대로 머물고 싶다.

"정말 이야기하기 싫네요."

선재가 자그맣게 중얼거렸다.

"너무하네. 이야기 좀 해 줘."

무슨 뜻인지 전혀 알아듣지 못하는 재희는 그저 선재의 심통이라 받아들이고는 얼굴을 찌푸렸다. 선재는 제 뜻을 조금도 의심하지 못하는 재희를 바라보며 얕은 한숨을 내쉬었다.

"……제 스토커였던 거 회사에 알리기 싫으면 헛소문 퍼트리지 말라고 했어요. 망상증에 편집증 환자 만들어 줄 수 있다고요."

"그랬더니?"

"안 하겠다고 하죠."

"그게 끝이야?"

"네."

"제인 씨 성격상 쉽게 물러나지 않을 것 같은데."

재희가 이상하다는 듯 고개를 갸웃거렸다. 그렇게 수월하게 물러날 사람이었으면 처음부터 그런 소문도 퍼트리지 않았을 거다.

"삼촌의 이미지 때문에 걱정됐나 보죠."

"하긴. 본부장이 삼촌이랬지? 그럼 그럴 수도 있겠다."

납득했다는 듯 재희가 고개를 끄덕이며 선재의 옆에 섰다. 선재는 자신에게 쉽게 멀어지는 재희를 아쉬운 눈으로 바라보았다.

"이제 누나 차례예요."

"응? 뭐가?"

"은아 씨가 물었을 거 아니에요. 우리 어떻게 된 건지요. 뭐라고 대답했어요?"

선재의 말에 재희가 놀란 표정으로 그를 쳐다보았다. 그러다 그 정도는 쉽게 짐작할 수도 있겠다고 생각했는지 가볍게 고개를 끄덕였다. 자신을 조를 때의 기세는 어디 갔는지 금세 조용해졌다.

"그냥 그랬어."

재희가 어물거리며 대답했다.

"육하원칙에 맞춰 이야기하라던 사람 어디 갔어요?"

넌지시 압박하는 선재를 흘깃 바라보던 재희는 다시금 입을 꽉 다물었다.

"이야기 안 해요?"

뭔가 이상함을 감지한 선재가 걸음을 뚝 멈추었다. 두 발정도 앞서 걷던 재희가 마지못해 걸음을 멈춰 세우고는 흘깃 고개를 돌렸다.

"미안해."

갑작스러운 재희의 사과에 평연하던 선재의 얼굴 위로 의문이 떠올랐다.

"뭘요."

"말하다 보니 너무 내 로망만 이야기했어."

선재의 고개가 기울어졌다. 자세히 이야기해 보라는 듯 쳐다보자, 난처한 듯 입을 꾹 다물던 재희가 이리저리 고개를 돌리더니 근처 치킨집을 가리켰다.

"치킨 먹으면서 이야기할까? 맥주도 사 줄게."

"……."

사고 쳤구나.

웬만해선 자신의 눈치를 보는 법이 없는 이재희가 눈치를 보기 시작한다. 그것도 제 발로 치킨을 사 주겠다고 유인하면서. 그야말로 눈감고 아웅 하고 있는 재희를 바라보던 선재가 가볍게 고개를 끄덕였다.

눈에 보이는 치킨집을 무작정 가리켰는데 생각보다 괜찮은 곳인지 셔츠에 넥타이 차림을 한 회사원들이 삼삼오오 모여 있었다. 운이 좋게 창가에 빈 테이블이 생겨 두 사람은 그곳에 자리를 잡았다.

선재는 시야로 불쑥 치고 들어오는 메뉴판을 쳐다보았다. 재희가 메뉴판을 그에게 내밀며 형식적인 미소를 짓고 있었다.

"네가 먹고 싶은 걸로 시켜."

그런 재희를 빤히 쳐다보던 선재는 메뉴판을 받아들더니 뒤적거렸다.

"쏘핫 치킨 있네요. 이걸로 할까요?"

쏘핫이라는 말에 매운 걸 못 먹는 재희가 흠칫하는 게 곁눈으로 보였다.

"응. 그러자."

그러나 표정과 달리 입에선 영혼 없는 수긍의 대답이 흘러나왔다. 선재는 눈만 들어 메뉴판 너머에 보이는 재희를 보았다.

"여기 엄청 맵대요."

"괜찮아."

"⋯⋯."

전혀 안 괜찮아 보이는데.

치킨이라면 사족을 못 쓰는 재희가 유일하게 못 먹는 게 매운 치킨이었다. 그런 그녀를 가만히 쳐다보던 선재는 직원을 불렀다.

"허니 갈릭 치킨이랑 생맥주 1.5L로 주세요."

"네."

직원이 주문을 확인한 후 돌아갔다.

"그럴 필요 없는데. 네가 먹고 싶은 거 먹으면 되는데?"

말과 달리 재희의 얼굴에 생기가 돌아왔다. 조기 퇴근을 권유받은 직원처럼 해맑기까지 하다. 옅게 웃은 선재는 등받이에 등을 파묻고서 꼰 다리에 손을 올렸다.

"이게 먹고 싶어서요."

선재의 대답에 재희가 웃었다.

얼마 지나지 않아 치킨과 맥주가 나왔다. 선재는 자연스럽게 닭다리 두 개를 재희에게 내밀었다. 딱히 치킨의 부위를 가려가며 먹지도 않고, 닭다리를 좋아하지도 않았다. 무엇보다도 재희가 닭다리를 무척 좋아했기에 양보하는 게 몸에 배었다. 그러나 평소와 달리 재희는 본인도 양심이 있다며 닭다리 하나를 굳이 선재의 접시에 올려 주었다.

그간 닭다리 두 개를 야무지게 홀로 먹어 왔던 세월 동안엔 양심이 없었던 모양이었다고 생각하며 선재는 홀로 피식 웃었다.

적당히 먹었을 즈음 선재가 재희를 쳐다보았다.

"이제 이야기해 봐요. 적당히 술 마셔서 기분 좋으니까요."

그 정도의 맥주를 먹는다고 전혀 취하지 않지만 선재는 기꺼이 그렇게 이야기해 주었다. 방심하고 있던 재희는 움찔하더니 들고 있던 닭다리를 조용히 내려놓았다.

"다시 한번 사과할게."

선재는 어디 한번 해 보라는 듯 쳐다보았다.

"이야기하다 보니까 심취해서 너무 내 마음대로 이야기했어. 네 입장을 배려하지 못했어. 사실 은아 씨한테 떠밀린 것도 있어."

"……."

"은아 씨가 어떻게 사귀었냐고 해서 그냥 사귀었다고 했는데, 계속 캐묻더라고. 누가 먼저 고백했냐고. 처음엔 얼버무렸는데 안 통하더라고. 오히려 의심만 샀어. 안 사귀는 거 아니냐고."

"……."

"그래서 어쩔 수 없이…… 네가 날 좋아해서 먼저 고백했다고 했어."

미안한지 재희의 손이 안으로 말려 있었다. 눈까지 질끈 감고 있었다.

졸지에 선재를 짝사랑하는 사수에게 고백해 사랑을 쟁취해 낸 패기 있는 신입 사원으로 만들어 놓았다. 재희는 차마 선재의 눈을 마주하지 못하고 테이블 끄트머리에 의미 없는 시선을 둔 채 마저 입을 열었다.

"차마 언감생심 신입을, 그것도 하필이면 요즘 여직원들이 눈독 들이는 너를 내가 먼저 좋아해서 따라다녔다고는 못 하겠더라. 그랬으면 은아 씨가 왜 널 좋아하는 걸 말하지 않았냐부터 시작해서 언제부터 좋아하게 되었는지도 물어볼 거니까. 무엇보다도 내가 널 먼저 꼬셔서 사귄 걸 알면…… 뒷소문들이 감당이 안 될 테니까……."

재희가 말끝을 흐리며 조용히 이마를 짚었다. 사수가 하필이면 가장 핫한 신입 사원을 꾀여내서 사귀었다고 하면 뒷소문은 상상 초월이었다.

"어쨌든 네 동의를 구했어야 하는데 미안해."

"생각보다 그렇게 심각한 건 아니네요."

오히려 싱겁기까지 한 이야기에 선재의 어깨에 힘이 풀렸다. 재희가 이렇게까지 나오기에 뭔가 어마어마한 일이 있는 줄 알았다.

굳이 틀린 말도 아니고.

"아니. 아직 더 남았어."

"뭔데요."

선재의 물음에 재희는 앞에 있던 잔을 들어 남은 맥주를 한 번에 들이켰다. 잔을 탁 소리 나게 내려놓은 재희가 흡사 전장을 앞에 둔 장수처럼 비장한 표정으로 말했다.

"네가…… 했어."

장엄한 기세와 달리 재희가 입을 열자마자 우물거렸다. 이야기를 들으려는 듯 선재의 몸이 앞으로 기울어졌다. 테이블에 팔을 가져다댄 체 상체를 기울인 선재가 재희에게 얼굴을 들이밀었다. 거의 동시에 재희가 고개를 들었다. 넓지 않은 테이블 폭 때문에 얼굴이 꽤 가까워졌다.

멀어질 타이밍을 놓친 선재는 주홍빛 핀 조명의 빛을 머금은 재희의 눈을 꽤 들여다보았다. 느릿하게 눈을 깜빡일 때마다 빛이 사라졌다 드러나길 반복했다.

"네가 내 얼굴 보고 반했다고 했어."

재희의 불그스름하고 도톰한 입술이 웅얼거리듯 말했다. 그 입술을 바라보던 선재가 한 박자 늦게 이해하고서 재희의 눈을 다시 쳐다보았다.

"진짜 미안. 죽을죄를 지었어."

"……."

"네가 내 어디를 보고 좋아한 거냐고 묻는데 할 말이 없더라. 그래서 말이 잘 통했다고 하니까 은아 씨가 반신반의하더라고. 그래서 딱히 할 말이 없어서 그냥 네가 나 같은 얼굴을 좋아한다고 질렀어. 나는 농담이었는데 은아 씨가 철석같이 믿더라. 진짜 미안하다."

이렇게 얼굴이 가까이 있는데도 재희는 어떠한 동요 없이 사죄의 말과 구구절절한 변명만 이어갔다.

"그게 왜 미안해요."

선재가 가만히 재희의 눈을 들여다보며 물었다.

"앞으로 두고두고 네 얼굴 취향이 나라고 소문이 퍼질 건데 미안한 일이지. 이건 내가 예쁘고 못생기고를 떠나서 네게 이런 소문이 붙어 다니게 해서 미안한 거야. 만약 다음에 너한테 여자친구가 생겼는데 이 이야기를 어찌 저찌 전해 들으면 얼마나 황당하겠어? 하여튼 다시 한번 말하지만 의도된 건 아니었어. 그냥 어쩌다 보니 그렇게 된 거야. 미안해. 자, 이건 사과주."

재희가 선재의 빈 잔에 술을 부었다. 선재는 묵묵히 재희가 부어주는 술을 받은 후, 그녀의 빈 잔에도 술을 부었다.

재희는 민망한지 평소보다 빠른 속도로 술을 마시기 시작했다. 아니, 거의 위장에 들이붓는 수준이었다. 평소라면 말리겠지만 어차피 자신이 있으니 상관없겠다 싶어 내버려 두었다.

더군다나 저렇게 필사적으로 취기의 세계에 뛰어들겠다는데 무슨 수로 말릴까 싶기도 했다.

"난 괜찮아요. 그런 소문들."

선재의 덤덤한 말에 재희는 고개를 끄덕였다.

"고마워. 그렇게 말해 줘서."

재희는 선재의 말이 형식적인 위로라고 생각했는지 여전히 썩 좋지 않은 표정으로 술을 마셨다.

치킨 한 마리를 다 먹어갈 즈음 재주문한 맥주 피처와 소주 몇 병이 동났다. 처음엔 민망함에 술을 마시던 재희는 어느덧 이유 없이 술을 마시기 시작했다. 술을 마시는 이유는 다양했다. 쪽팔려서, 업무상 화가 나서 등등. 나중에는 술을 마시기 위한 이유를 만드는 게 아닌가 하는 의심이 들 정도였다.

재희의 눈이 반쯤 풀렸을 때 안 되겠다 싶어서 선재가 말리자, 재희는 한쪽 손을 번쩍 들더니 '흑기사!'라고 말하며 술을 마셨다.

흑기사면 내가 마셔야 하는 거 아니냐고 어이없이 묻는 선재에게 재희는 반쯤 취해 헤실헤실 웃으며 말했다.

"아니. 데려다주는 흑기사. 대신 마셔 주는 흑기사는 싫어요. 흘리기도 아까운 술을 대신 마셔주다니. 흑악당이지요! 그건!"

재희는 검지를 살랑살랑 흔들며 고개를 가로저었다. 선재는 실시간으로 취해 가는 재희를 가만히 관찰했다. 한 손으로 비죽이 올라가는 입가를 가린 채.

그리고 재희가 완전히 취해 반쯤 뻗고서야 가게 밖으로 나설 수 있었다. 선재는 미리 불러둔 콜택시에 재희와 함께 탔다. 택시가 달린 지 얼마 되지 않아 아파트로 진입했다. 그러나 얼마 못 가 택시가 멈춰선 채 꼼짝도 하지 않았다.

"이거 주차를 엉망으로 해 둬서 더는 진입이 불가능하겠는데요."

택시 기사가 난처하다는 듯이 꺼낸 말에 고개를 돌려 보니 진입로에 큰 차가 양쪽에 주차되어 있었다. 오래된 아파트라 주차난이 심심찮게 일어났고, 진입로가 막히는 이런 일도 비일비재했다.

별다른 선택지가 없었던 선재는 택시비를 지불한 후 재희를 데리고 내렸다. 안으려고 하자 어정쩡하게 의식이 남아 있던 재희가 버둥거리며 거부했다. 어쩔 수 없이 바로 앞에 보이는 벤치에 재희를 앉힌 후, 그는 그녀의 앞에 등을 내밀었다.

"업혀요. 안기기 싫으면."

"……"

"안을까요?"

물었지만, 업히지 않으면 안겠다는 예고였다. 눈을 반쯤 뜬 채 바라보던 재희가 다행히 그 정도는 알아들었는지, 선재에게 두 팔을 뻗었다. 선재는 재희를 업고서 길을 따라 느릿하게 걸었다. 재희가 목덜미에 얼굴을 파묻었다. 숨을 내쉴 때마다 재희의 숨이 목덜미를 타고 흘러내렸다.

온몸을 스치는 봄바람보다 목덜미 한 줄기의 바람이 더 강하게 느껴졌다.

선재의 걸음이 조금 더 느려졌다.

마치 이 순간을 곱씹으려는 사람처럼.

"내일이면 기억 못 하겠죠?"

선재가 나지막하게 물었다. 물으면서도 그는 이미 답을 알고 있었다. 내일이면 재희는 기억하지 못하겠지만, 그래서 또 자신에게만 추억으로 남겠지만, 그래도 이 순간에 머물고 싶다.

"……진짜 미안해."

얼굴을 파묻은 재희가 웅얼거리며 사과했다.

"내가 진짜 미안해."

뭉개진 발음으로 연신 사과했다. 회사 생활을 몹시 중요하게 생각하는 재희는, 자신에게 이런 소문을 남긴 게 계속해서 미안한 듯했다.

조금 못되고 뻔뻔해도 될 텐데. 사귄다는 소문을 만든 건 자신이었다. 그러니 네가 나한테 반해서 매달린 걸로 하자, 라고 당당하게 제안할 만도 했다. 그런데 재희는 이걸 그렇게 미안해했다.

이러니 자신도 못되질 수가 없는 거다. 뻔뻔해지려고 하다가도 그럴 수 없는 거고.

"내가 어디 가서 못생겼다는 말을 듣거나 인기 없거나 그러진 않은데…… 그래도…… 나한테 반했다는 소문은 좀 그럴 텐데. 큰일이네."

이어지는 재희의 혼잣말에 선재가 피식 웃었다. 사과인지, 자랑인지 모르겠다. 재희가 웅얼거리다가 이윽고 잠에 든 건지 어떤 소리도 들리지 않았다.

아파트 단지를 가로지르는 바람은 이따금씩 선선했다. 불때마다 결을 달리하는 바람 따라 가로수의 잎사귀들이 이리 날리고 저리 날렸다. 그 풍경을 아득한 시선으로 바라보았다.

　"미안해할 거 없어요."

　"……."

　"맞으니까."

　"……."

　"얼굴 보고 반한 거."

　백 번 정도 반한 이유 중, 하나쯤 그런 이유도 있으니까.

　선재는 집으로 가는 길이 조금 더 길어졌으면 좋겠다고 생각하며 걸어갔다.

5장

벚꽃이 모조리 휘날려 사라지고 그 자리를 대신한 연둣빛 잎사귀들마저 짙은 색으로 변해가고 있었다. 그 가운데 회사는 두 가지 소문으로 시끄러웠다. 하나는 재희와 선재의 연애 소식이었고, 또 다른 하나는 제인의 퇴사 소식이었다.

들리는 소문에 의하면 제인이 본부장에게 크게 혼이 났다고 했다. 그로 인해 말이 퇴사지, 권고사직이나 다름없다고 했다.

이 소문이 단지 소문이라고 하기엔 그 상황을 목격한 목격자들이 확실히 존재하고 있었다. 본부장에게 보고를 하러 간 다른 팀 팀장과 그 뒤를 따라간 팀원이었다.

공교롭게도 여태껏 마주치지 않던 제인을 정면에서 마주친 것도 그 소식을 접한 날이었다. 개발기획팀의 근처에 있는 화장실 수리로 반대편 화장실로 향하다가 벌어진 불상사였다.

제인의 손에는 물건을 잔뜩 담은 커다란 박스가 들려 있었다. 그 너머로 용도가 궁금한 긴 자가 삐쭉 튀어나와 있었다. 재희는 자신을 노려보고 있는 제인을 못 본 척 지나쳤다. 그다지 알은체하고 싶지 않았다. 해 봤자 좋지 않은 말만 나올 거고.

"이재희 씨."

그런 자신의 생각과는 달랐는지 제인이 재희를 불렀다. 재희는 무심한 표정으로 돌아섰다. 자세히 보니 제인은 운 건지 눈가가 붉게 물들어 있었다.

"불렀으면 이야기하세요. 이제인 씨."

재희의 채근에도 제인은 말하는 대신 그녀를 아래위로 훑었다. 그러고는 화를 억누르는 표정으로 말했다.

"도무지 여전히 모르겠네요. 왜 그쪽인지."

"……."

"나은 게 하나도 없는데. 집안도, 외모도, 재력도, 다."

재희를 이리저리 훑어본 제인은 작게 중얼거렸으나 상대방에게 충분히 들릴 정도였다. 그걸 알고 하는 비아냥이었다. 끝까지 조용히 갈 생각이 없는지 제인은 계속해서 시비였다.

재희는 화를 내는 대신 낮은 한숨을 내쉬었다. 일부러 화내길 기다리며 거는 도발에 걸려 넘어질 만큼 재희는 아둔하지 않았다. 그러나 무시하고 가기엔 거슬리는 발언이라 재희가 그녀의 앞에 서서 대답했다.

"그쪽이 보이지 않는 뭔가가 나한테 있겠죠. 그쪽이 가진 집안, 재력을 넘는 뭔가요."

자랑이 아니라 진실을 말하듯 초연하게 말하는 재희의 태도에 제인의 입가가 파르르 떨렸다.

"굳이 알려고 하지 마요. 알면 반할 테니까. 난 스토커는 사양이라서요."

"스토커요?"

제인이 앙칼지게 되물었다.

"사랑은 아니었잖아요?"

"이재희 씨! 그쪽이 뭘 알아서……!"

"뭘 알든 적어도 신선재에 대해선 그쪽보다 더 많이 알고 있어요. 그러니 이런 말도 할 수 있는 거고요. 이제 더는 알은척하지 마요. 그쪽이랑 나랑 서로 얼굴 마주쳐 봐야 딱히 좋을 것도 없는데 왜 자꾸 날 불러 세우는지 모르겠네요. 한 번만 더 날 부르면, 좋아해서 그런 거라고 알 테니까 그냥 가요."

재희는 더 이상의 대화를 사절하듯 말없이 돌아섰다. 제인이 등 뒤에서 뭐라고 궁싯대는 소리가 들렸지만 더는 대꾸하지 않았다.

여기서 더 엮이면 자신만 피곤해진다. 자신은 남겨질 사람이고, 이제인은 떠날 사람이었다. 안 좋은 소문이 퍼지면 타격은 고스란히 그녀의 몫이었다. 그러니 적당히 끊어 낼 수 있을 때 끊는 게 이득이었다.

제인의 퇴사 이후 자연스럽게 단우도 입방아에 올랐다. 단우는 쏟아지는 시선들 앞에서도 묵묵하게 근무했다. 오히려 평소보다 더 말끔하고 당당해서, 재희는 그런 그를 보며 속으로 혀를 내둘렀다.

독한 놈, 이라고.

절대로 끝나지 않을 것 같던 지지부진한 소문도 한 달 정도 지나자 소강상태로 접어 들었다. 지나갈 때마다 등 뒤로 따라붙는 시선도 점차 줄어들었고, 모든 것들이 서서히 안정화되어 가고 있었다.

무슨 심경 변화인지 단우도 더 이상 그녀에게 화를 내거나 일방적으로 몰아붙이지 않았다. 요즘만 같아라 하고 두 손을 쥐고서 기도라도 하고 싶은 심정이었다.

"오늘 회의는 여기까지 하죠."

단우의 말에 자리에 앉아 있던 직원들이 기다렸다는 듯이 우르르 몸을 일으켰다. 단우가 제인과의 이별로 한동안 저기압이라는 사실을 알기에 평소보다 몸놀림이 재빨랐다. 누구보다 빠르게 짐을 챙긴 재희가 돌아서려 할 때였다.

"이재희 씨."

단우의 부름에 돌아서다 말고 딱 멈춰 섰다. 자신도 모르게 얼굴을 찌푸리던 재희는 자신을 쳐다보고 있던 선재와 눈이 마주쳤다.

재희는 걱정 말라는 듯 빙긋 웃은 후 돌아섰다. 자신을 바라보고 있는 단우가 눈에 들어왔다.

어쩐지 한동안 조용하다 싶었다. 아니, 조용한 걸 넘어서 조금 다정하기까지 했다. 그래서 겁이 났다. 폭풍 전야처럼 느껴졌으니까.

"……네."

재희가 애써 덤덤하게 대답했다.

"잠시 남아 있어요. 할 이야기 있으니까요."

단우의 말에 직원들의 시선이 흘깃 그녀를 향했다.

"……네."

재희가 애써 덤덤한 표정으로 대답했다. 은아가 그녀의 곁을 지나가며 힘내라는 듯 어깨를 툭툭 두들겨 주었다. 그러더니 입술로 벙긋거렸다.

'사내연애는 원래 힘든 법이야.'

아무래도 선재와의 연애 때문에 지적받는 거라 생각한 모양이었다. 일부러 느릿하게 나가는 선재를 끝으로 회의실에는 두 사람만 남았다.

재희는 오늘따라 유난히 하얗게 보이는 회의실 벽을 바라보았다. 눈이 시큰해 왔지만 단우를 보느니 차라리 벽을 보는 게 나았다.

"팀이 이런 저런 이야기로 시끌벅적하더군요."

단우의 말에 재희가 마지못해 시선을 옮겼다. 그는 테이블에 걸

터앉아 재희를 쳐다보고 있었다. 저 사람은 멀쩡한 의자를 놔두고 왜 자꾸 책상에 앉는 건가 하는 생각을 할 때였다.

"연애, 재미있습니까?"

단우가 물었다.

역시나.

단우도 자신과 선재의 연애 소식을 들은 모양이었다. 아니, 못 들은 게 이상한 일이었다. 요즘 회사의 어딜 가든 자신과 선재의 이야기로 가득했다. 오죽했으면 연애 사실을 숨겼다는 이유로 자신한테 삐져 있던 은아가 하루도 못 가서 측은한 시선을 던질까.

"네. 재미있습니다."

그러나 재희는 아무렇지 않다는 듯 대답했다. 그 대답을 피식 비웃을 거라는 예상과 달리, 단우는 웃지 않은 채 그녀를 쳐다보았다.

"우린 정말 인연이 아닌가 보군요. 이렇게 얽히는 걸 보면 말이죠."

단우의 말에 재희는 얼굴을 구겼다.

"이미 인연이 아닌 건 오래 전에 확인된 걸로 알고 있습니다. 그런데 이런 이야기하려고 부르신 거면 나가 보겠습니다. 개인적인 이야기를 나눌 정도의 사이는 아닌 것 같으니까요."

"업무상의 일로 부른 겁니다. 물론 사담이 조금 길어지긴 했지만요."

단우가 예전과 달리 젠틀한 얼굴로 말했다. 다른 직원들에게 보여 주는 업무용 표정이었다.

무슨 꿍꿍이지.

재희가 찝찝한 표정으로 그를 가만히 쳐다보았다. 그러나 표정을 보고 있다고 한들, 무슨 생각인지 알 수 없었다.

"미안합니다. 여태껏 잠시 본분을 잊고 재희 씨를 곤란하게 만들었어요."

갑작스러운 사과에 재희는 '이제야 아셨다니 놀랍군요.'라고 받아치고 싶은 걸 꾹 참은 채 그를 쳐다보았다.

단우는 진심으로 미안한 듯 비통한 표정을 짓고 있었다. 어떤 말도 하고 싶지 않아 재희는 입을 꾹 다물었다. 그저 할 말이나 얼른 했으면 하고 바랐다.

그러나 그녀의 속도 모른 채 회의실 안으로 무거운 침묵이 흘렀다. 더는 기다리기 힘들어 돌아가겠다는 말을 하려는 찰나, 생각 정리를 마친 듯 그가 자기고백을 시작했다.

"이제인 씨가 나간 후 정말 많은 생각을 했습니다. 아니, 아주 많은 후회를 했습니다. 내가 사랑에 눈이 멀어 팀장으로서 부끄러운 짓을 했습니다. 하면 안 되는 일이라는 걸 알면서도 그땐 감정이 앞서서 어쩔 수 없었어요. 물론 이런 말조차도 핑계라는 걸 알지만요. 그깟 사랑이 뭐라고 치졸했습니다. 앞으로 이런 일 없을 겁니다."

단우의 사과에 재희는 하마터면 웃음을 터트릴 뻔했다.

재희는 그가 '사랑'을 입에 담는다는 게 우스웠다. 사랑이 아니라, 성공이겠지. 그걸 실패한 걸 테고.

"진심입니다."

마치 제 의심을 읽기라도 하듯 단우가 말했다. 마음 같아선 무슨 말도 안 되는 소리를 하냐고 하고 싶지만, 저쪽에서 굽히고 나오는데 이쪽에서 고자세를 취할 이유는 없었다.

오히려 단우와 이렇게라도 잘 해결되면 일하기에 한결 편할 테니, 재희로서는 다행인 일이었다.

"괜찮습니다. 저는 다 잊었으니까요. 하지만 정말로 미안한 마음이 있으시다면 앞으로는 개인적인 일로 과중한 업무를 맡기거나 회의 시간에 필요 이상의 질문, 야근 떠넘기기 같은 것들은 자중해 주셨으면 합니다."

이때다 싶어 재희는 기다렸다는 듯이 말했다. 그러자 단우는 미안한 표정으로 고개를 끄덕였다.

"알겠습니다. 한 번 더 말하지만 앞으로 이런 일 없을 겁니다."

"……."

사과를 받고도 찝찝한 건 처음이었다. 아무래도 수상했다.

"그 말씀 하시려고 부르신 거면 이만 나가 보겠습니다."

"아뇨, 할 말 남았습니다."

그럼 그렇지.

재희의 표정이 미미하게 굳었다. 그럼 그렇지. 목적이 있으니 사과를 한 거다. 이 남자가 그냥 사과할 리 없었다.

"이거 받아요."

단우가 이게 본론이라는 듯, 회의 자료 아래에 넣어 두었던 종이를 꺼내 재희에게 내밀었다.

"다음 달에 회사 전체 회의가 있는 거 알고 있을 겁니다."

알고 있다. 방금까지 그와 관련된 주제로 회의를 했으니까.

1년에 한 번씩, 임원들은 물론 사장까지 참여하는 규모가 큰 회의였다. 부서마다 주제를 정해 발표를 했다. 주제는 부서의 재량껏 정했지만, 대체로 부서의 특성과 걸맞은 주제를 정했다. 마케팅팀은 마케팅 주제로, 개발기획팀은 개발에 관련한 주제가 대부분이었다.

"그 회의의 발표를 이재희 씨가 했으면 합니다."

갑작스러운 말에 재희는 하던 행동을 모두 멈추고 눈만 들어 올렸다.

전체 회의의 부서 발표자는 그 부서의 얼굴을 의미했다. 그 때문에 대체로 팀장 혹은 팀장에 비견될 정도의 직원이 나서서 했다. 실수를 하면 안 되기에 경험이 풍부한 팀장이 발표를 하는 것도 있지만, 사실 운이 좋으면 사장과 임원에게 눈도장 찍히기 좋은 기회라서 팀장들이 나서는 경우가 대부분이었다.

"이걸 저한테 맡기신다고요?"

재희는 믿기 힘들었다. 자신이 아는 김단우는 누구보다 명예욕이 많았다. 언젠가 이 회사의 임원까지 가는 게 목표라고 말하는 걸 직접 듣기도 했었다. 그런 그가 이 좋은 기회를 놓을 리가 없었다.

마치 그런 질문을 예상했다는 듯 단우가 덤덤하게 입을 열었다.

"이재희 씨도 알다시피 난 어차피 몇 해간 팀장 직급에서 더 올라갈 수 없습니다. 보통 팀장직을 받게 되면 퇴사하지 않는 이상 몇 해간 이 직을 계속해서 맡아야 하니까요. 그러나 이재희 씨는 다르죠. 이번 기회를 잘 잡아 승진하거나 혹은 인사이동 때 다른 부서로 발령 날 확률이 높아지죠. 물론 이재희 씨가 부서 이동 신청을 한다는 전제하에 말이지만요."

"……그러니까 저한테 다른 부서로 가라는 말씀이신가요?"

"맞아요. 이재희 씨, 내가 아무리 사과해도 불편하잖아요. 지금 내가 하는 이 제안을 사과로 받아 줬으면 좋겠군요."

불편하다. 사과를 받는다고 해도 이미 생긴 상처와 벌어진 일들이 사라지진 않으니까.

"그리고 나 역시도 이재희 씨를 보고 있는 게 마음 편하지 않습니다. 내가 저지른 과거 때문에 마음이 많이 불편하거든요. 그래서인지 이재희 씨한테 업무를 지시하는 게 많이 어렵습니다."

여태껏 아주 잘만 하시던데요.

재희는 속으로 대꾸했다.

"자연스럽게 일에 지장도 생기고요. 아주 많이 고민했습니다. 내가 이재희 씨한테 제대로 사과하면서, 엉망이 된 이 관계를 복구할 수 있는 방법을 말이죠."

"……."

"나는 이제 일에만 집중하고 싶어요. 그러니 나와 이재희 씨, 둘 다에게 좋은 방법을 제시하는 겁니다. 이재희 씨는 발표를 해서 좋은 경험을 쌓아 타부서로 부서 이동하고, 나는 이곳에 남는 걸로 말이죠."

단우의 말을 듣던 재희는 제 손에 들린 서류를 바라보았다. 전체 회의에 관련된 부서별 안내 사항이었다.

그의 말처럼 단우와 함께 일하는 건 여러모로 곤란했다. 그렇다고 단우가 팀장을 맡은 이상 다른 부서로 이동할 일도 거의 없었다. 회사의 특성상 큰 이슈가 있지 않은 이상, 팀장급의 이동이 자유롭지 않았다.

그렇다면 자신이 부서 이동을 해야 한다는 건데…….

은아를 비롯해 직원들이 눈에 밟혔다. 그 누구보다도 선재가 신경 쓰였다.

"애인과 같은 부서에서 일하는 거, 점점 더 뒷말이 많이 돌 겁니다. 내 경험으론 그랬습니다. 그리고 지금 이재희 씨도 느끼고 있을 거고."

이어지는 단우의 말에 재희의 입술에 힘이 실렸다. 부인할 수가 없다. 실제로 자신과 선재가 지나가면 따라붙는 시선들이 여간 불편한 게 아니었다.

재희는 갈등했다. 삐딱한 마음은 단우의 말을 듣지 말라고 하는데, 어느 것 하나 반박하기 힘들었다.

"이 회사에서 오래 일할 거면 여러모로 부서 이동하는 게 좋을 겁니다. 그리고 지금 이게 부서 이동을 당기는 가장 빠른 방법이고 말이에요."

"제가 잘할 거라는 건 어떻게 확신하시죠? 제가 실수라도 하면 어쩌시려고요."

"이재희 씨, 이 팀에 근무하기 전에 인턴으로 개발기획팀을 비롯해 각종 부서에서 일한 걸로 알고 있습니다. 한마디로 풍부한 경험이 있다는 거죠."

단우의 말에 재희는 속으로 수긍했다.

대학 시절, 재희는 방학마다 게임 회사에서 일을 했다. 게임 박람회에서 이어진 인연 덕에 꾸준히 방학마다 불려나갔다. 그때 보고 배워 놓으면 좋을 것 같아, 오며 가며 익혀 두었던 것들 덕에 신슬 면접 때 유리하게 작용했었다.

"그리고 타부서와 교류가 가장 많은 것도 이재희 씨라 식견도 높을 테고. 이전 발표도 좋은 반응을 얻었죠. 난 이재희 씨가 충분히 잘할 거라고 생각합니다."

단우는 확신한다는 투로 말했다.

"그럼 팀장님이 바라는 건, 제가 주도적으로 이번 회의를 준비하는 건가요?"

"맞습니다."

원하는 대답을 얻은 단우가 빙긋 웃었다.

"다른 팀원들에게는 어떻게 말씀하실 건가요? 분명히 가만히 있지 않을 텐데요."

"이재희 씨가 우려하는 바를 잘 알고 있어요. 이재희 씨가 발표한다는 걸 알면 불편해하거나, 불합리함을 느끼는 직원들이 있을 겁니다. 이재희 씨보다 입사 연차가 많은 직원들도 있으니까요. 그렇게 되면 준비할 때부터 번거로운 일들이 발생하죠. 그러니 발표 직전까지만 비밀로 하죠. 그게 이재희 씨도 편할 겁니다. 물론 전체 회의 직전에 이재희 씨가 발표할 거라고 제가 미리 말할 겁니다. 그 부분은 약속하죠."

이어지는 단우의 말을 들으며 재희는 서류를 가만히 쳐다보았다. 그의 말처럼 좋은 기회고, 그녀에게도 유리한 일이었다. 모든 것이 순조로웠다.

재희는 그 순조로움이 수상쩍었다. 재희는 자신을 향해 선량한 미소를 짓고 있는 단우의 눈을 쳐다보았다.

"물론 강요하는 건 아닙니다. 지금이라도 이재희 씨가 싫다면 하지 않아도 됩니다. 그냥 권유해 보는 것뿐이니까요."

단우가 원치 않으면 돌려달라는 듯 손을 내밀었다. 재희는 그의 하얀 손과 그보다 더 하얀 서류를 느릿하게 번갈아 보았다.

미심쩍지만, 놓치기엔 아까운 기회였다.

"먼저 조건이 있어요."

하지만 무조건 받아들일 수도 없기에, 재희는 조건을 걸기로 했다.

"편하게 말해요."

"발표자에 제 이름은 물론, 발표 준비에 팀원들 이름이 모두 들어갔으면 좋겠어요. PPT 앞쪽에 마케팅팀이 아니라 팀원들 이름 전부요."

"어차피 팀 발표라 팀원이 모두 함께 준비한 걸 모르는 사람들이 없습니다."

"알고 있어요. 하지만 모두가 안다는 것과 그 이름이 한 번 더 불리는 것과는 다르다고 생각해요."

재희는 매해 있는 전체 회의에서 PPT를 보며 뿌듯함과 허탈함을 동시에 느꼈다. 함께 준비했지만 박수를 받는 건 팀장이었다. 피땀 흘려 만든 PPT의 그 어디에도 자신의 흔적이 없었다. 그 흔적은 겨우 자신만이 알 수 있었다.

이건 내가 의견을 제시한 부분이구나. 이건 내가 찾은 자료구나. 내가 만든 거구나. 모두 나만이 알 수 있는, 나만의 공이었다.

전체 회의를 마치고 직원들끼리 술을 마셔도 헛헛한 마음은 사라지지 않았다. 그건 이야기를 해 보면 다른 직원들도 마찬가지였다. 그 허전함을 누구보다 잘 알기에 재희는 직원들의 이름을 꼭 앞에 넣고 싶었다.

"좋습니다. 이제 내가 조건을 받아들였으니, 이제 할 건가요?"

단우는 썩 내키지 않아 했지만 받아들였다. 원하는 대답을 듣고도 재희는 머뭇거렸다.

이 일을 맡으면 며칠 야근하는 건 우스울 정도로 일이 많아질 거다. 더군다나 마음의 부담도 입에 담을 수 없을 정도로 클 거다. 무엇보다도 이런 일을 제시한 사람이 김단우라는 게 걸렸다.

"알겠어요. 제가 할게요."

그런데도, 하고 싶었다. 부서 이동 때문이 아니었다. 한 번은 해 보고 싶었다. 이런 프로젝트의 발표도 해 보고 싶고, 큰 프로젝트를 주체적으로 준비해 보고 싶은 열망이 있었다.

"잘 생각했습니다."

그런 재희를 향해 단우가 기다리던 답을 얻은 사람처럼 근사하게 웃으며 대답했다.

"단, 한 가지 조건이 더 있어요."

"뭐죠?"

"제게 전체 회의 발표자를 맡긴다는 내용을 작성한 후, 그 아래에 서명해 주세요. 다음에 다른 말씀 하지 못하도록요."

자신이 한 결과물을 어리숙하게 빼앗기고 싶지 않았다. 재희의 말에 단우의 표정이 굳었다. 그러더니 설핏 웃었다.

"이재희 씨는 정말 날 조금도 믿지 못하는군요."

"죄송합니다."

죄송하지만, 믿지 못한다는 재희의 말에 단우는 긴 한숨을 내쉬었다.

"좋아요. 써서 주도록 하죠. 이러면 하겠어요?"

단우의 말에 재희는 고개를 끄덕였다.

"네."

. . .

오전 회의를 마친 지 30분도 되지 않아 점심시간이었다. 오전 내내 회의에 시달렸다는 말이었다.

"재희 씨, 팀장님이랑 무슨 이야기 했어요?"

은아가 길게 기지개를 켜다말고 물었다.

"별 이야기 안 했어요. 그냥 뭐, 사내연애 조심해라 이거죠."

재희는 움찔했지만 내색하지 않은 채 어물쩍 대답했다.

"그래요? 자기나 좀 조심하지. 사무실을 발칵 뒤집어 놓고 그런 말을 하긴요. 뭐 묻은 개가 겨 묻은 개 뭐란다더니, 진짜."

은아가 단우와 제인의 일을 떠올리며 입술을 삐쭉거렸다. 단우는 제인과의 스캔들 이후로 쌓아 놓은 이미지가 제법 훼손되었다. 이전처럼 그를 전적으로 동경하거나, 우러러 보는 사람들이 사라졌다. 오히려 그 일을 언급하면서 은아처럼 혀를 차는 사람들이 생겨났다. 이런 일들을 곁에서 지켜보다 보니 재희는 입 안이 씁쓸했다.

자신이 만약 선재와 진짜 연애하다가 헤어지게 되면 이런 소문에서 자유롭지 못할 테니까.

"이제 점심 먹으러 갈까요?"

지호가 자리에서 벌떡 일어나 말했다. 그 외침에 재희가 상념에서 깨어났다.

"좋아요."

"무슨 날씨가 이렇게 갑자기 더워진대요?"

은아가 옷을 펄럭거리며 햇살이 내리쬐는 창밖을 바라보았다.

"자비 없는 날씨네요."

재희가 맞장구쳤다. 직원들이 수군거리는 틈에 지호가 소리쳤다.

"오늘 냉면 먹으러 갈 건데, 같이 갈 사람 있어요? 우리 회사 앞에 맛있는 냉면 집 생겼대요."

지호가 손을 들며 직원들에게 물었다. 재희가 기다렸다는 듯이 손을 번쩍 들었다.

"저요!"

재희를 흘긋 바라보던 선재가 손을 들었다. 뒤따라 은아가 손을 들었다.

"그럼 가죠."

지호의 말이 나오기가 무섭게 모두들 자리에서 일어났다. 그의 말처럼 회사와 큰길을 사이에 놓고 '개업'이라고 적힌 냉면 가게가 보였다.

"저렇게 대놓고 있었는데 어떻게 여태껏 못 봤을 수가 있지."

치킨 다음으로 냉면을 좋아하는 재희는 자신이 이제껏 저 집을 못 봤다는 게 충격적이라는 듯 작게 중얼거렸다.

멍하게 서 있던 재희는 신호가 바뀐 걸 확인하고 한 발 내딛었다. 그와 동시에 팔이 몸을 가로막은 것과, 오토바이가 쌩하니 지나간 건 거의 동시에 일어난 일이었다. 깜짝 놀란 재희가 휙 지나간 오토바이를 바라보다가 선재에게로 시선을 돌렸다.

"조심해요."

"아, 응."

놀란 재희가 쿵덕거리는 심장 소리를 들으며 고개를 끄덕였다. 선재가 따라오라는 듯 한발 앞서 걸었다. 그러면서 주변을 살폈다.

깜짝 놀란 재희는 여전히 쿵덕거리는 심장을 안고서 앞서 걷고 있는 너른 등을 바라보았다. 여태껏 인지 못하고 있었는데 자신이 본 남자 등 중에 제일 넓고 큰 것 같았다. 셔츠 탓인가 했는데, 다른 티셔츠를 입어도 체격이 비슷했던 기억이 났다.

정말 남자구나.

새삼스럽게 그 사실을 또 한 번 깨달은 재희는 기분이 이상했다. 그러고 보니 한 팔로 자신의 걸음을 제지할 정도였다. 늘 자신이 누나로서 이끌었던 것 같은데 요즘 점점 자신이 선재한테 기대고 있는 기분이었다.

재희가 찌푸린 얼굴을 긁적거렸으나 금세 냉면집을 보고 잊었다. 가게 안은 사람들로 제법 북적거렸다.

"이젠 날이 정말 덥긴 더운가 보네요. 냉면 가게 안에 사람이 이렇게 가득할 정도니."

"낮엔 덥잖아요. 물론 아직까지 밤은 많이 선선하지만요."

은아가 대꾸하는 사이 직원이 자리를 안내해 주겠다며 다가왔다. 가까스로 식당 끝에 자리한 테이블에 앉았다.

"주문하시겠어요?"

"물냉면이요."

"저는 비빔냉면이요."

지호와 은아가 이미 결정을 내리고 왔는지 곧바로 주문했다.

"저는……."

재희가 심각한 표정을 지었다.

물냉면도 좋고, 비빔냉면도 좋다. 어느 것도 포기할 수가 없지만 둘 다 먹기엔 양이 많다, 라는 표정을 짓고 있는 재희를 보더니 선재가 그럴 줄 알았다는 듯 말했다.

"물냉면 하나, 비빔냉면 하나 주세요."

"나는 아직 결정 못 내렸어요."

재희가 선재에게 말했다.

"둘 다 먹어 보고 더 맛있는 걸로 먹어요. 아니면 접시에 덜어 줄 테니까 반반 먹든지요."

선재의 말에 재희가 솔로몬의 현명한 판결이라도 목격한 것처럼 밝은 표정으로 고개를 끄덕였다.

"더 필요하신 건 없으신가요?"

직원의 물음에 지호와 은아가 고개를 가로저었다.

"냉면에 오이 들어가나요?"

"네. 비빔냉면에도 들어가고, 물냉면에도 들어가요."

"둘 다 빼 주세요."

"알겠습니다."

직원이 사라진 후, 은아가 신기하다는 표정으로 선재를 쳐다보았다.

"그렇게 안 봤는데 오이 못 먹어요? 왠지 다 잘 먹을 것 같은데……."

"아뇨. 먹어요."

"그런데 오이는 왜 빼달래요?"

"재희 씨가 못 먹어요. 오이 식감을 싫어하거든요."

"……."

선재의 덤덤한 대답에 은아는 눈만 깜빡였다. 그제야 재희가 기억났다는 표정을 지었다. 오랜만에 먹다 보니 냉면에 오이가 들어가는 가게가 더러 있다는 걸 깜빡했다.

"아! 맞아요. 깜빡했네요. 그 아삭거리는 느낌이 싫어요. 물론 치킨 무는 좋아하지만요."

아무렇지 않게 인정하는 재희와, 그런 재희에게 따뜻한 육수를 챙겨 주는 선재를 은아가 느릿하게 번갈아 보았다.

　"이상하네. 두 사람, 되게 오래된 연인 같네."

　은아가 들릴 듯 말 듯 중얼거리는 말을 홀로 들은 선재가 옅게 웃었다.

· · ·

　늦은 시간, 홀로 사무실에 남은 재희는 메일함에 쌓인 메일을 보았다. 메일은 벽돌처럼 차곡차곡 쌓여 있었다. 메일의 절반 정도는 단우가 보낸 거였다. 그가 팀원들에게 받은 자료를 모조리 그녀에게 전달했다.

　메일을 대충 한번 훑어본 곧바로 재희는 서류들 속에서 다이어리를 꺼냈다. 미리 귀퉁이를 접어 놓은 곳에는 전체 회의 때 나온 의견들이 고스란히 담겨 있었다. 재희는 회의 때 나온 의견은 작은 거라도 놓치지 않고 모두 메모하는 습관을 갖고 있었다. 언젠가 교수님이 한 말 덕분이었다.

　"지금 당장 필요하지 않은 거라도, 차후에 언제 어떻게 쓰일지 모르니 미리 메모해 두는 게 좋습니다. 자료는 옷과 같습니다. 지금에는 어울리지 않아도 나중엔 꼭 맞을 수도 있거든요. 물론 나중에 버리는 것도 있지만, 늦게 버린다고 손해 보진 않잖아요?"

교수님의 말처럼 자료는 지금 당장 쓰이지 않아도 차후에 쓰일 수 있었다. 자료를 모두 다 정리한 재희는 이마를 짚었다.

"아, 머리야."

오늘 하루치만 봐도 이 정도인데, 수시로 쌓일 자료들을 생각하니 눈앞이 캄캄했다. 더군다나 PPT 자료도 자신이 만들어야 했다. 다음 달이라고 하니 언뜻 넉넉해 보이지만, 실제로 세어 보면 30일도 채 남지 않은 촉박한 기한이었다.

탁.

갑작스럽게 들리는 소리에 재희의 고개가 돌아갔다. 자신의 책상 끄트머리에 그녀가 좋아하는 분식집 로고가 보였다. 종이 가방을 따라 손잡이, 손잡이를 잡은 손을 따라 시선을 쭉 올리자 익숙한 남자가 보였다.

"식사했어요?"

선재가 다정하게 웃고 있었다.

"했다고 하면 섭섭하겠는데?"

재희가 종이 가방을 가리키며 씩 웃었다. 선재가 자연스럽게 종이 가방을 열어 꺼낸 박스를 간이 테이블에 올려두었다. 신문이나 잡지 등을 올려놓기도 하고, 몇 명이 모여 간단히 이야기를 할 때 쓰이는 테이블이었다.

"그래서 섭섭하게 할 거예요?"

"아니. 안 먹었어."

"다행이네요. 그럼 먹으러 와요."

선재가 웃으며 한 말에 재희가 앉은 채 의자를 질질 끌고서 테이블로 향했다. 유부초밥, 김밥, 떡볶이. 재희가 딱 좋아하는 것들로 구성되어 있었다.

"맛있겠다. 뭐부터 먹을래?"

나무젓가락을 뜯어낸 재희가 묻자, 선재가 눈만 들어 그녀를 보았다.

"먹여 주게요?"

"아니. 그럴 생각 없는데?"

재희는 예의상 물어본 거라는 표정을 뻔뻔하게 짓고 있었다.

"그럼 지금이라도 해 봐요."

"음, 좋았어. 그럴게."

여기까지 음식을 사다 줬는데 그 정도도 못 해 줄 이유가 있나 싶었다.

"김밥 두 개요."

재희가 제일 먼저 김밥 두 개를 집어 먹을 준비를 하고 있는 선재에게 내밀었다.

"배가 많이 고팠나 보네. 자!"

김밥과 재희를 번갈아 바라보던 선재가 몸을 반쯤 일으켰다. 재희가 내민 김밥을 하나만 받아먹은 선재가 도로 자리에 앉았다.

"두 개 달라더니 왜 하나만 먹어?"

재희가 하나 남은 김밥을 바라보며 얼굴을 찌푸렸다. 대답 대신 김밥을 꿀꺽 삼킨 선재가 그녀를 쳐다보았다.

"아."

"뭐? 한 번 더 먹여 달라고?"

선재가 당연한 거 아니냐는 듯 고개를 끄덕였다. 기가 막히다는 듯 웃던 재희가 다시 젓가락을 내밀었다. 입이 올 거라는 예상과 달리 선재가 그녀의 손을 감싸 쥐었다. 큰 손에 자신의 손이 완전히 사라지는 걸 어리둥절한 얼굴로 바라보던 재희가 고개를 들어 그를 보았다.

"이쪽 방향으로 줘야 먹기 좋죠."

그가 재희의 손을 아래로 당겨 내렸다. 그러고는 고개를 비틀어 김밥을 받아먹었다. 입술 사이에 걸려 있던 김밥이 금세 사라졌다. 김밥이 입에 들어갔는데도 선재는 젓가락을 물고서 놔주지 않았다. 선재의 얼굴이 가까이에 있었다.

선명한 눈매와 꽉 다물린 입술.

재희는 자신도 모르게 숨을 내쉬지 못했다. 요즘 들어 부쩍 선재가 이럴 때면 영 기분이 이상하고 어색했다. 재희가 어색함을 못 이기고 시선을 피하자, 선재는 그제야 자리에 도로 앉았다.

"이럴 거면 차라리 직접 먹는 게 낫지 않아?"

재희가 아무렇지 않은 척 김밥을 집으며 물었다.

"직접 먹는 거랑 먹여 주는 거랑 다르니까요."

"그건 그렇지만."

"이 젓가락 써요. 그건 내가 썼으니까."

선재가 손에 들린 젓가락을 빼앗아 가더니 새 젓가락을 챙겨 주었다.

"일이 많아요?"

선재가 평소처럼 물었다.

"아니. 그냥 조금. 아니, 아주 많아."

재희의 말이 점점 달라졌다. 이윽고 생각도 하기 싫다는 듯 얼굴을 찌푸렸다.

"대체 무슨 일이 그렇게 많아요?"

단우와 재희 사이에 있었던 이야기를 모르는 선재가 의아한 얼굴로 물었다.

같은 사무실에 있다 보니 자세히는 몰라도 직원마다 맡은 일이 뭔지는 대략 알고 있었다. 재희가 이렇게 야근을 해야 할 만큼 업무가 많은 상태가 아니라는 것도 알고 있었기에 의아한 표정을 지었다.

"그냥. 전에 못한 것들. 그리고 연말 보고서 생각하면 상반기에 한 차례 정리해 두는 게 좋기도 하고. 뭐, 그래서 그렇지. 얼른 먹자. 배고프다."

재희가 어물거리듯 대답한 후, 밥을 먹기 시작했다. 더 이야기를 했다간 눈치 빠른 선재가 뭔가 이상함을 느끼고 캐물을지 모른다. 그런 재희를 잠시 쳐다보던 선재는, 그녀가 다시 재촉하고서야 식사를 시작했다.

· · ·

등이 콕콕 쑤셨다. 사람의 시선이 이렇게 바늘처럼 느껴질 수도 있구나 싶었다. 재희는 고개를 돌려 옆자리를 보았다. 의자에 몸을 파묻은 선재가 내리뜬 눈으로 쳐다보고 있었다.

"잠은 집에서 주무세요. 선생님. 여기서 주무시면 입 돌아가요."

재희의 농담에 선재가 옅게 웃었다.

"안 자요. 그러니까 나 신경 쓰지 말고 일해요, 편하게."

"그러고 있는데 어떻게 일해? 집에 안 가?"

사실 평소라면 선재의 시선이 쏟아지듯 말든 신경 쓰지 않고 일할 수 있었다. 선재야 워낙에 편하니까.

그러나 지금은 평소와 상황이 달랐다. 자신이 단우가 해야 할 전체 회의 준비를 하고 있는 걸 선재가 안다면 어떤 반응을 보일지 겁이 났다.

상황을 설명하더라도 선재가 그러냐, 라며 기분 좋게 받아들일리 만무했다. 차갑고 냉담한 눈으로 자신을 내려다보면서 무슨 소리를 할지 상상만으로도 피곤해졌다.

"언제부터 날 그렇게 의식했다고 그래요?"

선재가 옅게 웃으며 물었다.

"오늘부터. 아니. 지금부터 의식하고 있어."

"다행이네요. 의식하고 있어서."

"뭐?"

"아니에요. 같이 가요. 기다릴게요."

자신의 속을 모르는 선재가 태평하게 대꾸했다.

"오래 걸릴 거야. 너도 피곤할 거고."

돌려서 거절했다.

"괜찮아요. 신경 쓰지 마요."

그러나 선재는 개의치 않고 받아쳤다. 재희가 조용히 이마를 짚었다.

"그렇게 버티면서 기다리려고?"

"택시비 아까워서요. 누가 택시비 좀 아끼라고 하더라고요."

그 누구가 자신이라는 걸 알기에 재희는 입을 꾹 다문 채 그를 노려보았다.

"그래. 그럼 다른 거라도 해."

"딱히 할 게 없어서요. 그런데 왜 이렇게 나를 보내려고 해요? 숨기는 거 있어요?"

"아니."

재희가 단호하게 대답했다. 찔린 탓에 평소보다 반응 속도가 빨랐다.

"그래요?"

넌지시 건너오는 선재의 목소리가 평소보다 낮다. 뭔가를 감지한 듯했다. 재희는 모니터를 보며 고민하다가 전원을 껐다. 여기서 계속 일하다가 심장마비로 비명횡사할 것 같다.

"이제 그만 가자."

"오래 걸린다면서요."

"눈이 침침해서 안 되겠어. 배부르니까 잠도 더 오는 것 같고. 그리 급한 거 아니니 내일 해야겠어. 지금은 집에 가서 쉬어야겠어."

중요한 건 메일로 보내 뒀으니 집에 가서 할 생각이었다.

"그래요, 그럼."

선재가 더는 묻지 않고 순순히 대답하며 몸을 일으켰다. 준비를 마친 재희가 사무실을 나서다말고 돌아섰다. 선재가 뭔가를 찾고 있었다.

"뭐 찾아?"

"사무실에 두고 온 게 생각나서요."

"그럼 챙겨서 나와. 엘리베이터 잡고 있을 테니까."

선재가 잠시만 기다려달라는 듯 가볍게 고개를 끄덕였다. 사무실 문을 밀고 나온 재희가 복도를 지나쳐 엘리베이터 앞에 멈춰 섰다.

대부분의 직원이 퇴근한 뒤로 건물이 고요했다. 어둠과 침묵이 내려앉은 회사 복도는 익숙하지 않았지만, 그 나름의 편안함이 있었다. 계기판에 바뀌는 숫자를 바라보던 재희가 눈을 감았다. 뒤늦게 피로가 밀려들면서 나른해졌다.

"우리 회사에 더 대박인 여자 있어. 그 여자 완전 여우라니까, 여우. 전에 말했지? 엄청 잘생긴 남자 신입 사원 있다고. 그 남자 낚아챈 여자."

기억자로 꺾여 있는 복도 너머에서 누군가의 대화 소리가 들렸다. 통화를 하는지 잠시의 침묵 후, 말이 이어졌다.

"그래. 그때 내가 말했던 그 여자. 아니, 그래. 소문이 맞다 쳐. 남자가 먼저 좋아했다 치자고. 그런데 남자가 아무 것도 없는데 먼저 좋아했겠어? 다 뒤에서 수작을 부리니까 좋아하게 되는 거지. 그런 여자애들 있잖아. 끼 다 부려 놓고 자기는 아무것도 안 했다고 하는 애들. 딱 그런 여자애 같다니까. 생긴 것도 딱 그렇게 생겼어."

무슨 이야기를 하는 건지, 누구 이야기를 하는 건지 깊게 생각해 보지 않아도 답이 나왔다. 우리 회사에서 신입 남자 사원을 낚아채 갔다고 소문난 사람이 자신 말고 누가 또 있을까. 방금 전까지 느끼던 편안함이 싹 날아갔다.

선재와 스캔들이 난 후, 이런 이야기가 뒤에서 오갈 거라 예상했다. 그러나 실제로 듣는 것과 예상은 충격의 강도가 달랐다.

그런 눈으로 사람들이 자신을 쳐다보고 있었구나. 아, 그랬구나.

그랬어.

덤덤하던 생각의 끝이 점점 흐릿해졌다. 화를 내야할 것 같은데 화도 나지 않았다. 감정이 뚝 끊어진 것처럼 아무런 생각도 들지 않았다. 대신, 멍한 시선을 계기판에 던져 두었다.

지금이라도 사람이 있는 티를 내야 하는 건지, 아니면 자리를 피해야 하는 건지. 그러나 의미 없는 고민이었다. 지금 자리를 피한다고 한들 뒷모습이 들킬 거고, 사람 있는 티를 내려고 해도 이미 다 들어 버렸다.

이런 저런 생각하는 사이 발걸음 소리가 가까워졌다. 그러다 문득 걸음 소리가 들리는 방향이 이상했다. 무심코 고개를 돌린 재희는 무표정하게 다가오는 선재를 보았다. 다 들었냐고 묻지 않았다.

이미 다 들은 표정을 하고 있었으므로.

간발의 차로 통화를 하던 사람이 모퉁이를 돌아오다가 사람이 있는 걸 보고 '엄마!' 하고 비명을 질렀다. 얼마나 놀랐는지 휴대폰까지 놓쳤다. 바닥에 떨어진 휴대폰을 주울 생각도 못한 채 여자는 동그래진 눈으로 재희와 선재를 번갈아 보았다.

여자의 얼굴이 점점 하얗게 굳었고, 이내 어쩔 줄 몰라 하는 표정으로 눈을 이리저리 데굴데굴 굴렸다.

여자는 재희도 아는 사람이었다. 딱히 이야기를 주고받지는 않아도 회사를 오며 가며 얼굴이 눈에 익어 눈인사만 하고 다니는 사이였다. 자신을 보며 서글서글하게 웃어서 인상이 참 좋다고 생각했는데, 인상은 믿을 만한 게 아닌 모양이었다. 여자가 애꿎은 입술만 잘근잘근 씹어 댔다.

아까의 당당함은 다 어디 갔나 싶었다. 저렇게 어찌할 바를 모를 거면서. 회사라는 걸 알면 좀 조심하지. 아니, 그냥 그런 말 하고 다니지 말지…….

재희는 씁쓸한 표정으로 고개를 돌렸다. 그러는 사이에도 엘리베이터는 도착하지 않았다. 아래에서 잡아 두고 있는 건지 계기판의 숫자는 3에서 멈춰서 꼼짝도 하지 않았다.

어정쩡한 자세로 휴대폰을 든 여자는 원망 가득한 눈으로 엘리베이터 계기판만 바라보며 불안한 듯 눈을 굴렸다.

재희는 여자에게 한소리 하려다가 관두었다. 이미 자신을 발견하고 어쩔 줄 몰라 하는데 여기서 무슨 말을 더 하나 싶었다.

그리고 지금 자신이 뭐라고 한다면 저 여자가 또 어떻게 소문을 퍼트리고 다닐지도 모르고. 그렇기에 그냥 모르는 척 넘어가기로 했다.

여자가 얼른 휴대폰을 주워 도망치려 할 때였다.

"끼도 부리고, 수작도 부렸죠."

갑작스러운 목소리에 재희와 여자의 시선이 동시에 한 곳으로 향했다. 어느새 재희의 옆자리에 선 선재가 무표정한 얼굴로 여자를 내려다보고 있었다.

"제가요."

"……."

"제가 그렇게 열심히 끼 부리고 수작 부렸으니, 이왕 입 가볍게 퍼트리는 소문이면 제대로 말하고 다녀 주시겠어요?"

"……."

선재의 말에 여자의 얼굴이 어두운 가운데에서도 벌겋게 달아오르는 게 보였다. 입술을 질근 씹던 여자는 울 것 같은 얼굴로 웅얼거리듯 '죄송합니다'라고 말하고는 후다닥 비상구 쪽으로 달려갔다.

순식간에 회사 복도가 조용해졌다. 여자가 사라진 방향을 무섭게 처다보고 있는 선재를 재희가 툭툭 치며 달래듯 말했다.

"눈에서 레이저 나오겠다. 힘 풀어."

그러자 화를 모두 못 삭인 선재의 무서운 시선이 재희에게로 향했다.

"그런 눈으로 보면 나도 무서워."

재희가 엄살 부리듯 말했다.

"성격 많이 죽었네요. 옛날엔 이런 소리 들으면 말로 내리찍어 버리더니. 어디 가서 말싸움으로 지진 않잖아요."

선재가 엘리베이터 계기판에 시선을 둔 채 말했다. 그의 말에 박힌 가시를 느낀 재희가 뒤따라 계기판으로 시선을 옮겼다.

"당연하지. 그런데 안 하는 거지. 언제까지 그러고 살아. 성격 죽일 땐 죽여야지. 회사 생활이라는 게 원래 그렇잖아."

"……."

"그리고 나라고 저러지 않으리라는 보장 없으니까."

재희의 뜻 모를 말에 선재의 고개가 기울어졌다. 여전히 고집스
럽게 앞을 바라보고 있는 재희의 눈동자는 상념에 잠긴 듯 흐릿
했다.

"옆 부서에서 사수랑 남자 신입 사원이 연애를 한다는 소식을 들
었으면, 나도 그렇게 생각했을 지도 모르니까. 특히 그 신입이 너
같은 신입이었다면."

재희가 덤덤하게 말했다. 자신이 부족하다는 의미는 아니었다.
재희는 스스로 열심히 살았다고 자부했고, 외모와 키도 이 정도면
충분히 괜찮다고 여기고 살 정도로 자존감이 평균 정도는 되었다.
설령 다른 누군가가 자신의 외모를 폄하한다고 하더라도 쿨하게
웃어넘길 수 있었다. 어차피 내가 당신에게 얼굴 보여 주려고 사는
것 아니니까 상관없다, 라고.

문제는 신선재였다. 모든 것이 평균을 상회했다. 186이 넘는 큰
키에, 유난히 짙은 눈매, 묘하게 사람을 빨아들이는 눈빛, 과묵하고
닫힌 일자 입술, 거기다가 하얀 피부. 거기다가 목소리도 좋고, SJ
로 활동한 덕에 가진 돈까지 많은 자수성가형이었다.

함께 다닐 때마다 남녀 구분하지 않고 선재를 흘깃거리며 쳐다
보았다. 이렇게 자비 없이 다 가지고 있어야 하나 할 정도로 선재는
모든 것이 우월했다.

그 때문에 상대적으로 자신이 부족해 보였다. 자신이 보기에도 객관적으로 이럴 진데, 다른 사람이라고 다르게 생각할 리 없었다. 오히려 색안경을 더 끼고 보면 봤지.

알면서도 괜히 마음이 무겁다.

"의외네요. 날 그렇게 과분하게 생각해 주고 있을 줄은."

돌아오는 답변의 목소리가 미묘하다.

"객관적으로는 그렇다는 거고, 사실 주관적으로는 내가 더 나아. 내가 성격이 더 좋잖아?"

재희가 무거운 분위기를 떨치려는 듯 가벼운 목소리로 대꾸했다. 그 사이, 딩동 하고 엘리베이터가 도착했다. 먼저 들어서는 재희를 뒤따라 선재가 걸으며 물었다.

"무슨 근거로요?"

"딱 봐도 내가 성격이 더 좋지. 굳이 성격뿐만 아니라도, 연륜에서 나오는 성숙한 생각과, 판단력. 그리고 풍부한 머리숱……."

"……."

말을 하다말고 재희가 흘깃 옆자리에 선 선재를 쳐다보았다. 머리숱까지 나왔으니 어디까지 가나 보자, 라는 눈으로 쳐다보고 있는 선재를 확인한 재희가 입을 꾹 다물었다.

말하다 보니 조금 비참하다. 그리고 문제는 신선재는 머리숱도 많다는 거다. 머리숱까지 다 가지고 있어야 했냐. 물론 없으면 치명적이긴 하지만, 이라는 실없는 생각을 하며 재희는 앞을 바라보았다.

가능하다면 신선재와의 스캔들을 없던 일로 되돌리고 싶다. 그러나 그게 불가능한 상황이었다. 그렇다고 이렇게 남자 사원을 꾀어낸 여자 사수로 계속 남아 있을 수도 없고…….

그래서 단우의 제안을 받아들인 것도 있었다. 전체 회의를 맡을 정도로 팀에서 인정받는 직원, 또 그만큼 일 잘하는 여직원.

적어도 능력 있고 일 잘하는 여사수 정도는 되어 줘야 지금의 선재와 균형이 맞을 것 같았다. 그리고 지금 여직원의 말을 듣고 나니 그때의 선택을 칭찬하고 싶어졌다.

"역시 맡길 잘했네."

재희의 중얼거리는 말에 선재의 눈동자가 의문을 품고서 향했다.

"무슨 말이에요?"

"그런 게 있어."

이번 프로젝트를 보란 듯이 잘 해내겠다고 다짐하는 데 정신이 팔린 재희는 선재가 유난히 자신의 가까이에 붙어 서 있다는 걸 알아채지 못했다.

• • •

세상이 봄을 완전히 벗어 던지고 완연한 여름으로 접어들었다.

부는 바람은 후덥지근했고, 사람들의 옷들은 점점 짧고 두께는 얇아졌다. 전체 부서 회의를 정확히 2주일 앞둔 시점, 재희가 심각한 표정으로 일을 하다말고 모니터 귀퉁이에 떠오른 팝업창을 흘깃 보았다.

[메일이 도착했습니다.]

메일함으로 들어가 보니 전체 메일이 도착해 있었다. 재희는 열람도 하기 전에 이게 무슨 내용을 담고 있는지 알 수 있었다.

"올해도 여지없이 왔네."

"올해는 누가 희생될까."

"괴팍한 취미예요, 진짜. 이렇게 급한 전체 부서 회의를 앞두고 이런 행사를 왜 하나 모르겠어요."

"그래도 한 차례 환기되고 얼마나 좋아요, 안 그래요?"

두런두런 직원들이 나누는 대화 소리가 들렸다. 재희가 고개를 돌리자마자 타이밍 딱 맞게 은아가 파티션 너머로 고개를 쑥 내밀었다.

"드디어 죽지도 않고 돌아왔네요. 올해의 상반기 이벤트. 좀비 같은 우리 이벤트으!"

말과 달리 은아는 조금 들뜬 표정을 짓고 있었다.

"그러게요. 잊고 있었는데 드디어 올 게 왔네요."

재희가 씩 웃었다.

신슬에서 가장 유명한 것 중 한 가지는 회사 자체에서 진행하는 상반기, 하반기에 하는 거창한 이벤트였다.

상반기에 진행되는 이벤트는 총 두 가지였다. 일명 개인전 하나, 팀전 하나였다.

개인전은 출근길에 코스프레 복장을 하고 포토라인에서 사진을 찍고 들어가면 되었다. 획기적이거나 놀라운 싱크로율을 보여 준 후보 몇몇을 추려 회사 내 투표를 진행했다. 투표는 본인과 그 본인이 소속되어 있는 팀을 제외하고 할 수 있었다. 가장 높은 표를 받은 직원은 넉넉한 상금과 함께 유급 연차를 포상으로 받았다.

또 하나의 이벤트는 부서별로 팀을 꾸려 비슷한 방식으로 퇴근길 이벤트를 진행하는 거였다. 퇴근하는 길에 부서별로 사진을 찍어 다음날 오전 10시까지 본인 부서를 제외한 타부서의 직원에게 한 표씩 투표할 수 있었다.

이중 가장 많은 표를 받은 팀은 비싸기로 유명한 호텔 레스토랑 이용권과 부서 회식비용, 1회 조기 퇴근권을 부상으로 받을 수 있었다.

"그런데 늘 느끼는 거지만 타이밍이 참 안 좋아요."

의자에 머리를 파묻은 은아가 궁싯거렸다.

"그러게요."

크게 동감한다는 듯 재희가 고개를 끄덕였다.

임원들의 비서가 전한 말에 따르면 '큰 프로젝트를 앞두고 경직되어 있는 사내 분위기를 환기 시키고자 함'이라는 건데, 그걸 따르는 직원들의 입장에선 마냥 달갑지 않았다. 오히려 고약하게 느껴질 정도였다.

"시험 코앞에 두고 놀면 놀아지나요? 마음만 불안하지."

"그래도 놀아지긴 하더라고요. 또 신나고 말이죠."

재희가 신난 표정으로 건넨 말에 은아는 고개를 끄덕였다.

"그건 그래요. 사실 지금도 올해는 무슨 옷을 입고 출근해야 하나 고민 중이니까요."

"그런데 작년엔 누가 수상했었죠?"

재희가 가물가물해진 기억을 더듬으며 물었다.

"GM 팀 신입 사원 상호 씨요. 그 있잖아요. 어마어마했던."

"아⋯⋯."

불현듯 떠오른 기억에 재희는 낮게 탄식했다.

출근길 코스프레가 진행된 이래 이런 사원은 없었다, 라는 말이 돌 정도로 상호는 파격적이었다.

출근하자마자 포토라인 앞에 선 상호는 비장한 표정으로 뒤집어쓰고 있던 얇은 우비를 벗어던졌다.

상호가 코스프레한 건, 신슬에서 출시되었으나 오래 전에 서비스 종료를 한 게임의 캐릭터였다. 캐릭터는 육감적인 몸매와 양 갈래의 주홍색 머리가 포인트였다. 그걸 남자인 상호가 배까지 드러내면서까지 따라하고 있었다.

때마침 비슷한 시간대에 출근길에 상호를 발견한 다른 직원들은 상금에 대한 욕심을 상실한 채 그를 바라보았다.

재희 또한 마찬가지였다. 들고 있던 마법사 지팡이가 떨어진 것도 모른 채, 포토라인에 서 있던 상호를 눈만 깜빡이며 바라보았다. 그의 용기에 박수라도 쳐 주고 싶은데, 상호가 말할 때마다 출렁거리는 배에 너무 놀라 그마저도 하지 못했다.

"다, 다들 왜 이래요? 아니, 다들 너무 얌전한 거 아니에요?"

한때 코스프레를 좀 했다는 그는 오히려 생각보다 수수한 다른 직원들의 코스프레 복장에 당황했다. 게임 회사 코스프레라기에 어마어마하게 과감할 줄 알았던 터라 바짝 힘을 주고 나타났던 그는 그제야 자신이 지나쳤다는 걸 알고 얼굴을 붉혔다.

"아니, 나의 시레인이 왜 저런 꼴로……."

로비에 서 있던 직원 중 누군가가 중얼거렸다.

"시레인도 세월의 흐름을 거스르진 못했나 봐."
"그래, 십 년이면 저 지경이 될 수도 있지."

"십 년 동안 무슨 일이 있었기에."

직원들이 조금씩 혼잣말처럼 중얼거리기 시작했다. 그러다 누군가가 웃음을 터트리고서야 모두들 웃고 넘어갔다.

상호만 어쩔 줄 몰라 하다가 사진사의 요청으로 유명한 시레인의 뒤돌아보기 포즈까지 한 후에야 풀려날 수 있었다.

결국 작년의 우승자는 예상하던 대로 상호가 되었고, 그는 부상으로 받은 이틀 연차를 다음날 내리썼다. 연차 사유로 '수치스러움에 의한 몸살 예정'이라고 썼다고 했다.

휴식이 끝난 후 출근할 땐 모자를 푹 눌러쓴 채 고개를 숙이고서 회사에 나타났다고 했다. 그 모습을 우연히 본 이사 중 한 분이 '오늘은 범죄자 코스프레인가'라고 말을 걸어서 또 한 차례 유명해졌다.

"너무 충격적이라서 잠시 잊고 있었어요."

재희가 고개를 절레절레 내저었다. 그러자 은아가 이해한다는 듯 고개를 끄덕였다.

"원래 사람은 너무 충격적인 건 뇌에서 지워 버린다잖아요."

"그랬나 봐요. 그건 다시 생각해도 충격적이긴 했어요."

"나도 사실은 작년 수상자들 찾아보다가 기억났어요."

"사실 상호 씨도 그런데, 우수상 받은 런닝 차림의 그분도 상당했어요."

"아, 급하게 아침에 부인 아이라이너로 근육 반쯤 그려 넣다가 부부싸움하고 쫓겨났다는 그분?"

"네."

반만 그려져 있던 근육이 아직도 생생했다. 심지어 하필이면 그 사람이 미대 출신이라 쓸데없이 근육이 고퀄리티였다는 것까지 자세히 기억났다. 그때를 생각하던 재희와 은아는 자신들도 모르게 피식 웃었다. 타이밍이 안 좋긴 하지만, 임원들의 말이 완전히 틀린 것도 아니었다. 나름 환기되고 재미있긴 했다.

"올해는 뭐 할지 진지하게 고민해 보자고요."

은아가 건네는 말에 재희가 씩 웃으며 고개를 끄덕였다.

올해는 어떤 코스프레를 한담.

의자에 몸을 파묻은 재희가 잠시 고민했다. 처음 입사했을 땐 참여하지 않았다. 자율 참여라 참여하지 않아도 회사에서는 크게 개의치 않았다. 코스프레에 익숙하지 않고, 그런 차림이 부끄러웠다.

그러나 참여하지 않으니 묘하게 회사의 들뜬 분위기에서 밀려난 느낌이 들었다. 마치 다른 사람들의 파티에 잘못 초대된 사람처럼. 그 후로 소소하게나마 코스프레를 하곤 했다. 이제 자신은 이런 상황에 적응됐지만, 한 사람은 아닐 거다.

재희는 흘깃 옆자리에 앉은 선재를 바라보았다. 그는 턱을 괴고서 무슨 생각을 하는지 모를 표정으로 모니터를 들여다보고 있었다.

"자, 그럼 우리 팀의 코스프레 대표팀을 꾸려 봅시다!"

작년에 아슬아슬하게 4등을 해서 올해 입상하겠다고 벼르던 지호가 자리에서 벌떡 일어나 소리쳤다.

직원들이 삼삼오오 동그란 간이 테이블로 모였다. 지호처럼 기뻐하는 사람이 있는가 하면, 심드렁해하는 직원들도 있었다. 그러나 참여하지 않을 수는 없는 터라 마지못해 끼어 있었다.

"올해도 뽑기로 결정할까요?"

지호가 자신의 연필꽂이를 흔들며 물었다. 매해 해 왔던 일들이라 다들 반대 없이 고개를 끄덕였다. 팀원의 모두가 참석하는 팀이 있는가 하면, 개발기획팀처럼 대표로 몇 명만 참여하는 팀도 있었다. 자원할 때도 있고, 그렇지 않으면 강제로 뽑기를 했다.

"몇 명으로 할까요?"

"세 명?"

"세 명은 너무 많고, 올해는 두 명만 희생하죠. 다들 바쁘잖아요. 안 그래요?"

은아의 말에 직원들의 우중충한 얼굴로 힘없이 고개를 끄덕였다. 여태껏 해 놓은 전체 회의 주제가 엎어지면서 새롭게 일을 해야 하는 터라 정신없었다. 본래 하던 일까지 있는 데다 신작 게임에 대한 일도 있어서 작년만큼 여유롭지 않았다.

결론은 팀의 대표로 두 사람을 뽑아, 그 두 사람이 원하는 콘셉트이 맞춰 준비하자는 거였다. 무대에 오르진 않더라도 매해 콘셉트나 옷 준비 등 모두 함께했지만 올해는 그럴 만큼 모두들 여유롭지 않은 상황이니 두 사람이 알아서 자율적으로 정하기로 했다.

"그럼 뽑기 진행하기 전에 지원 받습니다. 내가 올해 우리 팀을 위해 한 몸 불살라 보겠다 하시는 분들 손 들어 주세요!"

모두들 묵묵부답이었다. 재희도 팔짱을 긴 채 꼼짝하지 않았다. 개인전 코스프레는 어쩔 수 없이 참여하지만, 팀 코스프레까지는 할 자신이 없었다. 더욱이 게임 여자 캐릭터의 사기적인 비율과 몸매를 따라 해서 치욕적으로 비교당하고 싶지 않았다.

"지호 씨 해요, 지호 씨."

직원 중 한 명의 추천을 받은 지호가 그 말에 정색했다.

"아뇨. 전 개인전에 영혼의 전부를 불사를 겁니다. 올해는 꼭 입상하고야 말 겁니다."

지호의 비장한 모습에 직원들은 그를 설득하기를 포기했다.

"그럼 모두가 보는 앞에서 진행하도록 하겠습니다. 어떠한 트릭도 없다는 걸 두 눈으로 직접 확인하세요."

지호가 팀원 수에 맞게 여덟 개의 종이 중 두 개에 동그라미 표시를 그려 넣었다. 통에 종이를 넣어 있는 힘껏 흔든 지호가 오른쪽부터 통을 내밀었다. 눈을 감고서 통에 손을 넣는 표정이 제법 비장했다.

나만 걸리지 마. 나만 아니면 돼.

대체로 그런 비슷한 표정으로 종이를 뽑았다. 다른 직원들과 마찬가지로 조마조마한 표정으로 종이를 움켜쥔 재희는 한쪽 눈만 슬쩍 떠서 손안을 바라보았다. 손바닥에 구겨진 종이 끄트머리가 불안하게도 유난히 검었다.

설마. 에이, 설마 그래도.

재희가 겁먹은 표정으로 검은 잉크로 추정되는 무언가를 보며 근거 없는 부정을 했다. 동시에 손이 천천히 종이를 열었다. 그곳에 절망적이게도 커다랗게 그려진 동그라미가 자리하고 있었다. 잘못 봤다고 하기엔 지나치게 선명한 동그라미였다.

아니, 왜 이게 여기 있어?

재희가 조용히 은아를 쳐다보았다. 그러고는 입술만 벙긋거려 '살려 줘요'라고 말했다. 슬쩍 재희의 종이를 확인한 은아는 텅 빈 자신의 종이를 보여 주더니 의기양양한 얼굴로 고개를 가로저었다. 바꿔 달라는 말을 할 수 없을 정도로 은아는 흐뭇한 표정을 짓고 있었다.

재희는 조용히 눈을 감았다. 눈앞이 캄캄했다. 이 캄캄함이 앞으로 자신이 겪어야 할 미래 같았다.

"누구십니까? 올해 우리 팀을 대표하실 희생자, 아니. 대표자님들?"

재희는 깊은 한숨을 내쉬며 아주 느릿하게 손을 들었다. 손이 천근만근이었다. 올해는 왜 이렇게 일진이 사나운지 모르겠다.

"이재희 씨! 와! 드디어! 몇 년이나 요리조리 잘 피해 다니던 우리 이재희 씨가 대표가 되었습니다!"

어느덧 진행본능이 발휘된 지호가 박수까지 쳐 가며 그녀의 이름을 드높게 외쳤다. 그에 비해 재희는 땅에 꺼질 것 같은 표정을 지은 채 주변을 둘러보았다. 두 명이라고 했으니 자신의 짝을 찾을 때가 왔다.

대체 누가 자신의 짝일까…….

"자, 다른 한 분은……!"

지호의 말이 끝나기도 전에 누군가가 손을 들었다. 그 사람을 확인하자마자 사무실 안이 볼펜 굴러가는 소리마저 들릴 정도로 조용해졌다. 직원들의 시선이 맨 끝에 서 있는 키 큰 남자에게 쏠렸다.

"와, 진짜 천생연분이네요."

"대박. 어떻게 짠 것도 아닌데 이렇게 될 수가 있지?"

직원들의 쏟아지는 소리가 들리지 않는다는 듯 재희는 바라보았다.

얼굴을 찌푸리고 있는 신선재를.

아니, 넌 또 왜.

재희는 얼굴로 소리 없는 비명을 내질렀다.

• • •

퇴근한 후 옷을 갈아입자마자 재희는 곧장 선재의 집으로 들이닥쳤다. 후드를 뒤집어쓴 채 식탁 의자에 두 다리를 모으고 앉은 재희는 술에 취한 사람처럼 고개를 이리저리 가로저었다. 그러다가 이내 머리를 쥐어뜯을 것처럼 거머쥐었다.

"아, 말도 안 돼. 정말 말도 안 돼. 내가 걸리다니. 내가 지금 몇 년째 운 좋게 피해 다녔는데, 이걸 걸리냐고. 하필이면 이렇게 바쁠 때…… 전체 회의도 코앞인데……."

재희가 중얼거리다가 흠칫했다. 전체 회의 때문에 모든 팀원이 바쁜 상황이지만, 도둑이 제 발 저린다고 움찔했다.

괜히 선재가 '전체 회의 때문에 뭐가 그렇게 바쁘냐'고 물어볼까 봐 겁이 났다. 흔들던 머리를 멈추고서 조용히 시선을 들자, 식탁에 팔꿈치를 댄 채 턱을 괴고 앉아 있는 선재가 보였다. 단정한 모습을 한 그는 나른한 시선을 던지고 있었다.

"다 흔들었어요?"

그가 평연하게 물어왔다.

"아직 덜 흔들었는데."

"그럼 마저 흔들고 이야기해요. 넘어지지 않게 잡아 줄 테니까."

말을 하며 선재가 손을 뻗어 재희의 머리를 감쌌다. 손이 큰 탓에 얼굴의 한 면이 다 감싸진 기분이었다. 손바닥에서 전해지는 뜨끈뜨끈한 열기를 느끼며 재희는 선재를 쳐다보았다. 손이 참 크다. 어른의 것처럼. 이렇게 어른인 선재를 느낄 때마다 묘하게 기분이 이상했다.

"······누굴 개로 알고. 후우, 그런데 너는 아무렇지도 않다?"

재희는 묘한 기분을 털어내려는 듯 평소보다 더 심드렁하게 물었다.

"어쩌겠어요. 이미 벌어진걸."

선재의 현명한 대답에 재희는 조금 감탄했다. 저렇게 쿨하게 대처할 수 있는 게 부러우면서도, 그럴 만하다고 생각했다.

"너는 뭘 입어도 괜찮고, 무슨 복장을 해도 괜찮으니까 그렇지."

게임 캐릭터들은 대체로 사기에 가깝도록 완벽한 몸매와 외모를 갖고 있었다. 선재도 게임 캐릭터에 지지 않을 정도였다. 그러니 무슨 옷을 입어도 부담이 없을 거다. 하다못해 상의를 탈의하고 바지만 입고 나타나도 과하긴 하지만 괜찮다는 평가를 받을 거다.

그에 비해 자신은······.

"고작해야 인간계에서 조금 나은 정도인 내가 게임계의 여자 캐릭터들을 어떻게 따라 가냐고."

"굳이 사람을 안 해도 되잖아요."

"그래서 캐릭터를 찾아봤는데 얼굴에 분장해야 하잖아. 흰색이든, 초록색이든 다 발라야 하는데 이 예민한 피부가 가만히 있겠냐는 거지. 만약 배짱부려 그랬다간 다음 날 얼굴 다 뒤집어질걸? 그리고 그런 상태로 차도 없는 내가 퇴근길에 나서면 신고당해. 길바닥에 미친 사람 있다고."

말을 하다말고 재희가 괴로움에 다시 한번 후드를 거머쥐었다.

심지어 신선재랑 함께 나란히 서야 하다니.

적나라하게 비교되게 생겼다. 안 그래도 자신과 선재의 연애를 고깝게 보는 사람들이 가득인데.

"개인 코스프레 복장은 정했어요?"

선재가 화제를 전환하려는 듯 물었다.

"응."

"뭔데요?"

재희가 힘없이 후드 티셔츠 주머니를 뒤적거려 휴대폰을 꺼냈다. 잠시 휴대폰을 만지작거리던 재희가 그에게 무언가를 꺼내 내밀었다. 휴대폰에 비서 복장을 하고 있는 여자가 담겨 있었다.

은색 안경테, 한쪽으로 흘러내린 앞머리와 바짝 올려 묶은 뒷머리. 짧은 치마에 검은색 하이힐을 신은 여자가 서 있었다.

"……이걸 하겠다고요?"

치마에 시선이 닿은 선재가 평소보다 낮게 물었다.

"응. 그나마 제일 무난해."

"……다른 건요?"

"다른 거? 있지. 넘겨 봐."

선재가 사진을 넘겼다. 그러자 비슷한 옷차림의 여자 캐릭터가 나타났다.

"다른 건요?"

선재가 다시금 낮게 물었다.

"이제 없는데."

"없다고요?"

선재가 눈만 치켜뜬 채 물었다.

"응. 그나마 섹시한 캐릭터 중에 제일 옷 많이 입은 애들이야. 적어도 위에는 안 벗었잖아. 안 그래?"

"이런 것들도 있잖아요."

선재가 토끼 귀를 쓰고서 몸을 흰색 천으로 칭칭 휘감은 캐릭터를 가리켰다.

"이건 뭐야, 아랍산 토끼야? 걸을 순 있어? 발까지 천으로 휘감겼는데? 퇴근하다가 넘어져서 병원 가는 거 보고 싶어?"

"그래도 차라리 이게 낫겠어요."

평소보다 돌아오는 목소리가 무겁게 낮았지만, 재희는 선재가 피곤해서 그런 거라 여기며 입을 열었다.

"안 돼. 못 해. 귀여운 거 안 어울려. 그리고 얼굴도 하얗게 칠해야 하잖아. 안 돼. 민감성인 내 피부가 감당할 리가 없어."

"……."

돌아오는 선재의 시선이 제법 날카롭다.

"왜? 섹시한 콘셉트는 안 어울려? 그렇게 노려볼 정도야?"

"네."

"대답 속도 봐라. 마음에 상처다, 진짜."

재희가 왼쪽 가슴께에 두 손을 포개 올린 채 선재를 힘주어 노려보았다. 그러나 선재는 꿋꿋하게 안 된다는 의사를 눈으로 표현하고 있었다. 안 된다는 건 안다. 감히 게임 캐릭터의 섹시함을 이길 수 없다는 걸 알면서도 괜히 울컥했다.

스스로 때리는 건 괜찮지만, 남이 때리는 건 기분 나쁜 것과 같은 이치였다.

"그냥 확 신계의 아크로니아 복장을 할까 보다."

재희가 선재를 놀릴 때 써먹으려고 저장해 둔 아크로니아 사진을 띄우며 말했다. 흰색 나풀거리는 레이스를 망토처럼 축 늘어뜨린 아크로니아는 가슴과 아래를 조금 가릴 정도의 옷차림을 하고 있었다. 그 사진을 바라보던 선재가 느릿하게 시선을 옮겨 재희를 바라보았다. 말없이 응시하는 눈동자에 날이 섰다.

"······하기만 해요."

귀에 들리는 목소리가 정말로 화가 났나 싶을 정도로 가라앉았다.

"어쭈, 어디서 명령이야? 할 건데."

"그럴 용기 있어요?"

"용기, 그깟 거! 내보면 되지."

턱을 괴고 있던 그가 상체를 스윽 기울여 재희를 똑바로 쳐다보았다. 재희가 계속 거부하자 선재가 재희의 뺨을 감싸쥔 손에 힘을 주었다. 얼굴이 옴짝달싹하지 않았다.

"안 한다고 말해요."

"으, 아파. 그만해."

재희의 말에 선재가 손에 금세 힘을 풀었다. 선재의 미간이 좁아졌다.

"진짜 아파요? 손에 힘 많이 안 줬는데."

"응. 아픈데."

"……."

사실 전혀 아프지 않았지만 벗어나기 위해 한번 해 본 엄살이었다. 그런데 생각보다 너무 잘 먹혔다. 그걸 알 리 없는 선재가 그녀의 뺨을 쳐다보았다.

그러다 문득 선재의 시선이 가볍게 다물린 재희의 입술에 닿았다. 그의 눈매가 가늘어지고 시선이 깊어졌다. 재희가 '어?' 하고 의아함을 느끼기가 무섭게, 생각을 읽은 사람처럼 선재의 시선은 멀찍이 멀어졌다.

"아프게 한 건 미안한데, 하여튼 하지 마요."

한결 선재의 목소리가 누그러 들었다. 재희는 무심코 공기 중에 모래가 흩뿌려진 것 같다고 생각했다. 미묘한 알갱이가 공기 중에 도르륵 굴러다니며 껄끄럽게 만들었다. 뭔가 이상한 기류가 한차례 흘러갔는데 뭔지 콕 집어 설명할 수가 없었다.

"어차피 하라고 해도 못 해. 내 성격 알면서 그래?"

재희가 분위기를 바꾸려는 듯 순순히 이실직고했다. 대꾸가 돌아와야 하는데 창밖으로 시선을 돌린 선재에게선 아무런 말이 돌아오지 않았다.

"개인 코프스레 복장은 알아서 할 테니까 일단 팀 코스프레 의상이나 얼른 정하자고."

재희의 재촉에 선재가 휴대폰을 꺼냈다.

"이걸로 하죠."

"이미 생각해 둔 게 있었어? 그럼 진즉 말하지."

"누나 의견도 중요하니까요."

"들어 보니 별로 들을 만한 게 없나 보지?"

"대답 꼭 해야 돼요?"

"진짜, 이게."

재희는 슬쩍 선재를 노려보았다. 그러자 어느새 시선을 돌린 선재가 평소처럼 웃고 있었다. 눈을 예쁘게 접고, 입꼬리를 올린 얼굴로.

그제야 재희는 공기 중에 퍼진 불편한 분위기가 감쪽같이 사라진 걸 느꼈다. 그녀는 마주 웃으며 선재가 내민 휴대폰을 들었다. 사진을 확인한 재희의 얼굴에서 차차 웃음기가 사라졌다.

"……이걸 하자고?"

재희가 낮게 물었다.

"네."

"아니, 남장이라 편할 것 같긴 한데. 내가 이걸 하기에는 캐릭터랑 너무 나이 차가 나는 것 같은데……."

재희가 이마를 짚었다. 휴대폰 안에는 키 차이가 많이 나는 남자 캐릭터 두 명이 서 있었다. 그들은 교복을 입고 있었다.

"잘 어울릴 거예요. 이것만큼 무난한 것도 없어요. 알잖아요."

"그래. 그렇긴 한데……."

"이거 말고 다른 생각 있어요?"

선재가 빠르게 물어왔다.

딱히 없다. 그렇지만 이걸 하기도 난감하다.

"싫어요?"

선재가 물어왔다.

"아니. 싫은 건 아닌데……."

재희가 말끝을 흐렸다. 걸리는 부분이 조금 있었다.

"그럼 이걸로 하죠."

"복장은 어디서 구해? 가발은?"

"다음 주 행사니까 내가 구해 볼게요."

선재는 이미 머릿속으로 준비를 마친 모양이었다. 다른 의견이 없으니 거절하기는 애매한데, 그렇다고 승낙하기에도 이상했다. 교복이야 어디서든 구할 수 있고, 다른 의상에 비해 교복이면 양호했다.

다만 얘네 둘 사이가…….

재희의 침묵을 긍정으로 받아들였는지 선재가 휴대폰을 수거하며 산뜻하게 말했다.

"이걸로 준비할게요."

· · ·

길을 지나다니는 행인들의 시선이 흘깃 한쪽 건물로 향했다. '신슬'이라는 회사 안으로 정체모를 옷차림을 한 사람들이 들어간 탓이었다. 아는 사람들은 신슬이 매해 하는 코스프레 날이라는 걸 알지만, 모르는 사람들은 그 자리에 우두커니 서서 놀란 표정으로 쳐다보았다.

직원들 대부분은 자신의 코스프레 의상을 코트나, 혹은 모자 등으로 감추었지만 그래도 그 틈으로 비집고 나오는 수상한 색감과 모양까지는 모두 감출 수 없었다.

특히 카드를 날리는 앵두 캐릭터 의상을 하고 온 직원 같은 경우 코트로 의상을 철통같이 감쌌지만 부풀어 오른 레이스 치마 때문에 코트 아래가 풍성해서 더욱 수상한 모양새가 되었다.

재희는 아주 오랜 검색 끝에 신슬에서 패기 있게 출시했다가 1년 만에 서비스 종료한 모바일 게임을 찾아냈다.

육성과 전투가 혼합된 형태의 게임이었는데 그중 소심한 여직원 캐릭터가 있었다. 정장 원피스를 입고 서류철 파일을 손에 꼭 쥔 그녀는 앞머리로 이마를 가리고 있었다. 소심한 성격을 대변하듯 어깨까지 움츠리고 있었다.

물론, 게임 캐릭터답게 싸움을 시작하면 포효와 함께 서류철로 상대방의 머리를 가격하는 정반대의 모습을 보이긴 하지만.

재희는 다행히 그 옷을 입고 누구의 눈에도 도드라지지 않게 출근할 수 있었다. 가벼운 걸음으로 사무실에 들어선 재희는 가장 먼저 보이는 뭔가에 멈칫했다.

"……저게 뭐예요?"

재희가 시커먼 색으로 덕지덕지 발려 있는 누군가를 가리켰다. 그러자 귀여운 캐릭터로 변장한 은아가 조용히 다가왔다.

"지호 씨예요?"

재희의 물음에 은아가 고개를 끄덕이며 대답했다.

"맞아요."

"아, 깜짝이야. 목소리가 왜 이래요?"

재희가 은아에게서 한 발자국 물러서며 물었다.

"스트레스를 풀 겸 여동생이랑 노래방 갔다가 목이 쉬었어요. 하필이면 이 귀여운 옷을 입어야 할 때……. 사람들이 변성기 온 사춘기 토끼냐고 묻더라고요."

은아가 말끝을 흐리며 비통한 표정으로 제 옷을 가리켰다.

하얀 털 신발에 토끼를 연상시키는 부드러운 털 코트로 온몸을 두른 그녀는 토끼 귀 머리띠까지 끼고 있었다. 사랑스럽기 그지없는 모습에 비해 목소리는 사실 토끼 가죽을 덮어쓴 사냥꾼이 아닐까 의심스러울 정도로 거칠었다.

"그런데 지호 씨는 왜 저래요?"

재희가 은아에게 조심스럽게 물었다. 지호는 왁스칠을 해서 머리를 잔뜩 세우고, 얼굴 절반 정도는 해골 문양을 그려 넣은 악마 모습을 하고 있었다. 옷차림도 시커멓고 여기저기 찢어져 있어서 정말 땅에서 솟아오른 악마 같았다. 그 괴이한 몰골에 재희가 움찔하며 한 걸음 물러섰다.

"말도 마요. 오늘 죽을 뻔했어요."

대답을 한 건 지호였다.

"지금 그 꼴로 죽음을 입에 담지 마요. 저승사자 같아서 무서우니까."

재희가 진지한 표정으로 말했다. 그 말에 은아가 웃음을 터트렸다.

"들어 봐요. 심각하니까요. 저 이거, 오늘 새벽 3시에 일어나서 공들여 준비했어요."

지호의 하소연이 시작되었다.

준비를 마친 그는 자신의 모양새를 보며 이웃 주민들이 놀랄까 싶어서 일찌감치 출근길에 나섰다. 그런데 오랜만에 차로 출근하려고 보니 배터리가 나가 있어서 보험사 직원을 불렀다. 금방 도착한다는 보험사 직원의 말에 그는 차에서 얌전히 기다렸다. 도저히 이런 모습으로 서 있을 수 없었다. 그러다 보험사 직원이 도착한 걸 보곤 차에서 내렸다. 그런데 보험사 직원이 흠칫하더니 뒷걸음질을 치기 시작했다. 그게 악몽의 시작이었다.

"으앙!"

지호가 묘한 감정을 느끼던 찰나, 부모의 차로 등교하려고 주차장으로 내려온 아이들이 지호를 보고 놀라서 울음을 터트리고, 그 소리에 순찰하다 말고 쫓아온 경비실 아저씨는 아파트에 침입한 미친놈인 줄 알고 112에 신고를 하는 사태가 벌어졌다.

불과 5분도 안 되는 시간 사이에 지옥을 연상케 하는 총체적 난국이 된 상황에서 지호는 안간힘을 다해 자신이 멀쩡한 사람이라는 것을 입증하려 했으나, 자신이 다가가면 기겁하는 사람들 때문에 이러지도 못하고 저러지도 못했다.

급한 마음에 지갑을 꺼내 자신의 신분증을 던지며 '저 멀쩡한 사람입니다!'라고 소리쳤으나, 뭔가가 날아오자 놀란 경비원이 발로 차 버려서 신분증이 날아가 어디론가 사라졌다. 다행히 가장 먼저 정신을 차린 경비원은 지호를 알아보곤 경찰에게 전화해 해명을 도와주었다.

"예, 예. 미친놈, 아니, 미친 사람 아니고 제정신이랍니다. 아, 악마요? 그게…… 코스모스인가, 뭔가를 하느라고 그렇게 날벼락 맞은 미친 꼴을 했다고 하더라고요."

졸지에 주차장에 나타난 한 떨기의 가련한 코스모스가 된 그는 잠시 깊은 탄식을 흘렸다.

경비원의 도움을 받아 주차장에 퍼진 현세의 혼돈을 가까스로 정리한 그는, 오늘 내로 수리할 수 없을 것 같다며 자신의 눈도 못 마주친 채 말하는 보험사 직원의 말에 절망했다. 그러는 사이 출근 시간이 임박했다고 해서 부랴부랴 앱을 통해 택시를 불렀으나, 출근 대란이라 잡히지도 않았다.

어쩔 수 없이 택시를 타러 큰길가로 나갔더니 지호의 모양새에 놀랐는지 기사들이 보고도 못 본 척 지나치는 기색이었다. 행인들은 수군거리고, 등교하던 초등학생들이 우산을 휘두르며 '악마야! 꺼져라!'라고 소리치기까지 했다.

들어가서 옷이라도 갈아입고 출근해야 하나 싶었지만 시간적 여유가 없는데다 준비한 게 너무 아까웠다.

그래서 쪽팔린 거 끝까지 가 보자, 여기서 더 험한 꼴을 볼 것도 없다 싶어서 큰마음 먹고 지하철을 탔다.

문제는 거기서부터였다. 종교 대통합의 날이었는지 맞은편 자리에는 수녀님, 조금 먼 곳에 스님이 있었다.

그들은 묘한 시선으로 지호를 바라보았다. 스님은 목탁을 두드릴 기세로 자신을 쳐다보며 무언가를 입술로 중얼거렸고, 수녀님은 말세를 목격한 듯 깊은 탄식과 함께 고개를 반대편으로 돌렸다.

지호는 짓지 않은 죄를 지은 듯한 느낌에 고개를 푹 숙인 채 버티다 도착 안내 멘트가 들리자 다급하게 내렸다. 그러다 개찰구를 나서자마자 '천국 만세'가 적힌 피켓을 든 한 아주머니와 눈이 마주쳤다. 찰나에 아주머니 눈에선 경악이 스쳤고, 또 다른 의미로 그 또한 경악을 금치 못했다.

그분은 직전에 만났던 다른 종교인과는 달랐다. 회사 입구까지 쫓아오며 '악마가 내려왔다! 이럴수록 신앙을 가져야 한다! 신앙만이 살길이다!'라며 악을 써 댔다.

"……나중에는 찬송가로 추정되는 노래까지 부르더라고요……. 내 생에 그런 이목 집중은 처음이었어요……."

그 모든 사연을 들은 재희는 조용히 입술을 사리물었다. 이미 은아는 어깨를 떨어가며 웃고 있었다.

개인전 입상에 영혼을 불사른다더니, 정말 통째로 수치에 불살랐다.

"수치스러움으로 사람이 죽을 수 있다면, 난 오늘 죽었을 거예요. 이미 주차장에서부터 비명횡사했을 거예요."

모든 걸 해탈한 듯 말하는 지호의 말에 재희는 여전히 웃음을 꾹 참는 얼굴로 고개를 끄덕였다. 위로를 하고 싶은데, 입술을 열면 웃음이 터져 나올 것 같았다. 심각한 지호의 앞에서 웃는 건 예의가 아닌 것 같아 가까스로 참았다.

"안녕하세요."

등 뒤에서 들리는 익숙한 목소리에 재희는 살았다 싶은 마음으로 돌아섰다. 그러자 장신의 남자가 눈에 들어왔다.

검은색 슈트에 검은 셔츠, 그 와중에 도드라지게 티 나는 하얀 넥타이. 이마를 덮은 앞머리와 얇은 은색 테의 안경.

"와 씨, 이건 너무한 거 아니에요?"

은아가 갈라진 목소리로 중얼거리듯 말했다. 재희 역시 할 말을 잃은 표정으로 선재를 바라보았다.

가끔 미팅이 있는 날, 비즈니스 캐주얼을 입고 있는 걸 본 적 있었다. 하지만 저렇게 제대로 된 슈트 차림을 본 건 처음이었다.

각진 어깨와 날렵하게 빠진 허리선, 안경테 너머로 슬쩍 보이는 고요한 눈빛은 실제 캐릭터와 비교해도 부족함이 없었다. 그보다도 눈이 마주친 탓에 존재감은 게임 캐릭터보다 더 강했다.

"이게 말 그대로 모니터를 찢고 나왔다는 거구나."

은아가 작게 중얼거리며 재희의 팔을 꽉 거머쥐었다.

"……좋겠다. 재희 씨. 저런 남자가 애인이라니."

"……."

재희는 뭐라 대꾸할 말이 없어서 입을 다문 채 다가오는 선재를 쳐다보았다. 눈이 마주치자 선재의 입술이 느슨하게 늘어났다.

"이게 제일 무난한 것 같아서요."

그가 왜 이런 차림을 했는지에 대해 설명하듯 말했다. 선재가 어떤 차림으로 출근할지에 대해 미리 듣지 못해 재희도 처음 보았다.

"……아, 네."

딱히 대답할 말이 없는 재희는 싱겁게 대답했다. 선재가 그녀를 지나쳐 자리로 돌아갔다. 슥, 스치는 바람에 청량한 향기가 났다.

오늘 아주 작정하고 향수까지 뿌렸구나.

재희는 선재를 평소보다 더 오래 바라보았다.

•••

비슷한 타이밍에 두 개의 문이 동시에 열렸다. 재희와 선재가 퇴근길 이벤트를 위해 옷을 갈아입으러 들어간 곳이었다. 두 사람이 나오자마자 직원들의 반응은 가지각색이었다.

"대박."

"이게 무슨 일이래."

"생각보다 훨씬 잘 어울리네요."

다들 한마디씩 했다.

선재가 권유한 콘셉트는 한국에서 만든 애니메이션을 바탕으로 제작된 게임에 나오는 캐릭터였다.

그중 선재가 맡은 건, 그 게임 중 조연 역이었는데 아침 출근했을 때와 크게 다르지 않은 콘셉트였다. 옷차림만 교복으로 바꾸고, 헤어스타일을 산뜻하게 바꾼 것이 전부였다.

그에 비해 재희는 커트 머리의 가발을 쓰고 헐렁한 남자 교복을 입었다. 자그마한 체구에 소심한 성격을 가진 남자 캐릭터였다.

두 캐릭터는 게임에서 주연에 버금가는 인기를 누려 신슬을 대표하는 캐릭터 중 하나이기도 했다.

"선재 씨도 선재 씨인데, 재희 씨도 엄청 잘 어울리네요."

"여자치고 키가 큰 편이지만, 남자치고는 작은 편이라서 딱 적당해 보여요."

"그러게요. 이런 말 어떨지 모르겠지만 재희 씨, 해리포터 같아요."

"그런데 너무 무난하지 않나요?"

지호가 턱을 괴고서 골똘히 생각에 잠긴 표정으로 물었다.

"다른 걸 준비할 시간이 없었을 거예요. 지금 재희 씨가 한창 바쁠 때잖아요. 그리고 우승을 노리는 것도 아닐 테고……"

"적당히 인기 있으면서, 재희 씨의 체구를 감안한 캐릭터는 이것밖에 없었어요. 그게 아니면 대부분 섹시한 차림이거나 귀여운 차림, 혹은 짧은 치마의 교복이 대부분이거든요."

선재가 덧붙이듯 설명했다.

"아니, 그래도 그렇지. 차라리 섹시한 차림이 나왔을지도요?"

지호가 아쉬운 듯 중얼거렸다.

"그럼 지호 씨가 지금이라도 준비해서 나갈래요?"

은아의 말에 지호가 정색하더니 엄지손가락을 척 내밀었다.

"아뇨. 두 사람 오늘따라 정말 죽여줍니다!"

그러자 재희가 손을 가로저으며 말했다.

"오늘 지호 씨는 죽음에 대해 말하지 말아요."

그 말에 분장은 지웠어도 헤어스타일과 사신 같은 옷 스타일은 여전한 지호가 알겠다는 듯 고개를 끄덕였다.

이윽고 퇴근길 이벤트가 진행된다는 사내 방송이 흘러나왔다.

"이제 어서 내려가요. 늦기 전에요."

"좋아요."

시간이 다 되었는지 직원들이 삼삼오오 모여 내려갔다. 이미 아래에선 이벤트가 한창 진행 중이었다. 팀별로 나온 사람들은 가지각색이었다. 적대적인 관계를 따라하는 팀도 있었고, 유명 캐릭터들을 한 팀으로 꾸려 나온 팀도 있었다. 마침내 재희와 선재의 차례가 되었다.

심심한 차림새라 별 반응이 없을 거라는 예상을 뚫고, 생각 외로 반응이 좋았다. 대부분 선재를 향한 여직원의 반응이었다.

"자, 투표용 포즈 부탁드립니다."

사진사의 말에 재희가 어색하게 웃다가 선재를 툭 쳤다.

"뭐 해?"

선재가 무슨 소리냐는 듯 쳐다보았다.

"포즈. 내가 포즈 보여 줬잖아."

"그걸 진짜 할 거예요?"

선재가 진심이냐는 듯 물었다. 그러자 재희가 당연한 거 아니냐는 듯 선재를 쳐다보았다. 이왕 팀 대표로 나온 거 제대로 해야 하지 않나 싶었다.

"응. 애네 유명 메인 포즈가 이거라고 했잖아."

"……."

"뒤에서 끌어안는 거. 하려면 제대로 하면 돼."

"……."

"알지? 넌 가만히 있으면 돼. 내가 할 테니까."

비장한 재희의 얼굴을 선재가 혼란스러운 표정으로 쳐다보았다.

"자, 돌아서."

재희가 선재의 등을 툭툭 쳤다. 그래도 꼼짝하지 않자 재희가 선재를 잡아 돌렸다. 선재의 너른 등이 보였다. 막상 하려고 보니 막막했다.

"후우."

재희가 긴 한숨을 내쉬었다. 지금 코스프레 하고 있는 이 둘의 유명한 백허그 자세가 있었다. 이 게임에 대해 모르는 사람들조차도 한 번씩 인터넷에 떠도는 짤로 봤을 정도였다.

그걸 볼 때만 해도 미처 몰랐다.

자신이 이 꼴을 하고 있을 줄은.

"……그걸 꼭 우리가 하라는 법 있을까요?"

선재가 난처한 목소리를 냈다.

"사람들 기다려. 하는 만큼 열심히 해 봐야지."

유명 포즈를 하는 게 좋다. 더욱이 선재가 검색해 온 이 캐릭터들은 특히 여직원들 사이에서 인기가 좋았다. 이 포즈를 취하면 투표를 많이 받을 게 분명했다.

하지만 알면서도 막상 하려니 부담스러웠다. 직원들이 자신과 선재가 교제하는 걸로 알고 있는데 대놓고 이런 애정 포즈를 취하려고 하니 민망했다.

"다른 자세 할까요?"

선재가 고개를 비스듬히 돌린 채 물었다. 높은 콧대와 내리깐 눈매가 보였다.

"아니."

재희가 얼른 대답하자 선재가 마지못해 다시 돌아섰다. 재희는 천천히 손을 뻗었다.

이 캐릭터들은 예쁜 생김새로 유명했다. 그러나 이 정도 작화는 드물지만 없는 건 아니었다. 이 캐릭터들이 유명한 이유는, 이 작은 남자가 선재가 맡은 캐릭터를 짝사랑해서였다. 그것도 아주 오랫동안 깊이, 열렬히.

단지 고백하기에 걸리는 것들이 많고, 너무 오랜 시간을 친구이자 가족처럼 지내서 고백을 말하지 못했을 뿐이었다.

그 애잔한 스토리가 유저들의 마음을 사로잡았었다. 그런데 지금 이 순간, 그 스토리가 유난히 가시처럼 따끔하게 마음을 찔러

온다.

왜 하필 이런 스토리, 이런 캐릭터를 하자고 한 걸까.

이런저런 생각을 하는 사이 재희의 손이 선재의 허리에 닿았다. 재희의 고개가 마침내 선재의 등에 닿았다.

그러고는 에라 모르겠다는 심정으로 그의 등에 얼굴을 파묻은 채 눈을 질끈 감았다.

역할 맡은 걸로 보면, 자신이 선재를 짝사랑하는 상황이었다.

그런데 왜인지 모르겠다.

선재의 등에서 전해지는 심장 박동 소리가 점점 커지고 빨라지는 것은.

• • •

다음 날, 오전 11시 정각이 되자마자 결과 발표 메일이 도착했다. 그 소식에 직원들이 지호의 모니터로 몰렸다. 각자의 모니터에서 결과를 확인할 수 있지만, 이런 건 모여서 함께 확인하는 게 더 재미있다는 의견에 따라서였다. 물론 팀원들만 참여했기에, 팀장인 단우는 빠져 있었다.

지호가 조마조마한 표정으로 메일을 클릭했다.

[2등 개발기획팀 이지호]

"만세! 앗싸! 와! 드디어 설욕을 푸는구나!"

지호가 만세를 부르며 사무실 안을 뛰어다녔다. 다른 직원들은 수치와 맞서 싸워 이긴 승리라며 진심을 다해 축하의 박수를 보내 주었다.

"그런데 우수평은 너무 심한 거 아니에요?"

은아가 아래에 덧붙은 글을 훑어보며 말했다. 그 말에 직원들의 시선이 일제히 아래로 향했다.

[귀하는 타인의 시선을 아랑곳하지 않은 과감한 복장 시도와, 높은 싱크로율을 보여 준 외모 덕에 다수의 투표를 획득하여 2등으로 선정되었습니다.]

"높은 싱크로율을 보여 준 외모……. 이 정도면 돌려까기 아닌가."

재희가 작게 중얼거렸다. 눈매만 날카롭게 화장하고 뺨에 해골밖에 그린 게 없는 지호가 알면 다소 충격받을 내용이었다. 그 캐릭터의 외모가 딱히 준수한 편은 아니었다. 아니, 조금 못생긴 축에 속했다.

지호가 사무실을 뛰어다니느라 비어 버린 자리를 냉큼 차지한 은아가 그를 위해 조용히 스크롤을 내렸다. 그러자 다른 수상자 이름과 사진이 줄줄이 나왔다.

[코스프레 우수 팀 발표]

마침내 그들의 원하는 글자가 보였다.

재희는 기대감 없는 표정으로 쳐다보았다.

안 봤으면 모를까, 다른 팀들이 얼마나 화려하게 준비했는지 눈으로 직접 확인했다. 선재가 아무리 높은 싱크로율과 멋진 외모를 갖고 있다고 한들, 그들을 다 이기고 수상하기란 무리였다. 정말 캐릭터에 몰입한 표정 연기라도 했으면 모를까.

그러나 관심 없다는 듯 자리를 뜨기도 애매한 상황이라 재희는 마지못해 모니터를 바라보았다.

"어?"

그러다 보이는 글자에 저도 모르게 소리를 내었다.

[3등 개발기획팀]

재희는 눈을 비볐다. 그러나 확실히 개발기획팀이라고 되어 있었다. 어리둥절한 표정으로 모니터와 선재를 번갈아 보았다.

"만세! 만세! 우리 팀이라니!"

"와아!"

"대단해요! 선재 씨! 재희 씨!"

직원들의 환호가 쏟아졌다. 그들은 즐거워하면서도 크게 도와주지 못한 게 미안한 표정을 지었다. 재희는 그들의 축하에도 얼떨떨한 표정을 지었다.

정말로? 왜? 아니, 어째서?

재희는 이해가 안 된다는 표정을 지었다. 아무리 선재가 우월하다고 해도 고작해야 교복에 가발 하나 쓴 게 전부였다.

역시 옷보단 외모인가. 여직원들의 표를 쓸어온 건가.

재희가 이런 저런 고민을 하는 사이 은아가 불현듯 무언가 생각난 사람처럼 책상 앞에 다시 앉았다.

"아! 이럴 때가 아니죠! 우리, 심사평이랑 사진을 봐야죠! 사진 궁금해서 죽는 줄 알았네요."

팀별 투표는 그 팀의 사진을 제외하고 열람해서 투표할 수 있기 때문에 개발기획팀은 여태껏 본인들의 팀 사진을 확인하지 못했었다.

"좋아요!"

직원들의 시선이 모니터로 쏠렸다. 스크롤을 내리자 수상팀의 사진들이 보이기 시작했다.

무복을 단체로 차려입은 1등 팀, 근육을 그림으로 그려 넣은 남자 직원들의 헌신이 돋보이는 2등 팀, 그리고 마지막, 기획개발팀의 사진이 보였다.

사진을 확인한 사람들은 잠시 짠 것처럼 아무런 말도 하지 못했다. 사진에는 두 사람의 상반신까지만 담겨 있었다. 선재를 끌어안은 재희는 눈을 질끈 감고 있었다. 엄청난 용기를 낸 것처럼. 이런 상황이 부끄러워서 짓는 표정이었는데 때마침 사진 분위기상 고백이라도 하는 냥 그럴싸하게 나왔다. 이런 재희의 표정도 설득력 있었다.

그러나 시선이 가는 건 선재였다. 그는 앞을 바라보고 있었다. 신경이 다른 곳에 팔려 흐릿해진 시선을 앞에 던져 둔 채, 아득한 표정을 짓고 있었다. 놀란 듯, 조금은 가슴이 내려앉은 듯한 얼굴이었다. 쓸쓸한 사랑에 빠진 듯한 그의 분위기는 화보처럼 근사했다.

"와아. 왜 수상했는지 알 것 같아요."

은아가 작게 중얼거렸다. 사진 속 표정과 분위기가 모든 것을 압도하고 있었다.

"그러게요. 정말 화보네요."

누군가가 작게 중얼거리며 감탄했다. 감탄할 만한 사진이었다. 대충 셔터를 눌러 찍은 사진이라고는 생각하기 힘들 정도로 잘 나왔으니까. 그러나 선재를 바라보는 재희의 표정은 감탄보다는 경악에 찬 고요함에 가까웠다.

오랜 시간 함께 하면서 선재의 수많은 얼굴을 보았다. 그러나 사진 속 얼굴은 단 한 번도 본 적 없었다. 저렇게 온 마음이 내려앉은 표정은 더더욱.

왜, 선재는 저런 표정을 지은 걸까.

그녀의 시선을 느낀 듯 선재가 고개를 돌렸다. 많은 의미를 품고 던지는 재희의 시선 앞에서 선재는 침묵했다.

마치 할 말이 없다는 것처럼. 아니, 사실은 할 말이 너무 많아서 못 하겠다는 듯이. 아주 조금은 스스로도 놀랐다는 듯이.

장난스럽게 자신을 향해 웃어 주거나 별것 아닌 것처럼 대할 거라는 예상이 빗나가자 재희는 당혹스러웠다.

"연기 잘하네요. 선재 씨. 아닌가. 진짜 연인이라서 이런 표정이 나오는 건가요? 진짜 사랑에 빠진 얼굴이에요."

지호가 감탄하며 중얼거렸다.

"진짜 대박이네요."

"맞아요. 이런 사진이 나올 수 있다니. 이걸 봤으면 뽑을 수밖에 없겠어요. 나라도 그랬겠어요."

놀란 감정에서 쉽게 빠져나온 팀원들이 와자지껄하게 떠들었다. 몇몇은 커플 화보라며 놀리기 시작했다.

즐거운 분위기 가운데 선재와 재희 사이로 무거운 공기가 흘렀다. 둘 중 누구 하나 섣불리 입을 열지 못하는 사이, 턱을 괴고 앉은 은아가 이상하다는 듯 작게 중얼거렸다.

"그런데 이상하네. 이런 표정은 캐릭터상 짝사랑하는 재희 씨가 지어야 할 것 같은데 왜 선재 씨가……."

· · ·

퇴근하고 돌아온 재희는 아무렇게나 핸드백을 내려놓은 후, 침대에 걸터앉았다. 흐릿한 시선이 바닥에 닿았다. 간단히 저녁을 챙겨먹고 옷을 갈아입어야 한다는 걸 알면서도 몸은 꼼짝도 하지 않았다.

퇴근 직전 들은 말이 그녀의 몸을 무겁게 만들었다.

"선재 씨. 게임 내용 모르고 준비한 거죠?"

은아가 퇴근 준비를 하다말고 선재에게 불쑥 물었다. 선재가 무슨 말이냐는 듯한 표정으로 쳐다보자, 은아가 답답하다는 듯 풀어 설명했다.

"그러니까 선재 씨가 맡은 역할에 대해 제대로 모르고 한 거죠? 재희 씨가 맡은 역할이 선재 씨가 맡은 역을 좋아하는 관계거든요. 아무리 생각해도 그걸 모르고 진행한 것 같아서요. 하긴, 남자가 남자를 짝사랑하는 내용인데 알고 있었으면 하기 어려웠겠죠. 아무리 커플이라고 해도 말이죠."

은아는 직업 특성상 게임 캐릭터와 그들의 관계성을 늘 중요하게 여겼다. 그래서인지 이번 코스프레에서도 캐릭터의 관계성을 궁금하게 여기고 있었다. 그녀는 선재가 그들이 맡은 관계의 브로맨스를 모른다고 확신하고 있었다.

"알고 있었어요."

그러나 선재가 예상 밖의 대답을 덤덤하게 꺼내놓았다.

"알고…… 있었어요?"

은아가 놀란 듯 되물었다.

"네. 제가 제안한 거고요."
"아니, 그런데 왜 선재 씨가 그런 표정을 지은 거예요? 꼭 선재 씨가 재희 씨를 짝사랑하는 것처럼 막 그런 분위기를 풍겼잖아요."

이 게임 캐릭터에 지대한 관심이 있던 은아는 선재가 지은 표정을 그냥 흘려보내기 힘든 듯 했다. 은아의 말에 선재는 퇴근 준비하던 걸 대답했다.

"글쎄요. 어쩌다 보니 나온 표정이라."
"아아. 그래요? 놀라서 그랬나보네요. 나는 의도를 가지고 그런 표정을 지은 줄 알았어요. 물론 그들의 관계를 잘못 해석한 줄 알았고요."

은아가 대충 알겠다는 듯 고개를 끄덕이면서도 의문이 완전히 해소되지 않은 표정을 지었다. 그럼 왜 어쩌다가 그런 표정이 나온 거지, 하는 의문이 뒤따른 듯했다.

"혹시 모르잖아요. 어쩌면 제가 맡은 그 캐릭터도, 실은 짝사랑하고 있었는지도 모르죠."

선재의 말에 은아는 물론, 마지막 작업 마무리를 하던 재희마저
도 뚝 멈췄다. 고요한 가운데 선재의 말이 이어졌다.

"그렇게 챙겨 주고, 함께 다니고, 곁에서 얼쩡거리는 거 단순히 우정
이라고 보긴 어렵잖아요."

선재의 목소리가 재희의 정수리로 뚝뚝 떨어졌다. 선재는 두 사
람의 관계가 어떤지 잘 알고 있는 투로 말했다. 잘 아는 게 당연했
다. 먼저 이 코프스레를 제안한 게 선재였으니까. 그런데 그 사실이
이상하게 걸렸다.

그의 말에 은아는 은총이라도 받은 사람처럼 두 손을 꼭 마주 잡
았다.

"맞아요, 맞아요! 나도 그렇게 생각해요! 그렇게 주변에서 알짱거리
는데 서로 짝사랑이 아닐 수가 없지. 안 그래요?"

두 캐릭터가 이어지길 간절히 바라는 은아는 선재의 해석에 흥
분하며 기꺼워했다.

"네. 아마, 어쩌면 아주 오랫동안 짝사랑했는데 내색하지 못했을지
도 모른다는 생각이 드네요."

"맞아요! 선재 씨, 잘 해석했네요!"

둘은 대화를 나누느라 그 아래에서 굳어가는 재희를 발견하지 못했다.

왜 게임 이야기를 하는데, 선재 본인 이야기를 하는 기분이 드는 걸까.

재희는 은아가 '선재 씨는 참 좋은 사람이에요!'라며 즐겁게 멀어지고서야 느릿하게 몸을 일으켰다. 더 이상 일을 할 수 없었다. 남은 업무는 내일로 미루고 대충 준비를 마쳐 일어났다.

퇴근 준비를 마저 하거나 다른 일을 하고 있을 거라는 예상과 달리 선재는 여전히 선 자세 그대로였다.

은아마저 떠나고 둘만 남자, 투명한 막이 두 사람을 둘러싸고 있는 것 같았다. 사무실과 동떨어진 또 다른 기류가 목을 조여 왔다. 사진 속 선재의 표정을 보았을 때부터 떠돌던 이상한 느낌이었다.

재희는 자신이 왜 이런 기분을 느끼는지 설명할 수 없었지만, 발이 저절로 움직였다. 그 갑갑한 자리를 피하고 싶은 생각이 들자마자 몸이 반응했다.

재희는 선재를 지나쳤고, 선재가 뒤돌아보는 게 느껴졌지만 그녀는 앞만 보며 걸었다. 그리고 집에 도착해 지금껏 넋이 나간 채로 앉아 있었다.

딩동. 딩동.

울리는 벨 소리에 상념에 잠겨 있던 재희가 흠칫하며 고개를 들었다. 오래된 인터폰의 푸른 화면으로 단정한 얼굴이 보였다.

재희는 그 자리에 우두커니 서서 인터폰만 바라보았다.

선재는 왜 그런 표정을 지었을까.

무심히 의문이 든다. 아니, 사실은 왜 그런 표정을 지었는지 깨달았기 때문에 기분이 이 지경일지도 모른다.

선재가 그 표정을 지을 당시, 맞닿은 피부를 통해 들리는 북소리 같던 심장 소리. 그 순간 짓고 있던 선재의 아득한 표정까지.

그게 무얼 의미하는지 모르지 않았다. 그러면서도 아닐지도 모른다는 뾰족한 희망이 솟아올랐다. 이대로 외면하면 선재도 자신의 뜻을 알아채고 접지 않을까.

안정적이고 익숙해진 이 관계에서 벗어나고 싶지 않다고 생각하니 더욱 움직일 수 없었다.

"안에 있는 거 알아요."

문 너머로 익숙한 목소리가 들렸다. 재희는 대답 대신 고집스럽게 입술을 다물었다. 문을 열면 자신이 감당하기 힘든 일이 쏟아져 들어올 것 같은 불안한 기분이 들었다. 그리고 대체로 이런 불안한 예감을 느꼈을 때 불행은 비켜 가는 법이 없고, 그렇게 벌어지는 일들은 늘 자신을 한계 끝까지 몰고 갔다.

"문 계속 두드릴까요?"

말과 동시에 선재가 문을 쿵쿵 두드렸다. 이렇게 계속 가다간 신

경이 예민한 옆집 아저씨가, 라고 생각할 즈음 아니나 다를까 옆집
아저씨의 고함 소리가 들렸다.

자세히 들리진 않았지만, 가만히 안 두겠다는 말이 언뜻 들렸다.
그 말에 덜컥 겁이 난 재희가 문을 벌컥 열었다. 때마침 문을 두드
리려고 손을 치켜들고 있던 선재와 딱 마주쳤다.

그의 등 뒤로 검은 하늘과 주변을 밝히는 가로등 불빛이 보였다.
불빛 탓에 역광을 맞은 선재는 어둠에 파묻혀 있었으나, 이상하리
만치 또렷하게 보였다.

"……왜."

하필이면 이 타이밍에 목이 잠겨 갈라진 목소리가 나왔다. 재희
는 목을 감싸쥐며 어색하게 웃었다.

"목소리가 이상하게 나오네. 흠, 흠."

재희는 아무렇지 않은 척 중얼거리듯 말했다. 선재에게서 이렇
다 할 만한 대답이 돌아오지 않았다. 재희가 웃는 얼굴로 말을 이
었다.

"저녁은 먹었어? 나는 속이 안 좋아서……."

"왜 피해요?"

선재의 가라앉은 목소리가 말허리를 자르며 물었다.

"뭘?"

"피했잖아요, 날."

"내가 언제? 아, 문 늦게 열어서 그래? 화장실 다녀와서 늦게 알

았어."

"그거 물은 거 아니에요."

"……"

"왜 내 눈 피해요? 문 열고 내 얼굴 제대로 한 번도 안 보고 있잖
아요."

"가로등 불빛이 눈부셔서 그래. 아, 눈부셔."

"아니잖아요. 사진 보고 나서부터잖아요."

"……"

손을 들면서 눈부시다는 듯 어설프게 장난을 치던 재희가 입을
딱 다물었다. 마른침을 삼킨 재희가 표정을 다급히 고쳤다. 아무것
도 모른다는 듯이.

"사진 속 내 표정 보고."

"……"

그러나 이어지는 선재의 말에 재희가 동요했다.

"눈치챘죠?"

"……"

"눈치, 챘잖아요."

질문은 어느새 확신으로 변해 있었다. 선재의 고요한 목소리가
밀물처럼 밀려들었다. 직구로 던진 물음에 생각지 못하게 얻어맞
은 재희는 입술을 안으로 말아 깨물었다.

때론 표정이 말보다 더 많은 것들을 전달할 때가 있었다. 자신이

뒤에서 끌어안았을 때 순간적으로 나온 그의 표정과, 자신이 끌어 안았을 때 들었던 심장 소리.

이런 사소한 증거들이 무엇을 의미하는지 모를 만큼 재희는 둔 하거나 어리지 않았다.

"아니. 모르겠는데."

그렇기에 사력을 다해 모르는 척했다. 선재는 자신에게 동생이 었다. 그건 자신의 가족들에게도 마찬가지고, 자신에게 불변의 진 리나 다름없었다.

"정말 몰라요?"

선재가 더욱 낮고 깊어진 목소리로 물었다. 마치 자신의 속을 파 내려고 하는 것처럼.

"……내가 뭘 알아야 해? 그냥 내가 뒤에서 강하게 끌어안아서 너 놀란 거잖아."

"……."

"아, 피곤하다. 쉬고 싶어. 오늘은 그만 돌아가."

재희가 선재의 시선을 피하며 문을 닫았다. 그러나 커다란 손이 탁 소리 나게 문을 거머쥐며 밀었다. 재희가 힘을 준 게 무색하게도 문이 열렸다.

"내 말 들어요. 난 아직 아무 말도 안 했으니까."

선재가 한발 내딛고 들어섰다. 그러자 그의 얼굴이 또렷하게 보 였다. 자신을 쳐다보는 분명한 눈동자와, 감정이 이리저리 얽힌 시선, 가까스로 비밀을 참고 있는 입술까지. 익숙한 얼굴이 낯선 표정을 짓고 있다.

"아니. 하지 마."

생각과 동시에 말이 튀어나왔다. 재희가 군은 얼굴로 선재를 쳐다보았다. 살짝 벌어져 있던 선재의 입술이 그대로 멈췄다. 벌어진 입술 사이로 움직임을 멈춘 혀가 보였다. 저 혀 위에 얹혀 있을 말이 무서웠다.

그 말이 자신과 선재의 관계를 어떻게 부수고 달아날지. 그 파편에 자신이 얼마나 얻어맞게 될지. 그 잔재를 감당할 수 있을지까지도.

재희가 고요한 눈으로 선재를 응시했다. 충격인지, 슬픔인지, 아니면 분노인지 모를 표정을 짓고 있는 선재를 보며 재희는 무서울 정도로 무표정한 얼굴을 했다.

"그냥 돌아가."

"……."

"네가 말 안 해도 다 안다니까. 넌 나이 많은 누나가 갑자기 있는 힘을 다해 끌어안아서 놀란 거야. 가족끼리 그러면 안 되는 건데. 그치?"

달래는 듯이 건네는 그녀의 말에 선재의 표정이 퍼석 깨어졌다. 그 틈으로 진득한 감정이 흘러나오는 게 천천히 보였다. 그 감정이 얼굴을 완전히 잠식하기 전, 재희가 서둘러 입을 열었다.

"앞으로 그런 일 없을 거야. 네가 그렇게 놀라는 일도 없을 거고. 그러니까 돌아가."

"……."

재희의 말에 선재의 미간이 점점 좁아졌다.

"고작 그딴 말로 이 일을 없던 일로 치부……."

깨문 잇새로 잔뜩 가라앉은 목소리가 무섭게 새어나왔다. 그 목소리가 익숙한 세계를 부술 것처럼 두드렸다.

그만, 그만.

재희가 눈을 질끈 감았다.

"……제발."

"……."

"제발 아무 말도 하지 마."

제발, 이 관계를 흐트러뜨리거나 무너뜨리지 마.

간절함이 뒤엉킨 재희의 목소리에 다가오던 선재의 움직임이 뚝 멈췄다. 다시금 입을 열던 선재의 시선이 그녀의 손에 닿았다. 가까스로 꽉 움켜쥔 재희의 손이 가늘게 떨리고 있었다.

재희의 말에 저만치 떠밀린 선재가 잠시 망연하게 서 있었다. 그러다 자신에게 일어난 일이 무엇인지 깨달은 듯 어금니를 꽉 깨물었다. 그의 턱이 툭 불거져 나왔다가, 목울대가 오르내렸다. 선재의 안에서 수많은 감정들이 오르내렸다.

"이건 알아 둬요."

고요한 가운데, 깨문 잇새 사이로 꽉 누른 목소리가 흘러 나왔다.

"내가 지금 말하지 않았다고 해도 우리는 예전으로 돌아갈 수 없다는 걸."

선재는 혼잣말이 끝나기가 무섭게 찬바람을 일으키며 돌아섰다. 감정에 못 이긴 듯 빠르게 멀어진 발소리에 이어 쿵 하고 문이 닫히는 소리가 들렸다.

닫히지 않은 문 사이로 찬바람이 휭 하고 불어 들어왔다. 분명 초여름을 향해 달려가는데, 밤엔 이따금 쌀쌀한 바람이 불어왔다. 그 바람은 마음으로 불어와 쌓인 기억들을 들추어냈다.

그곳에 있었다.

"내 동생, 해 줄래?"

동생이 죽은 후로, 그를 대신할 동생이 필요했던 어린 시절의 자신과,

"그럴게요."

그 제안을 받아들였던 선재가.

· · ·

계절상 초여름이지만, 낮에 창문을 타고 전해지는 바람은 한여름이나 다름없었다. 활짝 열어 놓은 창문 틈으로 불어온 후덥지근한 바람이 목덜미를 스치고 지나갔다. 재희는 손으로 목덜미를 훔치며 모니터를 응시했다. 그러나 신경은 옆자리에 앉은 선재에게로 쏠렸다.

선재는 이틀째 말이 없었다. 퇴근 후 이따금 자신의 집을 찾아오는 것도, 늘 기다리던 퇴근길에서도 보이지 않았다. 평소와 다름없는 모습으로 업무적인 일에 대해선 말하긴 했지만, 사적인 이야기는 일절 하지 않았다.

들이대는 것도 문제지만, 이건 이것대로 신경 쓰인다.

그래, 선재에게도 시간이 필요하겠지. 자신이 그러한 것처럼. 곧 괜찮아질 거다.

"후우."

낮은 한숨을 내쉰 재희는 애써 마음을 다잡고 다시 일에 집중했다.

··· 유저들의 신선재···

아, 나 지금 뭐라고 친 거니?

키보드 위를 바쁘게 움직이던 손이 멈췄다. 유저들의 신선한 반응을 기대한다는 대목에서 뜬금없이 선재의 이름이 튀어나왔다.

재희는 속으로 탄식을 하며 질끈 눈을 감았다. 신선재를 지우고 다시 신선한을 쓰려던 손이 키보드 위에서 멈췄다. 갑자기 누가 일시정지 버튼을 누른 것처럼 몸에서 힘이 쭉 빠졌다.

괜히 울컥했다. 이 사태를 불러온 건 신선재인데, 정작 신선재는 멀쩡하고 자신만 정신이 소란스럽다는 게.

재희는 애써 치솟은 오만 감정을 꾹 눌러 담은 채 남은 일을 시작했다.

. . .

"재희 씨, 싸웠어?"

점심 식사 후 양치질을 하던 재희가 세면대 거울을 통해 은아를 쳐다보았다. 갑자기 무슨 소리냐는 듯한 시선에 은아가 주변을 의식한 듯 목소리를 낮춰 말했다.

"선재 씨랑 말이야."

"쿨럭, 쿨럭, 쿨럭."

때마침 멍하게 선재 생각을 하던 재희가 도둑이 제 발 저린다고 깜짝 놀라 기침을 터트렸다. 얼른 허리를 숙여 가까스로 수습한 재희가 고개를 들었다. 그러자 은아가 눈을 가느스름하게 뜬 채 쳐다보고 있었다.

"맞구나? 애정 싸움?"

"······아닌데요."

"어쩜 이렇게 거짓말을 못할까. 재희 씨는 연기 못 하겠다, 정말."

"······그렇게 티 나요?"

재희가 놀라 눈을 휘둥그레 뜬 채 물었다. 업무상 이야기긴 했지만 얼굴을 마주보고 몇 마디 나눴었다. 최대한 티 내지 않으려고 노력했는데, 어느 틈에 알아챈 걸까.

"티 나지. 왜 몰라요? 재희 씨가 선재 씨 거의 안 쳐다봤잖아요."

"······."

"재희 씨가 화난 거죠?"

"아니에요."

"아니긴요. 선재 씨가 회의 시간에 눈이 빠지도록 쳐다보던데······."

"······."

그랬었나.

재희는 미처 거기까진 눈치채지 못했다. 아주 간간이 자신을 쳐다보는 것 같다고는 했지만, 은아 씨가 '눈이 빠지도록'이라고 표현할 정도면 꽤 집요하게 쳐다봤다는 말이었다. 그런데 우습게도 회의시간 땐 회의에 정신이 팔려 선재를 신경 쓰지 못했다. 멀리 떨어져 있기도 했고.

"두 사람 서로 그렇게 안 쳐다보는 거 처음 봤어요. 그리고 선재 씨가 점심 식사를 따로 할 때 알아챘죠. 혹시 헤어진······ 건 아니죠?"

"……아니에요."

재희가 쓸쓸한 표정으로 대꾸했다. 헤어질 사이도 아니었다. 처음부터 사귀지 않았으니까. 그래, 사귀지 않았는데…… 왜 이런 감정싸움을 해야 하는 건지. 생각하자마자 피로가 쌓이는 느낌이었다.

"그런데 왜 싸운 거예요?"

"그냥 별거 아니에요."

딱히 변명할 만한 거리가 없어서 재희는 어물거리듯 대답한 후, 티슈로 입가를 닦았다.

"먼저 들어가 볼게요."

"재희 씨! 재희 씨!"

아직 물어볼 게 많다는 듯 거품이 든 칫솔을 들고 애타게 불러대는 은아를 등진 채 빠르게 화장실을 빠져 나왔다. 물어본다고 해도 답할 게 없다. 자신도 일이 왜 이렇게 되었는지 모르니까.

대체 어쩌다가…….

복도를 걸어가던 재희의 걸음이 뚝 멈췄다. 모퉁이를 돌아오던 선재와 정면으로 마주쳤다. 그의 손에 칫솔과 치약이 들려 있었다. 굳이 사무실 옆에 있는 화장실을 놔두고 여태껏 멀리 있는 곳을 이용한 모양이었다. 자신을 피한 정황을 목격한 것 같았다. 재희의 미간이 확 좁아졌다.

"시간되면 잠시만 이야기 좀 하자."

도저히 이 상황을 견디기 힘들어진 재희가 말을 남긴 후 앞서 걸었다. 걷다가 휙 뒤돌아본 재희는, 자신의 바로 등 뒤에 붙어서 있던 선재의 눈과 마주쳤다.

"……잘 따라오고 있나 싶어서."

변명하듯 서둘러 재희가 말했다.

"보다시피 잘 따라가고 있어요."

"……."

"누나 따라가는 건 내가 잘하는 일 중에 하나니까."

고저 없는 목소리가 까닭 없이 가슴으로 파고든다. 뭔가에 찔린 사람처럼 가만히 서 있던 재희가 대꾸 없이 돌아섰다. 재희가 선재를 데리고 간 곳은 옥상 정원이었다.

회사에서 직원들이 주체적으로 아기자기하게 꾸미라고 정원을 내줬다가, 실용적인 직원들에 의해 고추, 양파, 배추가 심겨진 비운의 텃밭을 지나 직원들의 발길이 잘 닿지 않는 깊은 곳으로 향했다.

그러고도 주변에 사람들이 없는지 확인했다. 반대편 귀퉁이에 몇몇 직원들이 삼삼오오 모여 있긴 했지만 조형물에 가려 잘 보이지 않는데다 대화가 들리지 않을 거리였다.

주변이 한산하다는 걸 마지막까지 확인한 재희가 선재를 똑바로 쳐다보았다. 자신이 주변을 둘러볼 때부터 꼼짝 않고 자신만 바라보고 있던 선재의 시선이 못내 부담스러웠다. 재희는 작게 한숨을 내쉰 후 입을 열었다.

"은아 씨가 우리 보고 싸웠냐고 묻더라. 티 내지 않으려고 노력한 거 아는데, 그래도 조금만 더 조심하자. 회사에선 조심하는 게 좋으니까. 그리고 이렇게 지내는 거 불편하니까 되도록 둘 중에 한 명이 부서 이동을 해 보는 것도 염두에 두고. 신입인 너보다 내가 더 나을 테니까 노력해 볼게."

"……."

"이제 내려가자. 곧 업무 시작일 테니까."

"그게 다예요?"

"응."

재희의 대답을 끝으로 둘 사이에 바람이 몰아쳤다. 마치 대립하던 분위기의 연극 1막이 끝난 것처럼, 잠시 둘 사이로 침묵이 휘돌았다.

"여전히 없어요?"

"……."

"며칠 전에 강제로 멈춘 내 말을 더 들어 보고 싶은 생각."

선재의 물음에 재희는 잠시 입을 다물었다. 말에 무게가 있다면, 지금 자신이 들은 말은 압사당할 정도의 크기였다. 그 말에, 자신을 쳐다보고 있는 선재의 곧은 시선까지 얹히니 숨이 막힐 지경이었다.

시선을 내리깐 채 낮은 한숨을 내쉰 재희가 고개를 들어 선재를 똑바로 마주보았다.

"선재야."

"네."

경고하듯 부르는 제 목소리에, 선재가 지지 않고 대답했다. 재희가 애써 덤덤한 시선으로 그를 바라보았다.

"난 그럴 생각 전혀 없어. 나는 네 말 안 들어."

"……."

"죽을 때까지 그럴 거야. 네가 나한테 왜, 언제부터 그랬는지 모르겠지만 알고 싶지 않아. 나한테 너는 태우만큼이나 소중한 동생이고, 여태껏 그 마음 변한 적 한 번도 없었어. 내가 바라는 건 네가 좋은 사람 만나 결혼하고 행복하게 사는 걸 지켜보는 거야. 나 또한 네가 그래 주길 바라고. 너랑 나는, 그래야 하는 거야."

"누구 마음대로요."

선재의 눈빛이 돌변했다. 깊게 가라앉아 있던 눈동자가 치켜뜬 눈으로 날카롭게 변했다.

"내가 바라는 건 누나가 말하는 좋은 사람이 내가 되는 거예요."

그의 말이 훅 불어치는 바람에 실려와 강하게 스치고 지나갔다.

"……선재야."

"그렇게 부르지 마요, 애 달래듯이."

선재가 치솟은 분노를 누르듯 대답했다. 그는 잠시 화를 억누르는 듯 눈을 감았다가 떴다. 그러나 여전히 감정이 갈무리 되지 않는지 눈매가 날카로웠다.

"너는 나한테 참 소중한 동생이고……."

재희가 천천히 말을 이었다.

"알아요. 가끔씩 나를 태우 대신으로 대하고 있었다는 거."

날카롭게 파고든 말이 말허리를 잘랐다. 순간 하고 싶은 말을 잊은 재희가 선재를 망연하게 쳐다보았다.

"아니, 아니야. 너는…… 태우만큼이나 소중한 거지, 절대로 태우가 아닌……."

고장 난 기계처럼 재희가 입술을 벙긋거리다가 멈췄다. 그런데 왜인지 입술이 덜덜 떨렸다.

있는 힘을 다해 숨기고 있던 비밀이 강제로 낱낱이 까발려진 것 같았다.

"내가 크는 걸 보면서 태우가 어떻게 자랐을지 가늠했다는 거."

"……."

"오래 전에 나를 태우 보듯이 한 것도 다 알아요."

"……."

진실의 낯은 잔인하다. 알면서도 외면한 진실을 타인에 의해 강제로 목격했을 때는 더욱 잔인했다.

"내 동생, 해 줄래?"

이기적이고, 못된 선택이었다. 누군가를 누군가의 대역으로 세우는 일.

선재는 태우가 될 수 없다는 걸 알면서도, 선재가 자라고, 또 잘되는 걸 보면서 태우의 미래를 보는 것 마냥 흐뭇했다. 그렇게 스스로를 위로하고, 상실감을 잊어 갔다. 선재에게 잔인한 일이라는 걸 알면서도, 그랬다.

재희가 덜덜 떨리는 입술을 들키지 않으려는 듯 깨물었다. 사과를 해야 하나, 모르는 척해야 하나, 아니면 이제라도 그만하자고 해야 하나. 혼란스러운 머릿속에서 생각이 솟구쳤지만 어떤 것도 입 밖으로 나오지 않았다.

"이렇게 될 거라는 걸 알면서도 자처했어요. 그때의 선택을 한 번도 후회한 적 없지만, 지금은 후회해요."

"……."

"고백조차 이렇게 쉽지 않을 줄 알았다면."

"……."

"이렇게 자격이 필요할 줄 알았다면."

"……."

"난, 그때 이재희의 동생을 하지 않았을 거예요."

한 자 한 자 도장을 찍듯 또박또박 말하는 동안 선재는 단 한 번도 재희의 시선을 피하지 않았다. 말을 마친 선재의 호흡이 잠시 흐트러졌다.

재희는 피해야 한다고 생각하면서도, 사로잡힌 사람처럼 꼼짝도 하지 못했다. 그리고 그 대가는 지독했다.

과거를 후회하고, 지금의 관계에 대해 회의하는 선재를 보자 아슬아슬하게 이어져 있던 가슴이 와르르 무너졌다.

"미안해요. 원하는 답을 주지 못해서."

"……."

"그리고 앞으로도 줄 수 없어서."

선재가 얼어붙은 재희를 바라보다가 돌아섰다. 재희를 남겨 둔 선재가 성큼성큼 멀어졌다. 재희의 입술이 벙긋거리다가 꽉 다물렸다.

자신이 어떤 말을 해도 선재를 설득할 수 없게 되었음을 알았다. 어쩌면 애원해도 마찬가지일 거다.

조금만 대화를 나눠도 알 수 있었다. 자신의 마음보다 선재의 마음이 더 단단하다는 것을. 자신의 힘으로 부수거나 넘을 수 없을 정도로 아주 오래되었다는 것도.

• • •

언제…… 그렇게 되었을까.

사무실로 돌아온 재희는 모니터에 시선을 던져 둔 채 멍한 머릿속으로 무심히 생각했다. 선재가 자신을 좋아하게 된 시점과, 이유에 대해 고민해 봤지만 알 턱이 없었다. 자신이 아무리 선재에 대해 잘 안다고 하더라도, 선재가 될 순 없으니까.

아니, 이쯤 되니 자신이 선재에 대해 뭘 알았나 싶다. 선재가 자신을 그렇게 좋아할 때까지 기미조차 알아채지 못했는데. 선재가 꽁꽁 잘 숨긴 건지, 자신이 눈을 가리고서 보지 않은 건지 알 수 없다.

만약, 아주 만약, 미리 알았다면 멈출 수 있었을까. 만약 그랬다면 선재와 자신은 지금 어떤 모습일까.

머릿속에서 답 없는 질문이 꼬리에 꼬리를 물고 길게 이어졌다. 그나마 다행인 건, 지금 선재의 자리가 비어 있어서 조금 낫다는 거였다. 이 상태로 선재와 한 사무실에 있었다간 숨 막혀 기절했을지도 모른다.

이렇게 망연히 앉아 있을 수도 없어서 마우스로 사내 메일함에 들어갔다. 업무 협력 요청, 사내 공지 메일 등이 어느새 몇 통이나 와 있었다. 새로운 모바일 게임 개발이 구체화되면서 개발기획팀의 업무가 더욱 많아졌다. 특히 콘셉트 기획과 샘플 기획의 전반적인 업무를 맡은 개발기획팀의 일이 가장 많을 시기이기도 했다.

재희는 일의 우선 순서를 정리한 후, 협조 요청 메일을 전송했다. 코앞으로 닥쳐 온 전체 회의 자료를 다시 한번 검토했다.

이번 전체 부서 발표의 주제는 세 번 정도 뒤집어진 끝에 결정되었다. 개발기획팀 특성에 맞게 '모바일 롤플레잉 게임의 한계를 극복하는 방안'이라는 주제가 채택되었다.

새로운 롤플레잉 게임에 대한 구체적인 대안에 대한 주제와, 롤플레잉을 완전히 벗어나 유저들이 원하는 차세대 게임의 몇 가지를 간략하게 언급하기로 했다. 가까스로 정해진 이 주제에 대한 내용을 정리하느라 직원들은 야근을 불사해야 했다.

그렇게 2주간 처절하게 업무에 매달린 끝에 어젯밤 드디어 PPT를 완성했다. 재희는 모니터에 가득 띄워진 PPT를 바라보다 모처럼 흐뭇한 표정을 지었다. 야근에 과로까지 할 땐 아득한데 막상 결과물이 완성되면 이렇게 기쁠 수가 없다.

모처럼 선재의 상념에서 벗어난 재희가 손끝으로 모니터를 쓸어내렸다. 이걸 빔 프로젝트로 띄우고 발표하고 있을 스스로의 모습을 생각하니 떨리면서도 흐뭇했다.

단우의 말처럼 이걸 무사히 성공한 후에는, 얼마 전 새롭게 만들어진 개발기획2팀으로 부서 이동을 신청할 생각이었다. 현재 몸을 담은 개발기획팀의 업무가 더 마음에 들지만, 단우를 보지 않으려면 자신이 부서 이동하는 수밖에 없었다. 팀장을 맡은 지 몇 년 되지 않은 그가 다른 팀으로 이동될 리는 만무하니까.

[메시지가 도착했습니다.]

재희의 시선이 모니터 귀퉁이로 향했다. 클릭하자 단우였다.

[PPT 완성 되었습니까?]

[네. 어젯밤 1차로 완성되었습니다.]

재희가 답을 보내자마자 단우에게서 답변이 도착했다.

[시간 되면 팀장실에서 잠깐 보죠.]

[메일로 보내겠습니다.]

[아뇨. USB에 담아서 오세요. 함께 보게요.]

[지금 가겠습니다.]

답장을 보낸 재희가 준비된 PPT를 챙겨 팀장실로 향했다. 똑똑, 노크를 하려고 손을 드는 사이 팀장실 문이 먼저 열렸다. 재희는 팀장실 문을 열고서 싱긋 웃는 단우를 올려다보았다. 그를 보는 건 며칠 만이었다.

부산에서 열리는 게임 박람회와 게임 시나리오 활용 방안에 대한 업체의 논의 때문에 출장을 떠나 어제야 돌아왔다.

"온다는 말에."

"……감사합니다."

단우의 낯선 친절에 재희가 떨떠름한 표정으로 대답하며 팀장실로 들어섰다.

"사진은 잘 봤습니다."

불쑥 건네는 말에 재희가 의아한 얼굴로 단우를 쳐다보았다.

"내가 없는 동안 재미있는 일들이 있었더군요. 코스프레 팀 수상도 하고 말이죠."

"······아, 네."

가까스로 잊고 있던 선재가 불쑥 떠올랐다. 그가 건넸던 사과의 말이 다시금 가슴을 짓눌렀다.

"직접 볼 수 있었으면 좋았을 텐데 말이죠."

"······USB 여기 있습니다."

재희는 그와 사적인 대화로 시간을 끌고 싶지 않아 PPT가 담긴 USB를 단우에게 내밀었다. 단우는 USB를 만지작거렸다. 뭐 하냐는 듯 재희가 쳐다보고서야, 단우는 PC 앞에 앉아 내용을 천천히 확인하기 시작했다. 무표정하던 그의 얼굴에 희미한 놀라움이 차올랐다.

정보를 꾸역꾸역 밀어 넣어 복잡하기만 한 PPT가 아니라, 필요한 그래프와 꼭 전달하고자 하는 정보만 강조하듯 들어가 있었다. 그러면서도 일목요연하게 정리된 내용은 풍부했다.

PPT를 전부 훑어본 단우가 마침내 재희에게로 시선을 돌렸다. 긴장하고 있던 재희는 마른침을 삼켰다.

"회의 때보다 더 많은 정보가 들어가 있군요."

"개인적으로 조사해서 추가해 넣었습니다. 팀 전체의 의견으로 전달하기에 부족함이 있다면 제외하겠습니다."

"아뇨. 좋습니다. 이대로 진행하면 좋겠군요. 제 안목이 정확했군요. 예상만큼, 아니. 그 이상으로 잘했습니다. 그런데······ 발표 때 참고할 자료는 어디 있죠? USB에는 없던데."

"자료를 보지 않고 발표할 예정입니다."

"이 모든 걸 다 외웠단 말인가요?"

단우가 놀란 표정으로 물었다.

"네."

간결한 재희의 대답에 단우는 잠시 혀로 입술을 축였다. 잠시 어색한 표정을 지은 그가, 다시금 싱긋 웃으며 재희를 쳐다보았다.

"좋은 자세군요. 저도 보고 배워야겠다는 생각이 저절로 듭니다."

"감사합니다."

다른 사람도 아닌 단우의 칭찬이기에 재희는 그다지 기쁘지 않았다. 그러나 무시할 수도 없는 터라 적당하게 대꾸했다.

"하지만 발표 자료를 봤으면 좋겠군요. 정리해서 보여 주겠어요?"

단우의 요구에 재희가 의아한 표정으로 쳐다보았다. 이미 PPT 자료만으로 무슨 내용인지 파악할 수 있었다. 단우가 시선의 의미를 파악한 듯, 대답했다.

"이재희 씨의 개인 발표가 아니라 이건 팀 전체를 대신해서 발표하는 겁니다. 그러니 PPT처럼 발표 내용을 검토하는 건 기본이에요. 오류가 있을 수도 있으니 한 번 더 확인해야 하니까요."

"……알겠습니다."

단우의 말이 틀린 건 아니었다. PPT로 전체적인 내용의 윤곽은 알 수 있지만, 세부적인 부분은 PPT만으로는 확인이 불가능했다.

"오늘 중으로 메일로 보내세요."

"네. 알겠습니다."

"이재희 씨."

재희가 대답 대신 쳐다보았다.

"수고했습니다. 여러모로."

그의 인사가 이상하게 마음을 선득하게 한다.

이런 예감은 보통 틀린 적이 없는데…….

재희가 단우를 쳐다보았다.

"제가 발표자라는 사실은 언제 팀원들에게 알리실 예정이죠?"

"회의 당일에 말할 겁니다. 모두가 놀라게 말이죠."

"약속을 지키는 분이시길 바랍니다. 제게 팀장님이 주신 서류가 있다는 것도 꼭 기억해 주시고요."

재희의 뼈 있는 말에 잠시 멈칫한 단우가 근사한 미소를 지으며 말했다.

"걱정하지 말길 바랍니다."

· · ·

사장을 비롯해 임원진들이 모두 참여하는 부서 전체 회의를 위해 대여한 대형 홀에 사람들로 꽉 찼다. 홀의 이곳저곳에는 신슬 대표 캐릭터들의 모형과 피규어들이 즐비하게 늘어져 있었고, 귀통

이마다 부드러운 분위기를 자아내게끔 꽃으로 꾸며져 있었다.

들뜸, 긴장, 혼란스러움이 가득한 가운데 홀의 귀퉁이에 선 재희만 꼼짝하지 않았다. 재희는 단상 벽면에 설치된 빔 프로젝트를 바라보았다. 사내 방송 MC가 식순을 가볍게 확인하고 있었다. 그 가운데 발표 순서 화면이 떴다.

팀별 발표 주제와 발표자의 이름이 떠올랐다.

모바일 롤플레잉 포화 현황에 따른 대책
발표자 김단우 팀장

……걱정하지 말라며.

발표자의 이름을 확인한 재희는 욕이 나올 것 같아 있는 힘을 다해 입술을 깨물었다. 얼마나 세게 깨물었는지 피 맛이 느껴질 정도였다.

불안한 느낌은 늘 틀리지 않았다. 단우가 미적거리며 자신이 발표할 거라는 사실을 말하지 않을 때부터, 아니. 그 전부터 미묘하게 이상한 구석이 있었다. 그래도 설마, 하는 마음이었다. 자신에게 확인 서류까지 주고도 이렇게까지 약은 행동을 할까ㅡ 하는 순진하고도 어리석은 믿음으로 불안을 내리눌렀다.

그 결과가, 지금 이러했다.

"우리 팀 자리 저긴데? 재희 씨?"

꼼짝도 않고 선 재희를 향해 은아가 의아한 목소리로 불렀다. 재희의 눈은 화면에서 좀처럼 떨어지지 않았다.

"잠시…… 어디 좀 다녀올게요."

잔뜩 가라앉은 목소리로 가까스로 말한 재희가 홱 돌아섰다.

"재희 씨! 재희 씨!"

은아의 부름에도 듣지 못한 사람처럼 정신없이 홀을 빠져나온 재희는 인기척이 없는 곳에 서서 주변을 살폈다. 사람이 없다는 걸 확인한 후, 휴대폰을 꺼내는데 어이없게 손이 벌벌 떨렸다. 두 번이나 떨어뜨린 휴대폰을 가까스로 들어 단우에게 전화를 걸었다.

-아……. 재희 씨. 안 그래도 지금 막 전화하려고 했습니다.

신호음이 몇 번 가지 않아 단우의 목소리가 넘어왔다.

"이게 대체 무슨 짓이에요?"

재희의 목소리가 잔뜩 떨렸다. 흥분하고 싶지 않았는데, 단우의 태연한 목소리를 듣자마자 남아 있던 이성의 끈이 뚝 끊어진 기분이었다.

-지금 어딥니까?

돌아오는 목소리는 이미 이 상황을 예상한 듯 평온했다. 무작정 인기척이 느껴지지 않은 곳으로 향하다 보니 자신이 어디에 있는지조차 모르고 있었던 재희는 주변을 둘러보았다.

"로비 좌측 비상구 앞에 있어요."

-그럼 주차장으로 잠깐 오죠. B-16입니다. 차는…… 이미 알고

있겠군요. 거기서 보죠.

뚝. 재희가 뭐라고 대답할 틈 없이 전화가 끊겼다. 재희는 황망한 표정으로 휴대폰을 바라보았다. 의미 없는 헛웃음을 지은 재희가 빠르게 주차장으로 향했다. 가는 내내 머릿속에서 갖은 생각이 다 스쳐 지나갔다.

이 시간에 왜 자신이 발표 준비가 아니라 주차장으로 가고 있어야 하는 건지, 단우를 만나면 어떻게 조목조목 따져야 할지, 기타 등등.

단우가 일러준 B-16에 도착하자, 눈에 익은 차가 보였다. 마찬가지로 그녀를 발견한 건지 단우가 차에서 내렸다.

이마를 드러낸 근사한 헤어스타일, 슈트 차림.

어딜 보나 발표자의 모습을 하고 있는 단우를 본 재희는 저도 모르게 헛웃음을 흘렸다.

"……하."

작정한 거구나, 이 사람.

잠시 시선을 다른 곳으로 돌렸던 재희가 그를 무섭게 노려보았다.

"뭐 하시는 거예요, 지금?"

재희가 단우를 노려보았다.

"일단 차에 타고 이야기하죠."

단우가 잡으려는 손을 재희가 뿌리치며 고개를 삐딱하게 기울였다.

"아뇨. 뭐가 겁나서 사람들의 눈을 피해 차에 태우려고 하시는지 모르겠지만, 당당하다면 여기서 말하세요. 왜 팀장님이 발표자의 모양새를 하고 있는지, 제가 만든 프레젠테이션의 발표자에 팀장님의 이름이 올라가 있는지 말이에요. 약속과 분명히 다르잖아요. 안 그래요?"

머리끝이 핑글핑글 돌도록 화가 났다. 분노로 인해 머리 쪽에 열이 쏠릴 수 있다는 것도 처음 알았다. 재희는 눈이 충혈되어 가는 것도 모른 채 단우를 노려보았다. 단우가 난처한 듯 한숨을 내쉬더니 입을 열었다.

"이재희 씨를 발표자로 하려고 했습니다만, 같은 직급의 팀장들 반발이 있었습니다. 모두가 팀장이 발표를 하는데 개발기획팀만 팀원이 발표하면 발표자의 밸런스가 안 맞다는 거죠. 이런 선례를 남겨 봤자 좋을 게 없다는 게 다른 팀장들의 의견이었습니다. 몇 번이나 설득하려 했지만 실패했어요. 일찍 설명하지 못해 미안하고, 이런 일이 생기게 되어 나 또한 몹시 유감입니다."

단우의 말이 술술 나올수록 재희의 입술이 비틀어졌다.

유감?

그 단어가 머리에 훅 꽂혔다.

"……결정이 난 건 꽤 지난 일인 것 같은데, 왜 여태껏 말 안 하셨어요?"

"말했잖아요. 말하려고 했다고. 미리 말하고 싶었지만, 어떻게 말해야 할지 몰라 치일피일 미루다 보니 오늘까지 왔습니다."

돌아오는 대답이 뻔뻔하기 그지없다. 한쪽 입꼬리를 끌어올린 재희가 파르르 떨리는 눈을 감았다가 떴다.

아니, 어떻게 말해야 할지 몰라 미룬 게 아니라 일부러 말하지 않은 거겠지. 그래야 아무것도 모르는 내가 일할 테니까.

잠시 호흡을 고른 재희가 단우를 똑바로 쳐다보았다.

"대체 어느 팀장님과 의논하셨나요? 개발기획2팀? 운영팀? 인사팀? 혹시 전부 다인가요? 그럼 제가 가서 아무 팀장님이나 잡고 물어보면 되겠군요. 왜 팀원이 발표하면 안 되는지. 정말로 개발기획팀 팀장님이 그런 이야기를 했는지 말이에요."

단우를 노려보던 재희가 홱 돌아섰다. 그와 동시에 단우가 그녀의 손목을 잡아챘다.

"이재희 씨."

"놔요. 팀장님 말이 사실인지 아닌지 확인해 봐야겠으니까. 왜요? 제가 정말로 확인할까 봐 겁나세요?"

재희가 무섭게 단우를 노려보았다. 그러나 그다지 타격을 주지 못한 듯, 그는 평연했다.

"무의미한 짓은 하지 말길 바랍니다. 지금 이러는 거 모양새가 좋지 않아요."

"……무의미한 짓이라고, 했어요? 지금?"

재희가 눈을 똑바로 뜬 채 단우를 쳐다보았다. 분노로 말이 뚝뚝 끊어졌다. 그런 그녀의 눈빛에도 단우의 안색은 달라지지 않았다. 죄의식은커녕, 점점 안타깝다는 눈을 하고 있었다.

"내 말이 사실이든 아니든, 결과는 달라지지 않을 거예요. 이미 임원급 이상인 분들에게 발표자에 대한 정보가 넘어간 이상 웬만 해선 정정하지 않을 테니까요."

"그래도 확인은 해 봐야겠죠. 전 이상하게 팀장님의 말이 변명 처럼 들리거든요. 정말로 다른 팀장님들의 반발이 있었다면 어떻 게든 참겠지만, 만약 팀장님의 변명이라면 그냥 넘어가지 않을 거 예요."

재희의 말에 단우의 표정이 단박에 바뀌었다. 당장이라도 무슨 짓을 벌일 것처럼 서늘하게 변한 그는 가까스로 입꼬리를 끌어올 리며 입을 열었다.

"이번 프리젠테이션을 준비하느라 이재희 씨가 얼마나 밤낮으 로 매달렸는지 압니다. 나도 안타깝게 생각해요. 하지만 이제와 엎 을 수도 없습니다. 이미 프레젠테이션에는 내 이름이 올라가 있으 니까요. 대신, 내가 해 줄 수 있는 건 다 해 주겠습니다. 다른 부서로 이동을 원하면 어렵겠지만 노력해 볼게요. 어차피 이재희 씨가 원 한 건 그거였잖아요. 부서 이동."

"아니에요."

"그럼 뭔가요?"

"……."

단우의 물음에 재희는 말문이 막혔다. 자신이 뭘 위해서 이렇게 일했더라. 머릿속에 무언가가 잠시 선재가 스쳐 지나갔다. 멋있던 고등학생 이재희는 어디 갔냐는 선재에게 이런 어른이 되었다고 보여 주고 싶었다. 차마 그 이야기를 할 수는 없어서, 잠시 입술을 달싹거리던 재희가 입을 열었다.

"인정과 정당한 대가예요."

"아아, 인정."

그가 말끝을 늘여 말하는 모양새가 마치 조롱하는 듯했다.

"내가 해 주죠. 그 인정. 아니, 이미 하고 있습니다. 상사인 내게 인정받는 것보다 중요한 게 뭐죠?"

"하."

재희가 다시금 기가 막히다는 듯 웃었다.

"이재희 씨는 팀에서 누구보다 우수한 인재예요. 나도 그걸 잘 알고 있기 때문에, 이재희 씨를 회사에서 내쫓을 수 있지만 그러지 않은 겁니다. 그러니 이번만 넘어가요. 그럼 앞으로 나와 부딪칠 일 없도록 부서 이동 시켜 줄 테니까."

"아뇨. 그러고 싶지 않은데요."

재희가 뻐딱한 목소리로 받아쳤다. 그러자 단우가 찍어 내리듯 쳐다보았다.

"다시 생각하는 게 좋을 거예요. 이재희 씨. 감정에 치우쳐서 어리석은 선택은 하지 않았으면 좋겠군요."

"……."

손목을 거머쥔 단우의 손에 힘이 세졌다. 욱신거리는 손목 때문
에 재희의 입가가 움찔거렸다.

"나는 내 앞을 막는 사람을 그냥 두지 않아요. 여태껏 그랬고, 앞
으로도 그럴 겁니다. 하지만 이재희 씨만큼은 그러고 싶지 않군요.
내가 이렇게 배려해 줄 때 받아들이도록 해요. 그게 서로를 위하는
길이니까."

"지금 그걸……."

말이라고, 라는 말마저도 말문이 막혀 나오지 않았다. 그와 동시
에 단우가 입을 열었다.

"나와 부딪쳤던 직원들 중 누구도 이 회사에 남아 있지 않아요.
그게, 우연일까요?"

뭐라고 대답하고 싶은데 아무 말도 나오지 않았다. 그러고 보니
단우와 미약하게 트러블이 있었던 사람들이 현재 회사에 누구도
남아 있지 않았다. 순간 섬뜩했다.

재희는 입술을 짓씹었다. 드라마나 영화에서 누군가가 이런 불
합리한 일을 당할 때 아무 말 못하고 입술만 벙긋거리는 걸 보곤
답답하다며 화를 내곤 했었는데, 자신이 그 꼴이었다. 어쩌면 이건
당연한 결과였다.

공격하려고 준비한 사람과, 방어할 준비가 전혀 되지 않은 사람

이 맞부딪치면 누가 이길지는 뻔한 일이었다.

"냉정하게 생각해요. 지금 참고 무사히 회사 생활을 할 건지, 아니면 팀을 엉망으로 만들지. 이번 프리젠테이션에 이재희 씨가 있는 힘을 다해 노력하긴 했지만, 사실 팀원들 모두의 노력이 들어 있어요. 이걸 엉망으로 만들 건가요? 그들이 쏟아내는 원망을 감수할 준비는 되어 있어요? 다들 이재희 씨를 동정하고 안타깝게 여기겠지만, 아닌 사람들도 있겠죠."

"······."

"자기들 몰래 팀장과 쑥덕거려 발표하려고 했던 음흉한 팀원을 다른 직원들이 마냥 곱게 볼까요?"

"······."

"그래요. 뭐 그런 거 모두 감수하고 옆었다고 해요. 이번 컨퍼런스 하나 망쳐도 난 무사하겠지만, 이재희 씨는요? 당장 회사를 뒤엎고 무사히 출근할 자신 있어요? 한다고 해도 이미 신선재 씨와의 스캔들로 회사를 발칵 뒤집어 놓은 이재희 씨를 사람들이 곱게 볼까요? 그래서 못 참고 관두면요? 부모님께서 기뻐하실까요?"

부모님이라는 말에 뭔가에 찔린 것처럼 심장 어귀가 욱신거렸다.

"그리고 그런 짓을 벌이고도 이직할 곳은 있고요?"

단우가 정말로 걱정된다는 듯 넌지시 말을 던진 순간, 분노로 극에 달했던 재희의 표정이 서서히 허물어졌다.

아니라고, 할 수 있다고 소리쳐야 하는데 입이 막힌 것처럼 아무 말도 나오지 않았다. 그의 말처럼 모든 게 쉽지 않을 테니까. 쉽지 않은 그 모든 걸 감당할 자신도 없었다.

단우의 손아귀에서 벗어나려고 버둥거리던 재희의 손에서 점차 힘이 빠졌다. 마침내 축 늘어진 재희의 팔을 바라보던 단우의 시선이 그녀에게 닿았다. 재희의 표정이 완전히 허물어져 내렸다. 툭 건드리면 바스스 소리를 내며 흩어질 것 같았다.

전의를 완전히 상실한 재희의 얼굴에 단우의 입가에 희미한 웃음이 떠올랐다.

"나라면 참을 거예요. 알잖아요. 이런 일 비일비재하다는 거."

"……."

"나도 이재희 씨처럼 이런 일을 수도 없이 겪었어요."

무기력하게 시선을 내리깐 재희를 동정한 건지, 아니면 사원 시절 본인의 모습이 떠오른 건지 단우는 평소와 다르게 제 이야기를 늘어놓았다.

"겪고, 또 겪고, 내 아이디어와 노력을 뺏기도 또 뺏기면서 겨우 여기까지 올라왔어요. 그게 지지 않는 법이니까. 지금 재희 씨한테 일어난 이 일이 억울해서 미칠 것 같다면 꾹 참고 죽도록 노력해요. 그래서 이런 일을 당하는 사람이 아니라, 할 수 있는 팀장이 되세요."

"……."

"나처럼."

마지막 말을 힘주어 강조한 단우가 빙긋 웃으며 그녀를 지나쳐 갔다. 그러다 할 말이 생각났다는 듯 멈춰 서서 빙글 몸을 돌렸다. 어깨를 축 늘어뜨린 채 꼼짝 않고 서 있는 자그마한 재희의 뒷모습을 바라보며 단우가 말했다.

"아, 이재희 씨는 특별히 사무실로 돌아가도 좋아요. 내가 허락하죠."

큰 배려를 해 줬다는 듯 말한 단우가 성큼성큼 멀어졌다. 단우의 걸음 소리가 주차장에서 완전히 들리지 않을 때까지 재희는 꼼짝도 하지 못했다.

• • •

[⋯⋯착오 없으시길 바랍니다.]

한 시간 후, 회의가 시작될 거라는 안내 방송이 스피커를 통해 흘러나왔다. 그 소리를 끝으로 사위가 고요해졌다. 멀리서 시끄러운 소리가 드문드문 들리긴 했지만, 그것도 잠시였다.

발길이 닿는 대로 무작정 걸어 인적이 드문 건물 옆에 쭈그리고 앉은 재희는 멍한 표정으로 바닥만 바라보았다.

그늘이 보이기에 쭈그려 앉았는데 금세 그늘은 사라지고 햇살이 머리 위로 쏟아졌다. 자리를 옮기고 싶은데 마음과 달리 축 늘어진 몸은 꼼짝도 하지 않았다. 그저 볕을 받은 정수리만 뜨끈뜨끈해지고 있었다.

언젠가 친구로부터 공들인 프로젝트를 상사에게 빼앗겼다는 이야기를 들은 적 있었다.

그때 자신이 뭐라고 했던가. 아무 말도 하지 않았던 것 같다. 무슨 말을 해야 할지 몰라서 가만히 있었다는 게 사실에 더 가까웠다.

그때 그녀의 옆에 앉은 또 다른 친구가 이야기했었다.

"와, 정말 너무 억울하겠다. 속상하지? 후우, 그래도 어쩌겠어. 나한
테만 일어나는 일도 아니고……. 흔한 일이잖아. 더러운 세상. 억울
하면 꾹 참고 버텨야지."
"관두고 싶어."

허무함에 그녀는 퇴사하고 싶다고 했다. 그러자 주변에서 만류했다.

"야! 안 돼! 누구 좋으라고 회사를 관둬? 그럴수록 더 있어야지. 네
가 관두면 그 상사놈만 마음 편해지는 거야."
"그래. 억울하지만 참아."
"시원하게 욕 한 번 하고 잊자. 오늘은 내가 쏜다."

모두들 참으라고 했다. 그중 한 명이 그녀였다. 그때 프로젝트를 빼앗겼다는 친구는 한참이나 말을 잇지 못하고 울었다. 다들 친구의 빈 잔에 술을 부어 주며 최대한 위로의 말을 던지려고 애썼다. 불합리한 일을 당한 친구를 위로하고, 진심으로 안타까워했지만 내심 그리 생각했었다.

어쩔 수 없다고.

자신도 그리 생각했다.

그래, 그랬는데 자신에게 벌어졌다. 억울하고, 끔찍한 그 일이.

건너 들었을 때보다 직접 겪었을 때 훨씬 더 억울하고, 분하고, 서러웠다. 그러나 그때 자신이 한 말처럼 어쩔 수 없는 일이었다. 재희는 그때 친구에게 건넸던 위로를 주섬주섬 주워들어 스스로에게 던져 보았다.

'다음에 네 가치를 제대로 보여 줄 만한 좋은 일이 생길 거야.'

이런 말로는 벌어진 상처가 다 아물지 않았다. 그때 그녀의 곁에 있던 친구들이 뭐라고 했던가. 친구들이 했던 말을 억지로 떠올려 보려 애썼다. 그러자 멍한 머릿속으로 어물어물 생각이 떠오르기 시작했다.

"안 좋은 일이 하나 오면 좋은 일이 또 온다더라. 너한테 근사한 일이 생기려고 그러나 보다!"

"이렇게 지내는 직장인들이 한둘도 아니고."

"이 더러운 일도 월급에 포함된 거지. 뭐, 어쩌겠어."

"그래. 어쩌겠어. 대신 술 잔뜩 마시고 조만간 월차내서 놀러 한번
다녀와. 이럴 때 기분전환 해야지."

누군가가 술김에 들이박으라고 이야기도 했었다. 그 이야기
는 '그럼 당장 이직은 어떻게 해? 카드 값은? 월세는?'이라고 되묻
는 또 다른 누군가의 말에 흐지부지 사라졌다. 당분간은 퇴직금으
로 버티겠지만 그것도 잠시였다. 감정에 취해 일을 벌이는 때는 지
났다.

재희는 구직자이던 시절을 분명히 기억하고 있었다. 출발선이
달랐던 사람들과 경쟁해야 하던 때를. 치열하게 살았던 자신의 삶
이 면접관들에게 어떻게 평가되고, 자신이 공들여 쓴 이력서가 어
떻게 버려졌는지를.

그때로 되돌아가고 싶지 않았다.

……그렇지만, 정말로 이렇게 살아도 될까. 이건 정답이 맞을까.

솟구친 의문들이 머릿속을 잠식해 갔다.

정말, 내 삶이 이렇게 흘러가도 괜찮은 걸까……. 자신의 침묵하
는 사이에 자신의 삶이 방향을 상실한 채 어디론가 떠내려가고 있
다는 생각이 드는 건 왜일까.

하지만 다른 방법이 없잖아.

마음이 갈대처럼 이리저리 휘둘렸다. 스스로의 생각에 스스로가

반박하며 생각이 꼬리에 꼬리를 물고 이어졌다.

멍하니 앞을 바라보던 재희는 머리 위로 지는 그림자에 고개를 들었다. 환하게 쏟아지던 햇살을 온몸으로 막은 키 큰 남자가 보였다.

단정한 비즈니스 캐주얼 차림에 이마가 보이도록 앞머리를 단정하게 올린 남자가 자신을 내려다보고 있었다. 가린 햇살 때문에 역광이라 표정이 제대로 보이지 않았지만 실루엣만 봐도 알 수 있었다.

시간이 지나자 점점 선재의 얼굴이 눈에 들어오기 시작했다. 고개를 오연하게 치켜든 그는 눈만 내리깐 채 그녀를 내려다보고 있었다. 평소 자신을 바라보던 온화하고 부드러운 분위기는 온 데 간 데 사라져 있었다.

재희가 입술을 달싹이다가 꾹 다물었다. 얼마 전까지만 해도 선재와의 대화는 숨 쉬는 것만큼 자연스러운 일이었다. 그 일이 이렇게 어렵고, 곤란한 것이 되는 날이 올 줄은 미처 몰랐다.

씁쓸한 웃음을 머금고 있던 재희가 힘겹게 입을 열었다.

"여기까지 어떻게 온 거야?"

일부러 아무렇지 않은 척 덤덤한 목소리를 냈다.

"다른 직원들이 사라졌다고 찾아오래서요. 이런 건 애인이 잘 찾는다면서요."

애인이라는 말을 재희는 애써 못들은 척했다.

그나저나 구석에 숨어 있었는데 잘도 찾았네.

그러고 보니 선재는 자신이 숨어 있는 곳을 기가 막히게 잘 찾아냈다. 고등학생 시절 태우가 동심으로 돌아가고 싶다고 조르고 졸라서 모처럼 한 숨바꼭질에서도 선재는 공들여 숨은 보람 없이 순식간에 자신을 아웃시켰다.

누가 숨으라고 하지 않았지만, 지독하게 숨고 싶었던 그날도 마찬가지였다. 태우의 죽음에 목 놓아 울고 싶은데 부모님이 있는 집에서는 힘들어 무작정 도망치듯 뛰쳐나왔다.

무작정 발이 닿는 대로 걷고 걸어 간 곳이 기껏해야 도서관이었다. 사람들의 발길이 닿지 않는 도서관 뒷길에 숨어 있는데 신선재는 위치 추적기라도 단 사람처럼 자신을 찾아냈다. 그리고…….

그날을 떠올리던 재희의 눈빛이 아득해졌다.

세상이 제 눈물에 잠겼던 날, 세상 온갖 슬픔이 다 달려든 것 같던 그때. 자신의 눈물은 선재의 어깻죽지가 모조리 삼켰다. 눈을 떠도, 감아도 선재의 품이었던 때가 있었다.

왜 하필 이때 그 생각이 나는지 모르겠다.

"……곧 시작한다고 했지? 가 봐야겠네. 가자."

재희가 웅얼거리듯 말하며 몸을 일으키려 했다. 그러나 힘이 쭉 빠진 몸이 제대로 세워지지 않았다. 평소라면 냉큼 자신을 잡아 세웠어야 할 선재는 바지 주머니에 손을 넣은 채 그녀를 가만히 내려다보았다. 마치 제 힘으로 일어나라는 듯이.

"이렇게 넘어갈 거예요?"

그가 앞뒤 없이 말을 툭 던졌다. 재희가 엉거주춤하게 일어난 자세로 선재를 응시했다.

"뭘?"

"김단우."

"……."

"발표자가 이재희가 아니라 김단우던데."

재희의 미간이 좁아졌다. 차마 무슨 말이냐는 말이 나오지 않았다. 자신의 눈동자를 느릿하게 번갈아 보는 선재의 눈동자가 평소보다 무감했다. 아니, 무감함 아래에 알 수 없는 감정이 가득 담겨 있었다.

"어떻게 알았어?"

다행히 목소리가 떨리지 않고 나갔다.

"숨어서 일할 때부터요."

"……."

"꽤 오래됐죠."

숨긴다고 숨겼는데 진즉부터 알고 있었던 모양이었다.

"알고 있었으면 아는 티를 좀 내지."

재희가 힘없이 웃으며 농담처럼 말을 던졌다.

"내가 몰랐으면 하는 것 같아서요."

"……그래. 그건 그랬지. 그럼 쭉 모르는 척하지 그랬어."

잠시 바닥을 바라보던 재희가 중얼거리듯 말했다. 선재에게 이 꼴을 들키고 나니 비참함이 두 배가 되었다. 누구도 모르게, 혼자만의 억울하고 서러운 기억으로 묻어 두고 싶었는데.

"아, 쪽팔리네."

재희가 작게 중얼거렸다. 바닥에 기대어 있던 몸을 떼어 냈다.

"웬만하면 잊어버려. 나도 그럴 거니까. 그만 가자. 다들 기다리겠다."

완전히 몸을 일으킨 재희가 한발 내디뎠다.

"어떻게 하게요?"

선재가 물었다.

"뭘 어쩌겠어. 그냥, 이게 끝이지. 억울하게 공들인 노력을 빼앗긴 직원으로."

"김단우, 처음부터 작정하고 누나를 이용한 거예요."

선재의 눈빛이 선득하게 빛났다.

"알아. 그랬겠지. 그러고도 남을 사람이니까."

단우가 자신의 프레젠테이션을 채갔을 때 알아챘다. 일부러 자신의 최대 능력치를 짜내기 위해 발표자를 제안했다는 것을.

"아는데 이렇게 당했어요?"

선재가 던진 차가운 말에 재희의 행동이 뚝 멈췄다. 재희의 상처받은 눈이 다시금 선재를 찾아갔다. 선재를 아직 제대로 마주할 자신이 없는데, 선재가 한마디 할 때마다 자연스레 시선이 향했다. 눈이 마주치자마자 선재의 표정이 점점 구겨졌다.

"당할 거면 하지 말든지, 할 거면 제대로 하든지."

어금니를 깨문 듯 툭 불거져 나온 턱이 제자리를 찾는 걸 보고서야, 재희는 그가 평연함을 가장한 채 화를 누르고 있단 걸 알았다.

선재의 말에 재희는 숨을 깊게 들이마셨다.

"……그만하자."

너보다 내가 더 속상하니까. 아니, 너까지 그러면 내가 정말 너무 한심하니까.

재희는 그 말까지 하지 않았다. 재희가 다시금 한발을 내디뎠다. 회의가 있는 홀로 가려니 선재를 지나쳐야 했다. 재희가 일부러 시선을 먼 곳에 둔 채 그를 외면하며 지나쳐 갔다.

"무엇보다 중요한 건, '나'라면서요."

무사히 지나쳤다고 안도하기 전에 덤덤한 목소리가 발길을 붙들었다. 너무도 익숙한 말이었다.

"세상 어떤 것보다 '나'를 지켜야 할 때가 있다면서요. 다른 것 때문에 '나'를 짓뭉개지 말라면서요."

한때 그녀의 가슴에 늘 고여 있었던 말.

그 말이 타인의 입을 통해 흘러나오고 있었다.

말을 마친 선재가 느릿하게 몸을 돌려 세웠다. 꼿꼿하게 선 채로 얼어붙은 재희의 뒷모습을 바라보던 선재가 걸음을 옮겼다. 재희의 앞을 다시금 가로막은 그가 고개를 숙였다. 마치 자신을 보라는 듯이.

있는 힘을 다해 피하려던 재희는, 어쩔 수 없다는 듯 고개를 들어 눈을 마주했다. 그러자 기다렸다는 듯이 선재가 말을 이어갔다.

"누나가 나한테 한 말이에요."

"……."

"돌려줄게요, 이 말."

"……."

"그러니까 스스로 지켜요. 가장 이재희스러운 선택을 하라고요."

"……."

"내가 응원할 테니까."

선재의 눈동자에 빛이 맺혀 있었다. 따스해야 할 눈동자가 왜인지 서늘하게 빛났다. 느릿하게 허리를 편 선재는 왔을 때처럼 오연한 표정으로 그녀를 내려다보았다. 재희는 대답 대신 다문 입술에 더욱 힘을 주었다.

잠시 말없이 바라보던 그가 먼저 돌아섰다. 성큼성큼 멀어지는 선재의 뒷모습을 바라보던 재희가 외면하듯 반대편으로 고개를 돌렸다.

자신을 찾으러 왔다면서 왜 혼자 가 버리는지 모르겠다. 누가 보면 이 말을 해 주러 온 사람 같잖아.

그런 생각에 잇닿자 재희는 입술을 앙 깨물었다. 아무리 다른 생각을 하려고 노력해도, 자꾸만 선재가 한 말이 떠올랐다.

"세상 어떤 가치보다 '나'를 지켜야 할 때가 있어. 다른 것 때문에 '나'를 짓뭉개지 마."

바람처럼 맴도는 그 말에 재희는 있는 힘을 다해 깨물었다.

아니, 나는, 그렇지만,

무슨 의미인지 모를 말들이 툭툭 잘려 가며 가슴 위로 치고 올라왔다. 변명인지 거부감인지 모를 것들은 이내 선재의 목소리에 밀려 사라졌다. 나를 짓뭉개지 말라는 말을 떠올리자마자 입술이 부들부들 떨렸다.

전교 1등을 해야 한다는 의무감에 사로잡혀 짓눌려 있던 선재에게, '세상 어떤 가치보다 나를 지켜야 할 때가 있어.'라고 말하는 과거의 자신이 떠올랐다.

어떤 시련도 가뿐하게 넘길 수 있을 것 같았던 때, 찬란하고 아름다웠던 그때, 세상 무엇보다도 스스로를 사랑하던 그때, 그때의 자신이 처음으로 지금의 자신에게 말을 걸어왔다.

……'너, 지금 정말로 괜찮니?'라고.

• • •

홀의 중앙 자리, 화면이 가장 잘 보이는 자리에 사장을 비롯해 임원진들이 앉았다. 그 줄 양쪽으로 팀장이 앉았고, 홀의 나머지 자리에 부서별의 자음 순서대로 줄지어 앉았다.

개발기획팀은 운영 장비와 기타 진행을 위해 비워 놓은 세 줄을 제외하고 가장 첫줄에 앉았다. 기역으로 시작하는 개발기획팀이라 가장 앞자리에 앉게 되었다며 은아는 궁싯거렸고, 지호는 '벌써부터 목에 담이 올 것 같아요'라고 고통스러워했다.

앞줄에 앉아 있다 보니 사장을 비롯한 임원진들의 눈에 띄기 좋은 자리라 불평이 나올 수밖에 없었다.

"한 번쯤은 역순으로 할 수도 있잖아요. 어떻게 매해 이래? 매해?"

임원들의 눈에 띄지 않고 조용히 살아가는 걸 지향하는 은아가 목을 꼿꼿하게 세운 채 복화술로 중얼거렸다. 평소라면 '그러게요.' 라거나, '그래도 화면이 잘 보여서 좋네요'라고 대꾸해야 할 재희에게서 대답이 돌아오지 않자, 은아가 슬그머니 시선을 옆으로 돌렸다.

재희는 가만히 앞을 바라보고 있었다. 그 표정이 평소와 조금 달랐다.

"재희 씨."

은아가 걱정스럽다는 듯 그녀를 조그맣게 불렀다. 앞줄이라 앞만 봐야 한다는 것도 잊은 채 재희를 쳐다보았다.

"네."

재희가 상념에서 깨어난 듯 대답했다.

"괜찮아요?"

"뭐가요?"

"아니, 뭐랄까……. 표정이 너무 안 좋아서요. 아니, 안 좋은 건 아니고……. 뭔가 무섭다고 해야 하나. 아니, 이것도 아닌데……."

중얼거리던 은아가 눈을 가느스름하게 떴다.

"단호하다고 해야 하나, 아아! 비장해 보여요! 엄청 비장해 보여요!"

드디어 하고 싶은 말을 찾았다는 듯 은아가 박수를 탁 치며 말했다. 재희는 빙긋 웃었다.

"아뇨. 괜찮지 않아요."

재희가 대답했다.

괜찮은 줄 알았는데, 괜찮지 않았다. 오래 전부터 쭉 그랬다.

"어머, 그래요? 어디 아파요?"

"아뇨. 그래서 이제부터 괜찮아지려고요."

"네?"

은아가 무슨 소리냐는 듯 물었지만, 재희는 끝내 뭐라고 대꾸하지 않았다.

"지금부터 신슬 '올해의 컨퍼런스'를 시작하도록 하겠습니다."

사내 MC의 말에 홀에 있던 직원들이 입을 다문 채 앞을 응시했다. 재희의 얼굴을 집요하게 들여다보던 은아의 시선이 마지못해 앞으로 향했다. 재희는 숨을 깊게 들이마신 채 앞을 바라보았다.

시작이었다.

신슬의 회의도, 그리고 자신의 선택도.

• • •

팀별 발표 순서는 자음 순서의 자리 배치와 달리 임원진에서 순서를 결정해 주었다. 뽑기를 한다더라, 부서별 이름을 쌓아 놓고 선풍기로 날린다더라, 눈 여겨 본 팀을 뒤로 배치한다더라, 내키는 대로 마구잡이 배치를 한다더라 등의 무성한 소문만 있을 뿐 정확한 방법은 알려지지 않았다. 올해 개발기획팀의 발표는 공교롭게도 마지막을 차지했다.

발표의 주제가 자유로운 만큼, 발표자의 복장이나 발표의 분위기 역시 자유로웠다. 앞 팀에서 웃음을 유발하는 프레젠테이션 발표를 하는 바람에 정적인 분위기의 개발기획팀의 발표가 부담스럽게 느껴질 만한 상황이었다.

그러나 발표자인 단우가 서자마자 분위기가 달라졌다. 근사한 미소를 지은 채 화면 앞에 선 그를 바라보는 여직원들의 표정이 달라졌다.

제인과의 염문설이 있었지만, 그녀의 퇴사로 끝이 났고 그는 여전히 화려한 솔로였다. 그 정도 흠은 신경도 쓰지 않는 여직원들이 많았다. 가장 뜨거웠던 관심의 대상인 선재가 재희와 연애를 시작

하는 바람에 생긴 반사작용으로 요 근래 더욱 인기가 좋아진 것도
있었다.

"안녕하십니까. '올해 컨퍼런스'의 발표를 맡게 된 개발기획팀의
팀장 김단우입니다."

그의 인사에 우레와 같은 박수가 터져 나왔다.

"올해 저희 부서의 주제는 보시다피시 '모바일 롤플레잉 포화 현
황에 대한 대책'으로……."

단우의 말이 이어졌다. 낮고 잔잔한 목소리엔 힘이 있었다. 자연
스레 직원들이 집중해서 바라보았다.

"그래프를 보시면……."

유려하게 흘러가던 목소리가 갑작스레 멈춘 건 프레젠테이션 페
이지를 세 번째쯤 넘겼을 때였다.

동그란 그래프 속 두 곳이 비어 있었다. 분명 글자가 적혀 있어야
할 자리였다. 잠시 멈췄던 단우는 웅성거리는 사내의 분위기를 가
라앉히려는 듯 여유롭게 웃었다.

"문제를 드리죠. 여기에 들어갈 정답은 뭐라고 생각하시나요?"

아무렇지 않은 듯 빔으로 빈 곳을 가리키며 던진 질문에 모두 대
답하지 못했다.

"모바일 게임에서 롤플레잉 게임이 차지하는 비율입니다."

단우가 자연스럽게 페이지를 넘겼다. 찝찝하긴 하지만, 한 페이
지에만 오류가 생긴 거라 여겼다.

하지만 문제는 그 뒤부터였다. 다음 페이지에는 그래프 속 글자가 모조리 사라져 있었다. 붉은색 그래프가 무엇을 의미하는지, 푸른색 그래프가 어떤 의미인지 알 수 없어졌다.

발표 자료에 의지해 발표를 하려던 단우가 입술을 꽉 다물었다. 이대로 이렇게 진행하기 곤란했다.

"죄송합니다. 프레젠테이션에 문제가 발생한 듯합니다. 잠시 시간을 주시겠습니까? 그동안 화장실을 다녀오실 분들은 다녀오시길 바랍니다."

단우의 능숙하고 자연스러운 말에 웅성거리던 분위기가 조금 사그라들었다. 직원들은 갑자기 생긴 휴식 시간을 반겼지만, 임원들과 사장의 표정은 썩 좋지 않았다. 시간이 금인 사람들이었다. 갑자기 몇 분을 의미 없이 허비해야 한다고 생각하자 불쾌한 듯했다.

임원들과 사장의 굳은 표정을 살핀 단우는 입 안의 살을 씹었다. 그러더니 작게 욕설을 뱉었다.

몇 번이나 프레젠테이션을 확인했다. 노트북과 호환되었고, 내용 또한 제대로 나왔으며, 리허설 때도 문제가 없었다.

그런데 갑자기 프레젠테이션 내용의 일부가 사라졌다. 문제는 사라진 내용을 자신이 전부 기억하지 못한다는 거였다. 프레젠테이션 페이지만 40여 장에 달했다. 이걸 모두 외울 수 있을 리 없었다.

"대체 어떻게 된 겁니까?"

단우가 헐레벌떡 무대 위로 올라온 진행 담당자에게 낯선 목소리로 물었다. 이게 노트북의 문제나 진행 상황의 문제가 아니라는 걸 알면서도 목소리가 곱게 나가지 않았다.

"글쎄요."

담당자가 왜 그걸 자신한테 묻냐는 듯 떨떠름한 표정으로 되물었다. 단우는 갑갑하다는 듯 한숨을 내쉬었다. 그는 얼른 머릿속으로 생각을 정리하다가 진행 담당자에게 말했다.

"새로운 노트북 준비해 주세요."

단우는 시간을 벌기 위해 새 노트북을 구해 달라고 요구했다.

"이건 노트북의 잘못이 아닙니다. 확인해 보시면 아시겠지만……."

"그럼 프레젠테이션을 마지막으로 확인한 진행 요원의 실수인가요? 아무래도 아무 키나 누르다가 이전 작업으로 돌아간 것 같은데 말이죠."

"……혹시 몰라 챙겨 놓은 노트북이 있으니 가져오도록 하겠습니다."

자칫하다간 자신의 실수로 떠넘겨질 것 같자, 진행 요원이 불만스러운 표정으로 새로운 노트북을 구하기 위해 다른 곳으로 향했다.

"USB가……. 아."

단우가 당황한 나머지 USB를 단상 위 발표하는 곳에 두고 왔다는 걸 떠올리곤 거친 한숨을 내쉬었다.

그나저나 이 일을 어떻게 해야 할까.

발표 내용이 담긴 인쇄본을 보고 추측해서 빈 곳에 새롭게 작성할 수 있지만, 시간이 한참 걸렸다. 사장을 비롯해 다른 사람들이 기다려 주리라는 보장이 없었다.

잠시 고민하던 단우는 불현듯 자신의 자동차에 있는 노트북을 떠올렸다. 그곳에 완성본의 파일이 있었다. USB에 문제가 생기면 사용하려고 챙겨 왔던 게 떠올랐다.

단우의 시선이 좌석으로 향했다. 그중 개발기획팀을 확인했다. 그의 눈이 누군가를 찾아 헤맸다. 지호에게 지시할 생각이었다.

단우가 무대 뒤로 향했다. 재킷 안주머니에서 휴대폰을 꺼내 지호에게 전화를 걸었다. 신호음이 흘렀지만 전화를 받지 않았다. 초조해진 단우가 점점 얼굴을 구기던 때였다.

"어?"

누군가가 소리쳤다. 그와 동시에 자리에 앉아 있던 직원들의 시선이 무대로 향했다. 분위기가 술렁거리기 시작했다.

"곧 발표를 재개하겠습니다. 팀의 사정으로 발표자가 변경되는 점 양해 부탁드립니다."

마이크를 통해 재희의 목소리가 홀을 울렸다.

"뭐?"

단우가 저도 모르게 되물었다. 밖으로 나가 보니 재희가 마이크를 쥐고 서 있었다.

"지금 이게 무슨……!"

좀처럼 흥분하는 법이 없는 단우가 격앙되어 무대 위로 올라가려 했다. 그러나 계단에 발도 딛지 못한 채 무대 뒤로 끌려 들어갔다.

목이 졸린 단우는 자신의 뒷덜미를 낚아채고 있는 선재와 눈이 마주쳤다. 순식간에 단우의 몸이 선재에게 제압당했다. 뒤에서 어떻게 팔을 거머쥔 건지 꼼짝도 할 수 없었다.

단우가 뭐라고 하기도 전에, 선재가 먼저 입을 열었다.

"가만히 있어요."

선재의 말에 단우의 얼굴이 미간을 구긴 채 딱딱하게 굳었다.

"신선재 씨, 지금 무슨 짓입니까?"

단우가 이를 갈며 던진 말에 선재가 옅게 웃으며 말했다.

"무슨 짓이긴요."

선재의 시선이 무대로 향했다. 한 손에 마이크를, 다른 한 손에 빔 리모컨을 쥐고 있는 재희가 눈에 들어왔다. 빛이 나는 재희를 눈에 담은 선재가 옅게 웃으며 답했다.

"이재희가 이재희스러운 짓을 하는 걸 돕는 거지."

· · ·

"지금부터 발표를 이어 하도록 하겠습니다. 저는 개발기획팀의 발표자 이재희입니다."

재희의 말에 엉거주춤하게 서 있던 직원들이 하나둘씩 자리를 되찾기 시작했다. 임원들과 사장도 미리 전해 듣지 못한 소식에 서로의 얼굴만 쳐다보았다. 몇몇은 불쾌한 듯 헛기침을 터트렸고 또 다른 몇몇은 흥미로운 표정으로 앞을 바라보았다.

자리에 앉아 있는 직원들 또한 마찬가지였다. 그들은 갑작스럽게 생긴 일에 당황한 표정을 숨기지 못했다.

팀장이 사라지고 갑자기 팀원이 올라와서 발표를 이어 가다니.

심지어 프레젠테이션은 수정되지 않은 채였다. 재희는 무대 중간에 서서 붉은 빛의 빔으로 빈 그래프를 가리켰다.

"신슬에서 출시된 게임의 작년 성장률은 20%로 좋은 성과를 이루어 냈습니다."

재희가 버튼을 눌러 프레젠테이션을 한 페이지 넘겼다. 역시나 페이지 속 그래프는 도형만 남아 있을 뿐, 어디에도 글자가 보이지 않았다. 그러나 재희는 본인에게만 보이는 글자가 있는 사람처럼 그래프 하나하나를 짚어 가며 물 흐르듯 설명했다.

"하지만 전체 롤플레잉 게임의 점유율이 5퍼센트 낮아진 상황입니다. 거기에 경쟁 업체인 TJ의 점유율이 50퍼센트가 넘어가는 상황인 데다 올해 신규 게임이 대거 나올 예정이라 전망이 밝지 않습니다."

발표는 이어졌다. 뒷 페이지로 넘어갈수록 점점 글자는 사라졌다. 대책 방안으로 넘기자 숫자만 '1.', '2.'가 남아 있을 뿐, 어디에도 글자가 보이지 않았다. 재희는 1번에 붉은 빛을 쏘며 입을 열었다.

"……이에 대책 방안으로 생각한 것은, 두 가지입니다. 첫 번째로는 롤플레잉의 다각화입니다. 하나의 캐릭터만을 육성하는 것이 아니라 하나의 팀을 육성하는 방법. 하나의 캐릭터 육성시 애정이 깊어지지만 그 캐릭터에 질릴 경우 게임을 접는다는 단점을 보완하기 위해 팀 육성 게임을 고려해 보았습니다. 다만, 팀을 전체적으로 키워야 할 때 드는 시간적 비용이 크다면 지칠 수도 있다는 단점이 있습니다."

재희의 손을 따라 빔의 붉은 빛이 아래로 내려와 프레젠테이션 속 숫자 2만 적힌 곳을 가리켰다.

"두 번째, 롤플레잉 게임이 검, 마법, 전쟁 등 전투에 집중되어 있는 지금의 상황에서 전혀 다른 롤플레잉 게임에 대한 유저들의 갈증이 심화되고 있습니다. 이에 저희 팀에서는 다른 롤플레잉 게임을 고민해 보았습니다. 과거 한 소녀 캐릭터를 공주로 만드는 게임이 흥행했던 것에 착안하여 소녀 육성 게임, 자녀 키우기 게임, 혹은 전투가 아닌 다른 계통으로 모험을 떠나는 롤플레잉 게임을 구상해 보았습니다. 이는 농사 게임, 농장 키우기, 카페 운영 등의 힐링 게임에 집중되어 있는 여성 유저들을 끌어들일 수 있다는 점에서 현재 롤플레잉 유저들과 겹치지 않아 승산 있을 거라는 판단을 내렸습니다. 다만, 남성 유저도 포기할 수 없기에 밸런스를 잘 맞춰야 한다는 점이 문제로 지적되었습니다."

빈 백지에 글자라도 적힌 사람처럼 재희는 빔으로 하나하나씩 가리키며 설명했다. 이어 대안에 대한 구체적인 기획안을 몇 가지 제시했다.

팀원들끼리 커피를 물처럼 마셔 가며 밤샘 회의 끝에 나온 기획안들이었다. 발표를 마친 재희는 리모컨 버튼을 힘주어 꾹 눌렀다.

마지막 흰색 페이지에 단 한 줄이 써 있었다.

[이상 이재희, 이지호, 지은아, 김태호, 신선재였습니다.]

재희는 천천히 몸을 돌렸다. 그녀는 이 순간을 준비해 온 사람처럼 덤덤하게 앞을 바라보았다. 몇몇 직원들이 입을 떡 벌린 채 자신을 바라보고 있었다. 그중 누구보다 놀란 표정으로 쳐다보고 있는 개발기획팀의 직원들이 보였다.

아무 것도 없는 백지에 대고 재희는 모든 발표를 마쳤다. 거기다가 몇몇 직원들이 던진 질문에도 막힘없이 대답했다. 이것이 의미하는 바를 모르는 사람은 여기에 아무도 없었다.

저 프레젠테이션을 만든 사람도, 발표문을 짠 사람도 이재희라는 것을. 그렇지 않고서야 저렇게 유려하게 설명할 수 있을 리 없었다.

그래프에서 몇 가지가 빠지자마자 발표문에 의지해 간신히 발표를 이어가다가, 이내 발표를 포기한 단우와 극적으로 비교되었다.

재희는 그들에게서 임원진과 사장, 그 곁을 지키고 있는 팀장에게로 시선을 옮겼다.

"제 발표를 경청해 주셔서 감사합니다."

그러고는 보란 듯이 '제'라는 말을 강조한 후, 허리를 숙여 인사한 재희가 무대 아래로 내려갔다.

모두들 어안이 벙벙한 채 서로를 바라보는 사이, 누군가가 박수를 쳤다. 박수 소리의 방향이 임원 자리였다. 상황을 정리하려는 의도가 뻔히 보이는 그 소리에 자각한 듯 직원들이 너나할 것 없이 박수를 치기 시작했다.

쏟아지는 박수 소리에 재희는 참았던 한숨을 길게 내쉬었다.

〈2권에서 계속〉